HEYNE

Das Buch

Jessa hat alles, was sich eine Frau nur wünschen kann: einen guten Job, einen Mann, der sie liebt, und zwei Töchter, auf die sie stolz sein kann. Ihr Leben verläuft in geordneten Bahnen, so, wie sie es sich immer gewünscht hatte. Als sie jedoch eines Tages im Supermarkt einem attraktiven Fremden gegenübersteht, spürt sie mit einem Schlag, wie ihr der Boden unter den Füßen schwindet. Außerstande sich der erotischen Ausstrahlung dieses Mannes zu entziehen, gibt sie sich ihm bei der nächsten zufälligen Begegnung hin. Nichts scheint verhindern zu können, dass der Seitensprung binnen kurzem zu einer unkontrollierbaren und alle Grenzen der Vernunft sprengenden Affäre entflammt – einer Affäre, die Jessa gefährlich nah an den Abgrund treibt und schließlich alles zu zerstören droht, was ihr je bedeutsam war …

Die Autorin

Ellen Sussman, Verfasserin von Drehbüchern und Kurzgeschichten, für die sie mehrfach ausgezeichnet wurde, unterrichtet Fiction Writing in Berkeley. Die Autorin lebt in Kalifornien. *Die Affäre* ist ihr erster Roman.

Ellen Sussman

Die Affäre

Roman

Aus dem Amerikanischen
von Caroline Einhäupl

WILHELM HEYNE VERLAG
MÜNCHEN

HEYNE ALLGEMEINE REIHE
Band-Nr. 01/13608

Titel der Originalausgabe
THE AFFAIR

In Andenken
an Gilbert und Shirley Sussman

Umwelthinweis:
Dieses Buch wurde auf
chlor- und säurefreiem Papier gedruckt.

Taschenbucherstausgabe 06/2002

Published in agreement with the author,
c/o Baror International, Inc., Armonk, New York, USA
Printed in Germany 2002
Umschlagillustration: Stone/Reza Estakhrian
Umschlaggestaltung: Nele Schütz Design, München
Satz: Leingärtner, Nabburg
Druck und Bindung: Ebner & Spiegel, Ulm

ISBN 3-453-21104-9

http://www.heyne.de

1

»Warum ziehst du diese Bluse an?«

»Warum nicht?«

»Sie ist total durchsichtig.«

»Freu dich doch!«

»Die ganze Welt wird sich freuen.«

»Matt und Grace kommen zum Abendessen. Nicht die ganze Welt.«

»Und warum ziehst du für Matt und Grace so eine Bluse an?«

»Ich ziehe sie nicht für sie an.«

»Na schön. Mach, was du willst.«

»Ich habe dich nicht um Erlaubnis gebeten.«

»Natürlich nicht.«

»Der Abend hat noch nicht mal angefangen und schon streiten wir uns.«

Jessa betrachtete sich im Spiegel. Sie trug einen schwarzen BH unter einer durchsichtigen grauen Bluse, die in einer Jeans steckte. Roger drückte sich an ihr vorbei ins Badezimmer und schloss die Tür hinter sich. Sie beugte sich näher zum Spiegel, trug Lippenstift auf und bürstete sich die Haare. Es klingelte. Sie ließ die Bürste fallen.

Rosie, sechs Jahre alt und in die beste Freundin ihrer Mutter verliebt, war schneller und warf sich Grace in die Arme. Jessa küsste erst Grace, dann Matt. »Hübscher BH«, flüsterte er ihr ins Ohr

Rosie nahm Grace bei der Hand und zog sie mit in ihr Zimmer, um ihr stolz ihr neues Bett zu zeigen.

»Wein?«, rief Jessa ihr nach.

»Scotch«, erklärte Grace.

»Scotch?«

»Wir haben den ganzen Tag gestritten. Und jetzt gibt es ein wunderbares Abendessen bei unseren besten Freunden. Ich könnte gut einen Scotch vertragen.«

Sie verschwand in Rosies Zimmer. Jessa ergriff Matts Hand und führte ihn ins Wohnzimmer.

»Ich liebe die Ehe«, sagte sie. »Du nicht auch?«

»Übrigens habe ich einen dicken Auftrag in der Tasche«, verkündete Jessa nach der ersten Flasche Weißwein und der Vorspeise. »Ich soll ein Lehrbuch illustrieren, ein richtig großes Lehrbuch. Schluss mit den Insekten«, fügte sie hinzu, »ab jetzt gibt's nur noch Gedärme, Gallenblasen und Geschlechtsorgane.«

»Das hast du mir gar nicht erzählt«, sagte Roger verwundert.

»Ich erzähl's dir ja jetzt«, erwiderte Jessa.

Grace hob ihr Glas zu einem Toast, doch in dem Moment beugte sich Roger über den Tisch zu Jessa, sodass Grace ihr Glas wieder abstellte.

»Du erzählst es *ihnen* jetzt.«

»Ich erzähl's euch allen. Ich hab vergessen, es dir vorher zu erzählen.«

»Und warum?«

»Ach, Roger. Warum freust du dich nicht einfach für mich?«

»Na dann«, sagte Matt hoffnungsvoll. »Auf die Körperteile.«

»Glaubst du«, fragte Jessa nachdenklich, »dass ich endlich verstehen werde, wie dieser verdammte Körper funktioniert, wenn ich jedes einzelne Teil gezeichnet habe?«

»Sobald du die Geschlechtsorgane hast«, sagte Matt, »hast du alles, was du brauchst.«

»Und du musst dich nicht mit der Erforschung der Seele oder der Psyche oder den Gefühlen herumschlagen?«, fragte Grace.

»Die dürften schwer zu zeichnen sein«, sagte Jessa lächelnd.

»Was ist los«, beharrte Roger, »wenn die einzigen Gespräche, die du mit deiner Frau führst, im Beisein anderer Leute stattfinden?«

»Es ist sicherer«, sagte Grace.

»Haben wir dafür Freunde?«, fragte Roger. »Damit wir immer mit mehreren gleichzeitig sprechen können – und nie, wenn wir allein sind?«

»Als wir frisch verheiratet waren«, sagte Grace und legte ihre Hand auf Matts, »habe ich alle meine Freundinnen vernachlässigt. Wozu brauchte ich sie? Ich hatte einen Ehemann. Aber Junge, Junge, das war ganz schön gefährlich.«

»Und warum? Warum war es gefährlich?«, fragte Roger.

»Weder von Hängebrüsten noch von Unterrichtsmethoden in der zweiten Klasse hat er irgendeine Ahnung. Und er hasst Schlittschuhlaufen.«

»Natürlich können wir über Brüste reden«, wehrte sich Matt.

»Deine werden aber nicht schlaff. Davon verstehst du einfach nichts.«

»Das meine ich nicht«, sagte Roger. »Mir geht es um die Privatsphäre von verheirateten Paaren.«

»Ums Bett also«, sagte Matt.

»Es geht mir auch nicht um Sex«, beharrte Roger.

»Hat er Fieber?«, fragte Grace. »Im Moment geht eine Grippe um, bei der man deliriumsähnliche Zustände bekommt.«

»Die hat er auch«, sagte Jessa. »Aber es ist nicht die Grippe. Sondern die Ehe.«

»Ehe macht durstig«, sagte Matt und hielt sein Glas hoch. »Ist noch etwas in der Flasche?«

»Ich hol noch eine.« Jessa stand auf und ging in die Küche.

»Und dann würde ich gern auf meine Lieblingsillustratorin anstoßen«, rief Matt ihr nach.

»Gleich«, antwortete Jessa.

Sie blieb in der Küche stehen. Die Flasche Rotwein stand vor ihr auf dem Tresen, doch sie griff nicht danach. Sie lehnte sich an den warmen Herd. Im Wohnzimmer hörte sie den Fernseher laufen – wahrscheinlich war Rosie davor eingeschlafen, sonst würde sie sie mit ihrer süßen Stimme alle Disneylieder mitsingen hören. Lee war bei einer Freundin und wurde nach Hause gebracht. Jessa sah auf die Uhr: halb zehn – sie müsste bald kommen.

Sie hörte der Unterhaltung ihres Mannes und ihrer Freunde zu wie einer Sitcom im Fernsehen:

»Und dann schnappt er sich die Mutter der Freundin!«

»Wusste sie, dass er mit ihrer zwanzigjährigen Tochter zusammen ist?«

»Ist das nicht Inzest oder so was? So was Ähnliches jedenfalls.«

»Wenn er die Mutter heiratet und es mit der Tochter treibt, wird's schwierig.«

Sie wartete auf das Lachen aus der Konserve oder die Pointe oder die Werbung. Sie wartete auf irgendwas, das sie zurück an den Esstisch katapultieren würde. Sie spürte, wie ihr Rücken am Herd warm wurde und dachte, gleich kann ich mich selbst zum Nachtisch servieren.

Es sollte Erdbeeren in heißer Schokoladensauce geben. Die Schokolade lag auf der Küchenanrichte, neben dem Topf. Sie öffnete den Kühlschrank und holte das Schälchen mit den Erdbeeren heraus. Sie hielt sie einen Moment lang in der Hand, dann stellte sie sie neben die Schokolade auf die Anrichte. Sie zog die Klarsichtfolie ab und entdeckte, dass die Erdbeeren mit Schimmel bedeckt waren.

»Das kann doch nicht sein«, sagte sie.

»Was ist?«, rief Grace aus dem Nebenzimmer.

Jessa sah noch einmal in den Kühlschrank – vielleicht gab es noch ein Schälchen mit Erdbeeren, mit wunderbaren, frischen Erdbeeren. Milch, Orangensaft, Brot, ein Rest Lasagne vom Vorabend. Keine einzige Frucht, die man in Schokolade tauchen könnte. Sie lehnte sich wieder an den Backofen. Sie hörte die anderen reden, irgendwas über die Hütten in den Sierras, die sie nächsten Sommer mieten wollten. Sie wollte nicht an den Tisch zurückkehren. Plötzlich wurde es ihr klar. Sie war auf der Suche nach irgendetwas, und gefunden hatte sie schimmelige Erdbeeren.

»Ich muss noch mal los«, sagte sie, als sie mit der Weinflasche in der Hand zurück ins Esszimmer trat. »Ich muss was zum Nachtisch besorgen.«

»Was, jetzt?«, fragte Roger.

»Es dauert nicht lange. Tut mir leid.«

»Ich dachte, du hast einen Nachtisch.«

»Hatte ich auch. Aber die Erdbeeren sind schimmelig. Ich geh nur schnell frische Erdbeeren kaufen.«

»Wir brauchen keinen Nachtisch«, sagte Grace. »Bleib hier. Schadet keinem von uns, wenn wir auf den Nachtisch verzichten.«

»Es macht mir nichts aus«, sagte Jessa, immer noch stehend. »Dauert doch nicht lange.«

»Iss erst mal auf«, sagte Roger. »Du hast ja deinen Lachs kaum angerührt.«

»Ich bin satt. Esst nur weiter. Ein bisschen frische Luft tut mir ganz gut.«

»Ist doch unwichtig«, sagte Matt. »Wir haben Wein. Wein ist wichtig.«

»Wir essen die geschmolzene Schokolade mit den Fingern«, schlug Grace vor.

»Nur wenn ich deine Finger ablecken darf«, sagte Roger.

»Es geht ihm besser, Jessa«, rief Grace aus. »Kein Grund zur Sorge. Nur ein kurzer Anfall, mehr nicht.«

»Ihr seid furchtbar«, sagte Jessa. »Ich bin gleich wieder da.«

Sie ging zur Tür, griff nach Schlüssel und Geldbörse und dachte seltsamerweise daran wegzulaufen – sah sich durchs Haus auf die Straße rennen, am Auto vorbei. Kilometer um Kilometer. Immer langsam, sagte sie sich. Sie verstand selbst nicht, warum sie weglaufen wollte. So weit wie möglich.

Sie ging an den Einkaufswagen am Eingang vorbei, an den Körben – sie brauchte nur Erdbeeren. Der Supermarkt war ziemlich leer – für die Mütter war es zu spät und für die Nachtschwärmer zu früh. Die fluoreszierenden Neonröhren waren kalt und grell. Jessa blinzelte eine Frau hinter der Wursttheke an, die »Hallo« sagte, und dachte: Ich habe zu viel getrunken. Was tue ich überhaupt hier? Sie nickte der Frau zu und wandte sich zum Obst- und Gemüsestand.

Ihr Blick fiel auf einen Mann, der eine Avocado aussuchte. Jessa blieb stehen, als sie seine Hände sah, beobachtete seine Hände, wie sie eine Avocado hin und her drehten, sie zurücklegten, eine andere wählten. Seine Hände hielten die Avocado einen Augenblick lang fest, dann roch er daran. Er sah auf.

»Bin ich im Weg?«, fragte er.

Sie fühlte sich ertappt. Sie hatte sich unsichtbar gefühlt. »O nein, Entschuldigung.« Sie wollte schon weitergehen, doch dann fragte sie: »Riechen die gut?«

»Hier«, sagte er, trat einen Schritt auf sie zu und hielt ihr die Avocado unter die Nase. Sie sog die Luft ein und roch seine Hände.

»Die hier ist reif«, sagte er lächelnd. »Sie können sie haben.«

Sie schüttelte den Kopf und er nahm seine Hände, die Avocado, seinen Geruch, zurück.

»Ich brauche Erdbeeren«, sagte sie.

Er war nicht groß, doch sein Gesicht war faszinierend; ihr gefiel sein Bart, seine kräftige Nase, die tief liegenden Augen. Und ihr gefielen seine Hände; es waren bemerkenswerte Hände.

»Spielen Sie Klavier?«, fragte sie und sah auf seine Hände.

»Nein«, antwortete er, immer noch lächelnd. »Nur mit Avocados.«

»Ich brauche Erdbeeren«, wiederholte sie und wandte sich ab.

Auf der anderen Seite erblickte sie endlich Reihen mit kleinen Körbchen, in denen sich riesige tropfenförmige Erdbeeren unter der Folie abzeichneten. Benommen starrte sie sie an und wusste, dass der Mann noch neben ihr stand, sie beobachtete, wie sie ihre Wahl traf.

»Ich weiß«, sagte sie, »man soll dran riechen.« Sie blickte nicht auf, doch sie spürte seinen Arm an ihrem Arm.

»Nein«, sagte er mit tiefer, aber süßer Stimme. »Sie müssen sie sich anschauen. Ganz genau.«

Er öffnete die Zellophanhülle eines Körbchens. Er hob es hoch und hielt es Jessa vors Gesicht. Sie schloss einen Moment lang die Augen, dann öffnete sie sie wieder und sah Erdbeeren.

Sie blickte ihn an.

»Ihre Bluse gefällt mir«, sagte er.

»Sie meinen meinen Busen«, sagte sie.

»Der auch«, bestätigte er.

»Normalerweise ziehe ich mich zum Einkaufen nicht so an.«

»Ich hab nichts dagegen.«

»Ich habe Gäste zum Essen.«

»Amüsieren Sie sich?«

»Nicht besonders.«

Er reichte ihr die Erdbeeren, und sie spürte, wie seine Finger ihre Handfläche berührten.

»Und Sie?«, fragte sie.

»Ich amüsiere mich bestens«, sagte er.

»Nicht jetzt«, sagte sie. »Vorher. Bevor Sie in den Supermarkt gekommen sind.«

»Vorher habe ich meine Frau ins Bett gebracht, weil sie eine Grippe hat, und dann hatte ich Lust auf eine Avocado.«

»Nur auf eine Avocado? Mehr nicht?«

»Inzwischen habe ich Lust auf mehr«, sagte er.

»Möchten Sie Erdbeeren?«, fragte sie.

»Ich möchte für mein Leben gern Erdbeeren.«

»Hier. Nehmen Sie diese«, bot sie an und gab ihm das Körbchen. Doch seine Hände waren immer noch da, neben ihren, und es war, als legte sie ihre Hände in seine.

»Wir können sie uns teilen«, schlug er vor.

»Ich habe Gäste«, wiederholte sie. »Die Erdbeeren waren schimmelig.«

»Das wäre niemand aufgefallen«, sagte er.

»Da haben Sie wohl Recht«, gab sie zurück.

»Kommen Sie mit in die Bucht. Lassen Sie uns einen Spaziergang machen.«

Sie schüttelte lächelnd den Kopf. »Ich muss nach Hause.«

»Nein, das müssen Sie nicht«, sagte er.

»Ich bin verheiratet.«

»Ich weiß.«

»Unsere besten Freunde sind zum Essen bei uns, ich bin nur wegen der Erdbeeren hier.«

»Kommen Sie mit. Bitte.«

Sie sah ihm in die Augen – waren sie grau oder grün? – und wandte sich ab, den Erdbeeren, Mandarinen und Zitronen zu. Sie sahen zu rot, zu orange, zu gelb aus in dem scharfen, gleißenden Licht. Als sie sich wieder zu ihm drehte, lächelte er.

»Sie werden mitkommen«, sagte er.

»Sehe ich aus wie eine Frau, die sich von Ihnen sagen lässt, was sie tun soll?«

»Nein«, sagte er, und seine Finger berührten ihr Handgelenk. »Und auch das gefällt mir.«

»Woher weiß ich, dass Sie kein Massenmörder sind?«, fragte sie.

»Woher weiß ich, dass Sie keiner sind?«, versetzte er.

Er kam ganz nah, und sie stellte sich vor, dass er sie küsste, dass seine Lippen die ihren berührten, und beinahe unbewusst beugte sie sich vor.

»Ich kann das nicht«, sagte sie und richtete sich auf.

»Doch, Sie können«, erwiderte er. Er würde sie nicht küssen – sie hatte phantasiert –, sie standen einfach mitten in einem Supermarkt und redeten über Avocados.

»Ich muss gehen«, sagte Jessa und berührte kurz seinen Arm.

»Geben Sie mir Ihre Telefonnummer«, sagte er.

»Nein«, sagte Jessa. »Es ist genug. Mehr kann ich nicht tun. Ich habe einen Mann und Kinder, und ich wollte nur Erdbeeren für den Nachtisch kaufen. Das ist alles. Ich möchte nicht, dass Sie mich anrufen oder küssen. Bei einem Massenmörder würde es mir leichter fallen.«

Sie wandte sich zum Gehen und wünschte sich sehnlichst, er würde sie aufhalten, sie zum Bleiben überreden. Er sagte nichts – sie hörte keine Bewegung hinter sich. Als sie an der Kasse ihre Erdbeeren bezahlte, drehte sie sich nicht um und zwang sich, hinaus in die kühle Nacht zu gehen.

Auf dem Heimweg kam ihr keine der Straßen bekannt vor, sie bog falsch ab und als sie umkehrte, dachte sie: Ich könnte eine Frau sein, die einfach ihre Gäste versetzt und eine Affäre mit einem Fremden anfängt. Sie suchte nach der Einfahrt zu ihrem Haus, als wüsste sie nicht mehr, in welchem der viktorianischen Häuschen sie wohnte – dem rosafarbenem, dem blauen, dem grauen. Sie wählte das blass rosa gestrichene. Hier wohne ich, dachte sie. Mein Mann und meine Freunde warten auf mich. In Gedanken war sie jemand anders, befand sich an einem anderen Ort, vielleicht in den Baylands, und ging neben einem Mann mit einem Bart. Sie blieb einen Augenblick lang im Wagen sitzen, um wieder in die Wirklichkeit zurückzukehren: zu Mann, Freunden, Abendessen, Töchtern, Erdbeeren. Sie blickte auf das Schälchen neben sich auf dem Beifahrersitz und stellte sich vor, wie sie dem Mann eine Erdbeere in den Mund schob. Sie öffnete die Wagentür, griff nach den Erdbeeren und schlug die Tür hinter sich zu.

Gelächter. Sie ging in die Küche und rief: »Wer will Nachtisch?« Als wäre nichts geschehen. Es war nichts geschehen. Sie stand da und starrte die Erdbeeren an, sah den Mann vor sich, wie er das Zellophan anhob. Er stand neben ihr, ganz nah. Beweg dich, befahl sie sich selbst. Geh hinein. Mach den Nachtisch.

Sie sammelte die Zutaten zusammen: Schokolade, Fonduetopf, Erdbeeren, Holzstäbchen. Mit vollen Händen fühlte sie sich beschäftigt, ihre Pflichten machten sie unsichtbar. »Na dann los«, sagte sie vor sich hin und ging ins Esszimmer, den Blick stur auf den Tisch gerichtet, auf der Suche nach einem Platz, wo sie ihre Utensilien abstellen konnte.

Der Tisch war voll – mit Tellern, bis auf ihren eigenen alle leer, Gläsern, frisch mit Rotwein gefüllt, Platten, auf denen kaum noch Essen war. Grace aß noch, bewegte die Hand vom Teller zum Mund. Wie konnte so wenig Zeit vergangen sein? Sie war lange genug weg gewesen, um ihre Welt auf den Kopf zu stellen, und sie aßen immer noch zu Abend!

»Ach, ihr seid noch gar nicht fertig«, murmelte sie, drehte sich um und floh, zu viele Dinge in den Händen jonglierend. Sie ließ alles auf die Küchenanrichte fallen und blieb keuchend stehen, als hätte sie schwere Möbel von einem Zimmer ins andere geschleppt.

»Komm und iss deinen Fisch auf«, rief Matt.

»Ich bin fertig«, erwiderte Jessa. *Als ich herkam, wollte ich nur eine Avocado. Jetzt habe ich Lust auf mehr*.

»Dann leiste uns Gesellschaft«, sagte Roger, brach aber sofort wieder in ein schreckliches, kreischendes Gelächter aus, und kurz darauf schrien auch Grace und Matt vor Lachen.

»Was habe ich verpasst?«, fragte Jessa, als sie sich schließlich überwinden konnte, wieder ins Esszimmer zu gehen. Sie ließ sich auf ihren Stuhl fallen und sah auf ihren halb vollen Teller. Nichts reizte sie.

Matt schenkte ihr Wein nach. »Hör dir das mal an«, sagte er.

»Erzähl ihr die abgekürzte Version. Bitte«, flehte Grace.

»Meine Sekretärin wurde vor kurzem geschieden. Alles ganz furchtbar«, fing Matt an, und wieder begannen alle zu lachen. Schließlich warf Jessa einen Blick auf Roger. Er sah müde aus, seine Augen waren geschwollen. Er hatte zu viel getrunken und hing auf seinem Stuhl, als wollte er den Rest der Nacht dort verbringen. Er will heute Nacht sicher keinen Sex, dachte Jessa. Ich will mit ihm schlafen.

Sie sah wieder zu Matt und heuchelte Interesse an der Geschichte.

»Sie bekommt einen Anruf von einem früheren Liebhaber, mit dem sie am Anfang ihrer Ehe eine Affäre hatte. Super Geschichte, der beste Sex, den sie je hatte. Sie hatte die Affäre beendet, weil sie für sich beschlossen hatte, monogam zu bleiben.«

»Und dann hat ihr Mann, das Schwein, sie betrogen und wegen einer anderen Frau verlassen«, unterbrach ihn Grace.

»Meine Geschichte. Die Kurzfassung«, sagte Matt. »Sie redet mit dem Typ, lebt sichtlich auf, denkt, ah, das hat was. Sie erzählt ihm, dass sie geschieden ist, und er sagt, ich habe auch Neuigkeiten für dich! Ich habe eine Geschlechtsumwandlung machen lassen. Ich bin eine Frau!«

Jessa blickte sich am Tisch um. Niemandem fiel auf, dass sie nicht lachte.

»Warte, die Geschichte ist noch nicht zu Ende«, sagte Roger.

Matt legte sich ins Zeug: »Stephen – jetzt Stephanie – erzählt meiner Sekretärin, das sei noch nicht alles! Er hat herausgefunden, dass er lesbisch ist! Und er kann es kaum erwarten, sie nach all den Jahren wiederzusehen!«

Während die anderen die Geschichte unter großem Gelächter immer weiter ausschmückten, räumte Jessa die Teller ab. Sie warf das restliche Essen auf ihrem Teller in den Müll. *Ich bin verheiratet. Ich weiß, hatte er gesagt.*

Grace kam herein und stapelte Geschirr in der Spüle.

»Alles in Ordnung?«

»Ja.«

»Ich weiß, warum es der beste Sex war, den sie je hatte«, erklärte Grace ruhig.

»Warum?«, fragte Jessa und versuchte, sich an Matts Geschichte zu erinnern: eine Affäre, eine Geschlechtsumwandlung, er ist lesbisch. Menschen haben Affären. Natürlich. Aber nicht die Menschen, die Jessa kannte, gute Menschen, die ihre Ehepartner liebten.

»Ihr Liebhaber war eine Frau im Körper eines Mannes. Deshalb wusste er, wie man Frauen liebt.«

»Glaubst du, Männer wissen das nicht?«, fragte Jessa.

»Wann hattest du das letzte Mal richtig guten Sex?«

Erst vor zwei Wochen hatte sie es Grace beim Joggen am Strand erzählt – wir schlafen nicht mehr miteinander. Und wenn, ist es so gewöhnlich wie ein überbackenes Käsesandwich. Sie waren Kilometer um Kilometer gelaufen und hatten sich Sex als erlesene Speisen vorgestellt: Hummersex, Kaviarsex, Tiramisusex.

Jessa trug den Nachtisch ins Esszimmer. Sie ging an Roger vorbei, beugte sich zu ihm hinunter und küsste ihn auf den Kopf. Er bemerkte es nicht.

»Lee sollte längst zu Hause sein«, sagte Jessa. »Morgen ist Schule.«

»Ich habe um Viertel nach sieben eine Konferenz«, stöhnte Grace.

»Wir können erst gehen, wenn wir Schokolade mit den Fingern gegessen haben«, sagte Matt.

»Ich habe Erdbeeren geholt«, sagte Jessa. »Wunderbare Erdbeeren.«

»Mist«, fluchte Matt.

Sie aßen die Erdbeeren mit heißer Schokoladensauce. Lee kam nach Hause, süße dreizehn, warf ihnen von der Tür her Küsschen zu, lief jedoch in ihr Zimmer, ehe irgendjemand sie fragen konnte, wo sie gewesen war und was sie gemacht hatte. Als die Flasche Wein leer war, wünschte sich Jessa nichts mehr, als dass ihre Freunde endlich gingen. Sie hasste das alles, alles, was sie in ihrem Leben bis jetzt so sehr geliebt hatte. Sie wollte allein sein, nachdenken, über jemanden, über niemanden, über eine Möglichkeit, über gar nichts. Sie war verwirrt und aufgekratzt und überhaupt nicht müde.

Als Grace und Matt gegangen waren, nicht ohne vorher anzubieten, Roger in sein Bett zu tragen, zog Jessa sich einen Stuhl neben Roger und legte ihre Hand auf sein Knie.

»Du hast Recht«, sagte sie leise. »Wir verbringen zu viel Zeit mit unseren Freunden.«

Er warf ihr einen seltsamen Blick zu. »Das habe ich nicht gesagt.«

»Ich meine nur, wir sollten uns mehr Zeit füreinander nehmen. Miteinander reden, ohne dass andere Menschen dabei sind.«

»Matt erzählt immer Geschichten«, sagte Roger. »Lange Geschichten.«

»Das meine ich nicht«, sagte Jessa, doch plötzlich war sie zu müde, um zu erklären, was sie meinte. Es war ein Versuch – und sie war sich nicht einmal sicher, ob sie wollte, dass er gelang.

»Komm ins Bett«, sagte sie. »Ich mache den Abwasch morgen, ehe ich zur Arbeit gehe.«

Sie gingen ins Schlafzimmer, und Jessa sah ihm zu, wie er sich auszog, seine Kleider auf den Stuhl neben dem Bett warf, ohne sich einmal zu ihr umzudrehen. Er schlief in Boxershorts. Wie ein kleiner Junge, dachte sie, wie der Junge, in den ich mich vor über zwanzig Jahren verliebt habe. Aber damals hatte er ihr zugesehen, wenn sie sich auszog, hatte sie begehrt, sie an sich gezogen, über ihre Beine geredet, ihre Brüste, sodass sie verlegen wurde von so viel Aufmerksamkeit. Wann hatte er damit aufgehört? Vor langer Zeit.

Als er sich die Zähne putzte und ins Bett stieg, war sie wütend. Sie hatte die ganze Zeit dagestanden. Das ist lächerlich, dachte sie. Ich stelle ihn auf die Probe, ohne dass er es weiß. Wenn er mich anschaut, hat er den Test bestanden. Wenn nicht, ist er durchgefallen. Was bestanden? Worin durchgefallen?

»Ich bin noch nicht müde«, sagte sie mit dunkler Stimme. »Ich trinke noch ein Glas Wein.«

»Ich habe zu viel getrunken«, murmelte er, die Decke bis unters Kinn gezogen. Er griff nach der Fernbedienung und schaltete den Fernseher ein.

Irgendein überspanntes Model, spindeldürr, mit weißblonden Haaren, war bei Letterman zu Gast und redete, ohne Luft zu holen, über ihren geliebten Hund, einen hässlichen Trainer, ihren armen Knöchel.

»Sieh mich an«, sagte Jessa schließlich.

»Was?«, fragte Roger. Er schaute sie kurz an, und sie wandte den Blick ab, von ihrem plötzlichen Zorn überrascht. Das Model lachte, ein schrilles, schneidendes

Lachen, und Letterman verzog das Gesicht zu einer Grimasse.

»Ich gehe abwaschen«, sagte Jessa.

»Gut«, stimmte Roger zu.

Eine Werbung flimmerte über die Mattscheibe. Ein glänzendes, schwarzes Auto, das dicht an der Küste entlang fuhr. Eine riesige Welle spritzte über den Wagen, und die Fahrerin, eine junge Frau, lächelte teuflisch.

Wie Jessa vor dem flackernden Bildschirm stand, umhüllt von dem rätselhaften Pulsieren seines Lärms, schossen ihr tausend Gedanken gleichzeitig durch den Kopf – die Avocado in den Händen des Mannes, das Gefühl seines Arms neben ihrem, sein Blick – und sie wollte, dass Roger sie ins Bett zog, sie zwang, ihm Aufmerksamkeit zu schenken, sie wieder ganz in seinen Bann zog.

Letterman stand auf und legte dem Model sein Jackett über die Schultern, wobei er wieder einen Blick riskierte – ihre Brüste waren phänomenal, und das winzige weiße Kleid aus Lycra bedeckte sie kaum. Jessa schaute Roger an und kam sich plötzlich nackt vor, zur Schau gestellt, war sich ihrer eigenen Brüste in der durchsichtigen Bluse bewusst.

»Es ist dir völlig egal, ob ich ins Bett komme oder nicht«, sagte sie ruhig.

»Ich bin müde, Jessa«, sagte Roger und kroch tiefer ins Bett, unter die Decke, weg von ihr.

Sie sah ihn an, wie er dalag, abgewandt, die Decke bis unters Kinn gezogen, ein Junge, mit dem sie seit über zwanzig Jahren zusammen war, und sie dachte: Hol mich zurück! Bitte.

Letterman steckte sich eine Zigarre in den Mund und kaute darauf herum, den Mund zu einem breiten, hungrigen Lächeln verzogen. Das Model zog das Jackett enger um die Schultern und machte einen Schmollmund. Das Publikum johlte.

»Gute Nacht«, sagte Jessa, doch Roger antwortete nicht, und auf einmal hatte Jessa das Gefühl, dass es immer so sein würde: Leise und stumm würden sie nebeneinander herleben.

Sie schloss die Schlafzimmertür hinter sich.

Der Esstisch war halb abgeräumt. Jessa ergriff die Kaffeetassen, die schmutzigen Servietten. Sie stellte die Tassen auf die Anrichte neben die Tellerstapel, die Gläser, das Besteck. Sie griff zum Telefon. Ich weiß seinen Namen nicht. Seine Nummer. Ich würde ihn nie anrufen. Sie legte den Hörer wieder auf.

Sie wusch einen Teller nach dem anderen, stapelte sie im Abtropfkorb, dann schrubbte sie die Töpfe, bis sie sauberer waren denn je. Das Geräusch des fließenden Wassers gefiel ihr, das Rauschen, die Hitze, die ihre Haut durchfeuchtete. Als die Küche sauber war, sank sie überrascht auf einen Stuhl und legte ihre roten, aufgeweichten Hände vor sich auf den Tisch.

Sie griff zum Telefon und wählte Graces Nummer.

»Hmm?«

»Schläfst du schon?«, flüsterte Jessa.

»Nicht ganz.«

»Schsch. Schlaf weiter.«

»Was ist denn?«, fragte Grace etwas lauter, eindringlicher.

»Wir können morgen früh reden. Ruf mich von der Schule aus an.«

»Alles in Ordnung?«, wiederholte Grace mit sanfter Stimme.

»Ja«, sagte Jessa. »Fast.«

»Hmm«, murmelte Grace.

»Ich habe einen Mann kennen gelernt«, sagte Jessa, versuchte sich an den Worten, als spräche sie eine fremde Sprache.

»In der kurzen Zeit, seit wir weg sind?«

Jessa lächelte. »Nein, im Supermarkt. Er war – ich weiß nicht – ich wollte ihn küssen.«

Die Küchentür ging auf, Jessa fummelte mit dem Hörer herum, ließ ihn fallen, hob ihn wieder auf und legte ihn leise auf die Gabel. Ihre Tochter, Lee, stand in der Tür, in einem langen T-Shirt, die Haare vom Schlaf zerzaust.

»Du hast mich erschreckt«, sagte Jessa.

»Warum bist du noch auf?«, fragte Lee. Sie war im Halbschlaf, verwirrt und nicht ganz da.

»Dasselbe könnte ich dich fragen«, sagte Jessa.

»Ich hatte einen Albtraum. Wir haben uns im Wald verlaufen. Du, ich und Rosie. Dann haben wir eine leere Blockhütte gefunden, haben sie aufgebrochen und darin geschlafen. Mein Zimmer war blau. Deine Bluse ist widerlich.«

»Oh, vielen Dank, mein Schatz.«

»Jeder kann deinen BH sehen.«

»Das ist mir klar.«

»Oh Gott, Mom, ich hoffe, du hattest sie nicht zum Essen an.«

»Nein, ich habe sie extra zum Abwaschen angezogen. Das ist sozusagen mein Hauskleid. Warum war es ein Albtraum? Ich finde, es klingt ziemlich gut.«

»Ich hatte Angst in der Hütte. Dort war es schlimmer als im Wald. Ich wollte nicht, dass wir erwischt werden. Du hast immer wieder gesagt, dass alles in Ordnung ist, aber ich hab dir nicht geglaubt. Ich hab Hunger.« Lee ging zum Kühlschrank. Sie öffnete die Tür und spähte hinein.

»Es ist halb zwölf. Geh ins Bett!«

»Mit wem hast du telefoniert?«

»Mit niemandem. Mit Grace. Sie hat schon geschlafen.«

Lee warf Jessa über die Schulter einen Blick zu. Sie hob die Augenbrauen.

»Ich habe Grace angerufen«, erklärte Jessa. »Ich habe sie aufgeweckt. Ich werde sie morgen früh anrufen. Willst du noch was wissen?«

Lee stocherte im Kühlschrank herum und nahm einen Joghurt heraus. »Ich dachte, das gehört zu meinem Traum. Ich dachte, du telefonierst in dem Haus, in das wir eingebrochen sind. Ich dachte, jemand würde den Anruf zurückverfolgen und wir würden erwischt werden. Sind noch Schokostreusel da?«

»Ich glaube schon«, sagte Jessa. »Gib mir bitte auch einen Joghurt.«

»Ich dachte, ihr habt zu Abend gegessen.«

»Haben wir auch. Ich verhungere.«

Lee reichte Jessa einen Naturjoghurt und holte eine Tüte mit Schokoladenstreusel aus dem Schrank. Sie nahm zwei Löffel aus der Schublade, schob einen über den Tisch und setzte sich vor ihre Mutter. Sie schüttete Schokostreusel in den Becher.

»Lass mir noch welche übrig«, sagte Jessa.

»Du hast am Telefon gesagt, dass du jemanden küssen willst«, sagte Lee und gab der Tüte einen Schubs in Jessas Richtung, sodass sie über den Resopaltisch schlitterte – zu schnell für Jessas Hand – und verkehrt herum auf Jessas Schoß landete.

»Verdammt noch mal!«, rief Jessa. Wie Hagelkörner prasselten die Schokoladenstückchen auf den Fußboden. Jessa drehte die Tüte um und knallte sie auf den Tisch. »Ich habe gerade sauber gemacht, vielen Dank.«

Lee vergrub ihren Löffel im Joghurt und aß gierig, ohne aufzusehen.

Jessa beobachtete sie.

»Lee? Ich rede mit dir. Ich habe keine Lust, deine Sauerei sauber zu machen.«

Lee aß mit gesenktem Kopf weiter, der lange Pony verdeckte ihr Gesicht.

»Lee!«

Einen Augenblick lang hörte Lee auf zu essen. Sie sah langsam auf und irgendwann tauchten ihre dunklen Augen hinter den Haaren auf.

»Wen wolltest du küssen?« Sie schaute ihrer Mutter fest in die Augen.

Jessa wartete einen Moment und hielt Lees hartem Blick stand. Dann schob sie ihr über den Tisch die leere Tüte zu.

»Du machst das wieder sauber. Tipptopp.«

Lee blickte wieder auf ihren Joghurtbecher, griff nach ihrem Löffel und aß weiter.

Jessa stand auf. Schokoladenstückchen bohrten sich in ihre nackten Fußsohlen. Sie hob erst einen Fuß, dann den anderen, und wischte die klebrigen Stückchen ab.

»Ich gehe schlafen. Und ich will morgen früh keine Schokostreusel mehr auf dem Boden finden.«

Auf Zehenspitzen suchte sie sich einen Weg zwischen den Schokoladenstückchen und wollte in ihr Zimmer gehen. Dann drehte sie sich noch einmal um und sah Lee an, die sie beobachtete. Plötzlich wirkte ihr Gesicht ganz kindlich – das Gesicht eines Mädchens, das gerade einen Albtraum gehabt hatte und bei seiner Mutter Trost suchte.

»Gute Nacht, meine Süße«, sagte sie zärtlich.

Mitten in der Nacht liebten sich Jessa und ihr Mann wie Schlafwandler. Roger zog sie an sich, und sie drehte sich um, sodass er seinen Körper an ihren schmiegen konnte und von hinten in sie eindrang, und er bewegte sich langsam, als fürchtete er, dass sie aufwachen und aufhören könnten, und als er kam, schluckte er jeden Laut hinunter, sodass sie sofort weiterschlafen konnten, und am Morgen waren sich beide nicht sicher, ob es tatsächlich geschehen war.

Nach Müsli und Toast und Gesprächen über Hausaufgaben, eine Verabredung zum Abendessen und Rosies verschwundenen Turnschuh, nachdem Roger zur Arbeit und die Mädchen in die Schule gegangen waren, duschte Jessa und zog sich an, um sich auf den Weg in ihr Büro und an ihren neuen Auftrag zu machen. Um einen Tag zu beginnen, an dem alles wie immer war, normal und unkompliziert. Doch dann fand sie ihre Bluse auf dem Fußboden, die durchsichtige Bluse, die sie am Abend zuvor getragen hatte, und als sie sie aufhob und an ihr Gesicht presste, roch sie den Fremden.

Sie zog ihr Nachthemd aus und hielt sich die Bluse an den Körper. Sie schaute in den Spiegel. Jetzt konnte sie ihre Brüste sehen, die weichen Kurven, die dunkleren Brustwarzen, die fester waren, hervorstanden. Durch den durchsichtigen Stoff konnte sie alles sehen – sie sah die Hand des Mannes, wie sie ihre Brust betastete, so wie sie die Avocado betastet hatte, wie er ihre Brustwarze in den Mund nahm, als ob er eine Erdbeere probieren würde. Und durch den durchsichtigen Stoff konnte sie ihr Herz schlagen sehen.

2

Der Fremde war überall. Er war der Mann in dem Miata vor Jessa im Verkehr, doch sie kam nicht nahe genug heran, um sich zu vergewissern. Er war der Mann, der vor ihr um die Ecke bog – nein, sie würde nicht hinterherlaufen, um ihn genau anzuschauen. Er war der Mann, der genau vor ihr in den Lift stieg, als sie ins Büro kam.

Der Fremde war nirgends. Sie konnte sich nicht mehr erinnern, wie er ausgesehen hatte. Er konnte größer oder kleiner als Roger gewesen sein. Er konnte dicker oder dünner als Roger gewesen sein. Er konnte grüne oder graue Augen gehabt haben, schmale oder volle Lippen hinter seinem Bart. Doch sie erinnerte sich an das Gefühl, als er sie angeschaut hatte, direkt, ohne mit der Wimper zu zucken. Kommen Sie mit mir. Sie erinnerte sich an jedes Wort, das er gesagt hatte.

Im Büro traf sie den neuen Kunden, der ihr das Projekt erklärte. Er stand hinter ihr am Schreibtisch und beugte sich über sie, zeigte auf Zeichnungen, Entwürfe, erklärte, was er wollte, doch sie konnte es besser, konnte sauberere, viel genauere Zeichnungen machen.

Er war jung, jünger als sie, ein schmucker Mann im Anzug, der seine Arbeit sehr ernst nahm. Sein Haar wurde an den ersten Stellen grau – ja, das war's, das Haar des Fremden war um die Ohren herum grau, und es war lang, so lang, dass es sich auf dem Kragen lockte – und dieser Mann beugte sich über sie, und plötzlich dachte sie: Er interessiert sich für mich, er versucht, mich zu verführen. Dann trat er zurück, um weitere Zeichnungen zu holen, und sie dachte: Ich Idiot, er tut nur seine Arbeit. Nicht die ganze Welt denkt nur an Sex.

Oder vielleicht dachte die ganze Welt an Sex, und nur sie hatte das erst jetzt kapiert.

Mittags traf sie sich mit Grace vor deren Schule, einer Grundschule, die nur ein paar Blocks von Jessas Büro entfernt lag. Während sie auf Grace wartete, beobachtete sie eine junge Frau, die vor dem Schultor ihren Freund begrüßte. Die beiden blieben einen Augenblick lang stehen und küssten sich, ehe sie Arm in Arm davongingen. Richtige Küsse. Seine Hand hielt ihren Hinterkopf, ihre streichelte seinen Rücken. Sie pressten sich aneinander.

»Junge Liebe«, sagte sie, als Grace sich zu ihr gesellte.

»Wovon redest du?«, fragte Grace, während sie zu einem Café an der Ecke gingen.

»Eine Lehrerin – eine große Blonde? – hat sich hier vor ein paar Minuten mit ihrem Freund getroffen. Sie haben geknutscht wie Teenager.«

»Paula. Sie ist verliebt. Redet nur noch über ihn. Sie ist besessen. Ich glaube, sie erteilt jetzt ihren Erstklässlern Sexualkundeunterricht.«

»Warst du auch mal so?«

»Also«, sagte Grace und hakte Jessa unter. »Erzähl mir von dem Mann, den du küssen wolltest.«

»Sag mir erst eins«, sagte Jessa. »Küsst du Matt so? Hast du Matt jemals so geküsst?«

»So wie Paula ihren Romeo küsst? Vielleicht. Wer kann sich daran schon erinnern.«

»Würdest du Matt je betrügen?«

»Nein«, sagte Grace leichthin. »Und du würdest es auch nicht tun. Roger betrügen, meine ich. Matt ist ja wohl kein Thema für dich.«

Sie setzten sich an einen Tisch auf dem Gehsteig – es war Ende September und endlich ein bisschen wärmer nach einem kühlen San-Francisco-Sommer.

»Wer ist es denn?«, fragte Grace und warf einen Blick auf die Speisekarte, während Jessa überlegte, was sie antworten sollte. Vielleicht war es so einfach. Man lernte einen Mann kennen, hatte Phantasien über ihn und das war's. Keine große Sache.

»Niemand«, sagte Jessa. »Ich glaube, ich bin einfach sauer auf Roger.«

»Was ist?«

»Nichts. Alles. Die Ehe.«

»Ich nehme das überbackene Lachssandwich.«

»Du nimmst immer das überbackene Lachssandwich. Warum schaust du überhaupt noch in die Speisekarte?«

»Weil ich eines Tages ausbrechen werde«, sagte Grace und sah Jessa mit einem teuflischen Lächeln an. »Eines Tages mache ich etwas richtig Wildes und Verrücktes und bestelle einen Hamburger!«

Der Kellner kam und mischte sich ein: »Unsere Hamburger sind himmlisch. Die sollten Sie sich nicht entgehen lassen.«

Die Frauen lachten. »Ich könnte niemals einen himmlischen Hamburger essen«, sagte Grace. »Ich nehme das überbackene Lachssandwich.«

»Für mich bitte den *Caesar's Salad*«, bat Jessa. Nachdem der Kellner gegangen war, sprachen sie über andere Dinge – Jessas neues Projekt, eine Kollegin von Grace, die sie hasste, die Bergtour, die für das Wochenende geplant war. Nach dem Essen, als sie sich verabschiedet hatten und wieder an ihre Arbeit gingen, dachte Jessa: Nichts hat sich verändert. Ein Mann hat mit mir geflirtet. Ich habe zurückgeflirtet. So was kann jedem passieren.

An diesem Abend kochte sie Muscheln mit Curry für Roger; das hatte sie früher einmal für ihn gemacht, und er hatte es geliebt. Für die Kinder gab es Nudeln, obwohl Lee vielleicht die Muscheln probieren würde. Sie öffnete eine Flasche Wein und schnitt ein frisches Baguette auf, das sie auf dem Heimweg gekauft hatte.

Doch als Roger nach Hause kam, sagte er, dass er Muscheln hasste und sich nicht daran erinnerte, mit ihr schon mal welche gegessen zu haben. Lee fand sie abscheulich.

»Für mich keinen Wein«, sagte Roger, »ich habe gestern Abend zu viel getrunken.«

»Kann ich in meinem Zimmer essen, während ich Hausaufgaben mache?«, fragte Lee.

»Nein«, erwiderte Jessa. »Das weißt du doch. Wir essen gemeinsam zu Abend.«

Lee war während des ganzen Essens beleidigt.

»Wollen wir nicht nach dem Essen einen Spaziergang machen?«, schlug Jessa Roger vor.

»Warum?«, fragte er.

»Einfach so. Es muss keinen Grund für einen Spaziergang geben.«

»Und wohin?«, fragte Roger.

»Ein Spaziergang muss auch kein Ziel haben«, entgegnete sie, doch es klang nicht mehr nett, und sie wollte auch nicht mehr nett sein. »Vergiss es«, sagte sie. »Ich geh allein.«

»Wohin willst du?«, fragte Roger.

»Nirgendwohin«, sagte Jessa. »Ich gehe nirgendwo allein hin.«

»Ist mir irgendwas entgangen?«, fragte Roger.

Jessa sah ihn an, dann zuckte sie die Achseln. »Ich dachte einfach, wir könnten ein wenig mehr Zeit miteinander verbringen.«

»Nächstes Wochenende«, sagte Roger, stand auf und stellte seinen Teller in die Küche. »Diese Woche habe ich haufenweise Arbeit.«

Innerhalb einer Sekunde waren alle verschwunden, und Jessa saß allein am Tisch, aß eine Muschel nach der anderen, und ihre Finger verfärbten sich vom Curry langsam gelb. Wer bestimmt, wann wir mit Essen fertig sind, dachte sie. Und was spricht gegen einen Abendspaziergang?

Also ging sie allein spazieren, zwang sich, nicht zum Supermarkt zu gehen, obwohl sie die Richtung einschlug. Vielleicht wohnte er ja in der Nähe, wenn er dort einkaufen ging. *Jetzt habe ich Lust auf mehr*. Wie lächerlich es war, in den Straßen von San Francisco nach einem Mann zu suchen. Sie suchte ihn nicht. Sie machte einen Spaziergang, um sich abzukühlen. Um einen klaren Kopf zu bekommen. Um diese irrationale Wut auf Roger loszuwerden. Wegen nichts. Weil er nicht wusste, was sie im Augenblick brauchte, denn sie konnte ihm niemals sagen: Halt mich fest! Lass mich nicht los.

Weil sie innerhalb eines Tages den Halt verloren hatte.

Sie schlug eine andere Richtung ein, ging nicht mehr auf den Supermarkt zu. Geh nach Hause, dachte sie. Geh nach Hause.

Der Fremde war überall. Sie stellte sich vor, wie er aus einem der Häuser kam, sich zu ihr gesellte und, den Arm um ihre Taille gelegt, mit ihr durch die Straßen lief. Oder er wartete auf einer Bank in dem Park, der vor ihr lag, und als sie näher kam, stand er auf und sagte: »Endlich! Ich habe auf dich gewartet.« Sie würde darüber lachen, und er würde mit den Fingern ihren Hals streicheln. Sie stellte sich vor, dass er in einem Restaurant saß, ganz allein, und ihr beiläufig zunickte, als sie zufällig daran vorbeikam, sodass sie das scheinbar Unmögliche tun konnte: Sie konnte in das Restaurant gehen, sich ihm gegenübersetzen, und so würde es beginnen.

Der Fremde war nirgends. Jessa war wütend auf sich selbst, weil sie aus dem Haus gegangen war, weil sie so kindische Phantasien hatte. So ist die Ehe, dachte sie. Arbeit, Kinder und Pläne fürs Wochenende. Vielleicht hatte sie sich geirrt, was die Muscheln betraf, und Roger hatte sie tatsächlich nie gemocht.

Jessa würde einen Zauberspruch sprechen, sie würde alles verhexen. Sie trug einen schwarzen, gazeartigen Rock, ein schwarzes, ärmelloses Hemd und lange, schwarze Handschuhe, die sie in der Haigh Street erstanden hatte, als sie mit Lee Anziehsachen einkaufen gewesen war. Sie hatte im Kostümladen einen hohen, spitzen Hexenhut mit einer großen, weichen Krempe gekauft.

Als Roger fragte: »Warum trägst du ein Kostüm? Ich dachte, Rosie ist diejenige, die auf Beutezug geht«, verhexte sie ihn.

»Krötenauge, Schlangengift, fahr zur Hölle, mit dem Lift.«

»Mit dem Lift?«, fragte Lee kichernd.

»Ich bin eine moderne Hexe«, erklärte Jessa und zeigte mit einem schwarzen Finger auf Roger, der auf dem Sofa saß und den dreien zusah, wie sie sich für Halloween verkleideten.

»Er, der böse über mich spricht, soll sich in eine Fliege verwandeln!«

Rosie, die als Peter Pan verkleidet war, schüttelte sich vor Lachen.

Roger warf die Hände in die Luft. »Ich habe nichts Böses gesagt. Ich dachte nur, Halloween ist eher was für Kinder.«

»Ist es auch«, sagte Jessa. »Ich bin eine kleine Hexe. Erst dreihundertsiebenundzwanzig Jahre alt. Auf Wiedersehen, mein Schatz. Wenn du dich heute Abend gut benimmst, werde ich dich nicht mehr verhexen.«

»Ich gehe auf keinen Fall mit euch«, sagte Lee.

»Das habe ich auch nicht erwartet«, sagte Jessa und nahm Peter Pan in die Arme. »Peter und ich gehen allein. Du kannst mit deiner Horde Zigeunerinnen durch die Straßen ziehen.«

Lee hatte sich als Zigeunerin verkleidet; eigentlich sah sie aus wie eine Hexe, nur viel bunter. Ihr Haar war grell orange gefärbt, was sich, wie sie ihrer Mutter versichert hatte, mit Shampoo wieder herauswaschen ließ.

»Wo triffst du dich mit deinen Zigeunerfreundinnen, Lee?«, fragte Roger. »Und wieso muss ich zu Hause blieben und Süßigkeiten verteilen?«

»Weil du nicht mitgehen wolltest, Daddy«, erklärte ihm Rosie.

»Tschüss«, rief Lee und stürmte mit wehendem rosa Chiffon zur Tür. »Zur Schlafenszeit für Zigeunerinnen bin ich wieder da.«

»Einige Zigeunerinnen haben morgen Schule«, rief Jessa ihr nach.

Die Tür schlug hinter ihr zu. Dann klingelte es.

»Das ist dein Job«, sagte Jessa. »Wir machen uns jetzt auf in die Welt der Fabelwesen. Einen Schokoriegel für jeden Kobold, mein Schatz.«

»Das schaff ich schon«, versprach Roger und hievte sich vom Stuhl hoch. Sie folgten ihm in den Flur, wo er nach der großen Schüssel mit KitKats griff und die Tür für zwei kleine Prinzessinnen öffnete. Sie kreischten, als sie Jessa sahen.

»Schsch«, machte Jessa und berührte im Vorbeigehen ihre Kronen. »Ich bin eine gute Hexe.«

Rosie kicherte und rannte an ihr vorbei aus dem Haus.

»Bleib bei ihr«, rief Roger von der Tür.

Jessa wirbelte herum und warf ihm unter der Krempe ihres Hutes heraus einen Blick zu. »Krötenauge, Schlangengift ...«, zischte sie.

»Ich weiß, ich weiß«, sagte Roger und ließ die Schokoriegel in die Tüten der Prinzessinnen fallen. »Es ist nur Halloween, mehr nicht.«

»Das musst du mir nicht sagen«, murmelte Jessa vor sich hin, als sie ihrer Tochter folgte – eine Hexe, die Selbstgespräche führte.

»Such dir irgendein Haus aus«, sagte sie zu Peter Pan.

»Das da«, entschied Rosie und zeigte auf ein altes, reich verziertes Haus an der Ecke. Es war dämmrig, und die Stadt lag in einem rosafarbenen Nebel: ein Wetter, wie für Halloween bestellt.

»Soll ich mit zur Tür kommen oder hier warten?«

»Wenn du willst, darfst du mitkommen, Mommy.«

»Danke, mein Herzblatt. Nichts will ich lieber.«

Und so näherten sie sich jeder Tür Hand in Hand und sagten einstimmig: »Süßes oder Saures.« Der winzige Peter Pan und die erwachsene Hexe eroberten gemeinsam die Nachbarhäuser. Auf Peters Zeichen bogen sie um die Ecken, wählten Häuser, die Peter gefielen, und aßen auf dem Weg die besten Süßigkeiten.

Dann öffnete sich eine Tür wie alle anderen Türen, und sie sangen ihr »Süßes oder Saures« wie jedes Mal, und plötzlich stand Jessa einem Mann gegenüber, den sie kannte und der sie aus seinem bärtigen Gesicht anlächelte.

»Du bist eine wunderschöne Hexe«, sagte er.

Sie hatte vergessen, dass seine Stimme so tief war.

»Und das hier ist Peter Pan«, sagte Jessa und zeigte auf Rosie.

»Das sehe ich«, sagte er, obwohl er den Blick nicht von Jessa abzuwenden schien.

»Ich wusste nicht –«, setzte Jessa an.

»Jetzt weißt du, wo ich wohne«, sagte er.

Vor ihr hielt Rosie erwartungsvoll ihre Tüte auf. Jessa wackelte mit der Spitze ihres Hutes in Richtung Tüte.

»Etwas Süßes«, sagte er lächelnd. »Bitte sehr, Peter Pan.« Endlich sah er Rosie an. Er ließ ein Milky Way in ihre Tüte fallen. »Und für dich auch eins, meine Hexe?«

Jessa schüttelte den Kopf.

»Freut mich, dich wiederzusehen«, sagte er.

Sie sahen sich an, lächelten beide – doch sie antwortete nicht.

Irgendwo aus dem Innern des Hauses rief eine heisere Frauenstimme. »Sag den Hexen, sie sollen weiter reiten, damit du zum Essen kommen kannst!«

»Woher weiß sie, dass ich eine Hexe bin?«, fragte Jessa.

»Sie hat dich kommen sehen und mich zur Tür geschickt«, erklärte der Mann. »Sie kann es nicht leiden, wenn Erwachsene sich verkleiden.«

»Mein Mann auch nicht«, sagte Jessa.

»Wohnst du hier in der Gegend?«

»Ja. Nein. In der Nähe.«

»Verrate mir deinen Namen«, sagte er, »dann bekommst du etwas Süßes, liebe Hexe.«

Sie sah zu Rosie – doch die war verschwunden! Sie drehte sich um – sie muss hinter mir sein, dachte Jessa –, aber ihre Tochter war nirgends zu sehen.

»Rosie?«, rief sie, dann lauter: »Rosie!«

Sie hastete den Weg hinunter zum Bürgersteig und schaute voller Angst in beide Richtungen. Es war dunkel und überall waren Menschen – Jessa suchte verzweifelt nach einer Gestalt, die allein war.

»Rosie!«, schrie sie und blickte schließlich auf die Straße, suchte zwischen den Autos und auf dem Boden am Straßenrand.

»Mommy!«, erklang Rosies Stimme aus einem Gewirr von kostümierten Kindern vor dem Nachbarhaus.

Jessa rannte auf sie zu, dann blieb sie abrupt stehen und riss sich zusammen. Nichts war passiert. Es gab keinen Grund, ihr Angst einzujagen.

»Ich wusste nicht, in welche Richtung du gegangen bist«, sagte Jessa und versuchte ihre Stimme fest klingen zu lassen.

»Sie war ganz allein«, sagte ein Mann, und Jessa sah sich einem wütenden Vater gegenüber, der einen kleinen Teufel an der Hand mit sich zog.

»Ich kenne sie«, sagte der Teufel stolz. »Ich hab gesagt, sie kann mit uns gehen.«

»Wir dachten schon, sie wäre allein«, sagte der Mann, und Verachtung klang aus seiner Stimme. »Ein Kind einfach so allein hier draußen herumlaufen zu lassen.«

»Sie war nicht allein«, sagte Jessa, griff nach Rosies Hand und zog sie von dem kleinen Teufel und seinem Vater weg.

»Tschüss, Rosie«, rief der Teufel ihr nach.

»Ich bin nicht Rosie«, trällerte sie. »Ich bin Peter Pan.«

»Könnte es sein, dass Peter für heute Abend genug Beute erobert hat?«, fragte Jessa, als sie wieder allein waren.

»Nein«, gab Rosie zurück.

»Bald?«, fragte Jessa. »Und dann zurück nach Nimmerland.«

Rosie streckte ihr die Arme entgegen, und Jessa beugte sich hinunter, um sie hochzunehmen. Rosie schlang die Arme um Jessas Hals und drückte sie fest an sich.

»Ich würde dich niemals verlieren, meine Süße«, flüsterte Jessa.

»Das weiß ich, Mommy«, versicherte ihr Rosie.

Sie standen auf dem Bürgersteig, und über Rosies Kopf hinweg konnte Jessa das Haus des Mannes sehen. Die Tür war zu und alle Lichter waren aus. *Sag den Hexen, sie sollen weiter reiten, damit du zum Essen kommen kannst*.

»Lass uns nach Hause gehen«, wisperte Jessa, und Rosie nickte an ihrer Schulter.

Auf dem Heimweg, zwischen verkleideten Kindern, sprach Jessa einen Zauberspruch für sich, Krötenauge, Schlangengift. Geh nach Hause. Vergiss, wo er wohnt. Vergiss, wie er dich ansieht. Vergiss, wie du dich fühlst.

Ihr eigenes Haus war dunkel.

»Warum brennt kein Licht?«, fragte Jessa, während Rosie vor ihr her den Weg hinauflief.

»Sieh mal, Mommy«, rief sie. »Hier steht die Schale. Daddy hat einen Zettel geschrieben: *Nehmt eins, ihr Geister.* Den Rest kann ich nicht lesen.«

Jessa holte sie ein und las die Worte, die auf ein Blatt aus Rosies Zeichenblock gekritzelt waren: *Nehmt eins, ihr Geister und Gespenster.*

»Warum hat Daddy das gemacht?«

»Fragen wir ihn mal«, sagte Jessa, murmelte im Geiste Zaubersprüche vor sich hin und schloss die Tür auf.

Sie hörte den Fernseher im Wohnzimmer laufen. Rosie hüpfte voraus. An der Tür blieb sie stehen, wirbelte herum, den Finger auf die Lippen gelegt.

»Er schläft«, flüsterte sie.

Jessa schaute an Rosie vorbei – Roger lag auf dem Sofa vor dem Fernseher und schlief tief. Sie drehte sich abrupt um und ging weg.

»Ärger dich nicht, Mommy«, sagte Rosie und folgte ihr.

»Ich ärger mich nicht, Peter Pan«, sagte Jessa. »Aber vielleicht verzaubere ich ihn.«

»Wie denn?«

»Wir könnten ihn in einen Kobold verwandeln. Oder in eine Schale mit KitKats.«

Rosie kicherte.

»Ab ins Bett, Süße! Morgen ist Schule.«

»Nicht in Nimmerland«, sang Rosie auf dem Weg in ihr Zimmer.

»Kannst du nicht die Schule wegzaubern?«, fragte sie, drehte sich einmal im Kreis und rannte mit einem Jauchzer in ihr Zimmer.

Jessa sank auf einen Stuhl und nahm den Hut ab. Sie drehte ihn in den Händen. »Krötenauge, Schlangengift«, wisperte sie, und der Hut drehte sich immer schneller in ihren Händen.

Verwandle mich in eine andere Hexe, eine wilde Hexe, eine verwegene Hexe.

Doch da ging die Haustür auf, und sogar die Zigeunerin kam nach Hause.

»Irgendwann kannst du die Leidenschaft einfach vergessen«, erklärte Jessa Grace, als sie den Flohmarktstand vor der Garage aufbauten. Die beiden Familien hatten sich zusammengetan, um vor Jessas Haus allen möglichen Trödel zu verkaufen, in der Hoffnung, dass jemand anders die Sachen drollig oder liebenswert fand. Die Männer waren verschwunden, auf der Suche nach Bier, Klebeband und Leuchtstiften – essentiell wichtige Dinge, um den Tag durchzustehen.

»Kein Sex, was«, sagte Grace. »Hier. Leg die Kinderkleider zum Spielzeug.«

»Doch, wir haben Sex.« Jessa griff nach den Kleidern, und stapelte sie auf einem Kartentisch, der mitten in der Auffahrt stand. »Ich meine was anderes.«

»Ein süßer Typ im Büro?«, fragte Grace. »Hey, gehört Reizwäsche zu Kleidern oder Schlafzimmermöbeln?«

»Ich verkaufe keine Reizwäsche«, sagte Jessa lachend. »Verkaufst du deine alte Unterwäsche?«

Grace hielt einen schwarzen Spitzenbody in die Luft. »Und wem gehört der, geliebte Freundin mit dem großen Busen?«

Jessa schnappte ihn ihr weg. »Den verkaufe ich nicht. Wo hast du ihn gefunden?«

Grace zuckte die Achseln. »Vielleicht will Roger, dass du dir neue Wäsche kaufst.«

»Roger ist meine Unterwäsche egal«, sagte Jessa. Sie warf den Body auf die Stufen zum Hauseingang. »Und es gibt keinen süßen Typ im Büro. Und wenn es so wäre, würde er mir nicht auffallen. Ich bin von der Taille abwärts tot.«

»Leidenschaft kommt aus der Seele, meine Liebe. Ich weiß ja nicht, wie es bei dir ist, aber meine Seele befindet sich oberhalb der Taille.«

»Leg die Kinderbücher auf den Kindertisch und die Erwachsenenbücher auf den anderen.«

»Bist du sicher?«

»Ich hab Flohmarktwissenschaft auf dem College studiert.«

»Ich hasse Flohmärkte. Sobald wir fertig aufgebaut haben, gehe ich.«

»In Ordnung«, sagte Jessa. »Solange du rechtzeitig zum Aufräumen zurück bist.«

»Wer kauft das Zeug?« Grace hielt einen Elefanten aus Draht hoch, den Roger zu College-Zeiten gebastelt und seither von Wohnung zu Wohnung mitgeschleppt hatte.

»Keine Ahnung«, sagte Jessa.

Eine Stunde später stand der Mann aus dem Supermarkt lächelnd vor ihr.

»Ich habe dich gefunden«, sagte er.

»Es hat lange genug gedauert«, antwortete sie. Sie stand allein mitten im Chaos – Grace war gegangen, und die Männer waren irgendwo im Haus.

»Du hast es mir nicht leicht gemacht«, sagte er. »Du wusstest, wo ich wohne.«

»Ich bin nicht ein einziges Mal in deiner Straße gewesen. Seit fast einem Jahr. War nicht einfach.«

»Das hätte ich nie geschafft«, sagte er.

»Du wirst mich wieder verlieren müssen«, erklärte Jessa ihm.

»Nein«, sagte er.

Sie berührte seinen Arm – er trug ein T-Shirt, und seine Haut war warm.

»Bitte«, sagte sie.

Die Tür ging auf, und Jessa zog ihre Hand weg.

»Ich bin dran«, rief Roger von irgendwo aus dem Haus, dann tauchte er mit einem Bier in der Hand auf.

Der Mann ging zu einem Tisch mit Büchern und begann, sie durchzusehen, nahm eins, las den Titel, lächelte. Jetzt weiß er, was ich lese, dachte Jessa.

»Ich hab alles im Griff«, rief Jessa Roger zu, der auf den Stufen stand. »Du kannst dir ruhig das Spiel zu Ende anschauen.«

Roger bückte sich und hob etwas von den Stufen auf. An einem dünnen Träger baumelte ihr schwarzer Body an seinem Finger in der Luft. Sie warf dem Mann einen Blick zu. Er beobachtete sie.

»Herrje, Jessa, verkaufst du jetzt auch schon deine Unterwäsche?«

»Nein«, japste sie, rannte zu ihm und schnappte sich das wehende Teil aus seinen Fingern. »Das war ein Versehen.«

Sie warf den Body in den Flur und stürmte an Roger vorbei zurück zu den Tischen. Während der Mann ihre alten Kleider, Schals und Schuhe durchwühlte, sortierte sie Küchensachen auf einem Klapptisch.

Roger blieb auf den Stufen stehen und trank sein Bier.

»Geh nur«, sagte sie. »Ich kümmere mich um alles.«

Endlich drehte er sich um, ging zurück ins Haus und schloss die Tür hinter sich.

Einen Moment lang schwiegen sie. Der Mann hielt einen ihrer schwarzen hochhackigen Pumps in der Hand.

»Leg ihn hin«, flüsterte sie.

»Jessa«, sagte er lächelnd.

»Geh weg«, sagte sie, doch auch sie lächelte.

»Das ist ein wunderschöner Name«, sagte er. »Ich kaufe die Schuhe.«

»Nein, das tust du nicht.«

»Doch. Sie gefallen mir.«

Er stopfte den einen Schuh mit der Spitze voran in

seine Tasche und begann, die restlichen Kleider durchzusehen. Er hielt ein gelbes Sommerkleid vor sich hoch.

»Du kannst ein Buch haben. Von mir aus auch alle. Aber lass meine Kleider in Ruhe.«

»Ich heiße Simon.«

»Ich will deinen Namen nicht wissen. Hier«, sagte sie und zog Schachteln unter dem Tisch hervor. »Scrabble. Ein paar Buchstaben fehlen zwar, aber egal. Oder einen Briefbeschwerer, auf dem *Imagine* steht. Vielleicht gefällt dir das hier? Hunde als Salz- und Pefferstreuer. Sie gehören meiner Freundin Grace. Ich würde so was nie kaufen.«

Er hielt eine Bluse in die Luft. Eine durchsichtige Bluse.

»Warum verkaufst du sie?«, fragte er.

»Keine Ahnung«, sagte sie und wandte den Blick ab.

»Ich nehme sie.«

»Nein, das tust du nicht, Simon.«

Er drehte sich um und sah sie an.

»Treffen wir uns heute Abend zu einem Spaziergang? In den Baylands? Beinahe ein Jahr später.«

»Ja«, sagte sie.

Er legte vorsichtig die Bluse auf den Tisch, wobei er sie sorgsam über die restlichen Kleider ausbreitete.

»Danke«, sagte er.

»Geh jetzt«, sagte sie. »Geh.«

»Um neun. Park an der Straße vor dem Nordeingang. Ich warte dort.«

Sie nickte. »Geh«, drängte sie ihn.

Er lief an ihr vorbei und legte kurz seine Hand an ihren Hals, genau so, wie sie es sich vorgestellt hatte. Einen Augenblick lang schloss sie die Augen, dann spürte sie, wie er weiterging. Als sie die Augen wieder öffnete, war er bereits auf der Straße.

»Mein Schuh«, rief sie.

Er drehte sich um und zog den Schuh aus der Tasche. In einem weiten, hohen Bogen flog der Schuh wild kreiselnd durch die Luft auf sie zu.

3

Jessa bat Lee, für eine Stunde auf Rosie aufzupassen – sie musste schnell zu Grace hinüber, um ihr bei irgendwas zu helfen. Roger war mit Matt bei einem Spiel der Giants. Plötzlich war etwas, das unmöglich erschien, lächerlich einfach – sie schlüpfte aus ihrem Leben in ein anderes.

Sie fuhr zu den Baylands und parkte am Nordeingang. Er war schon dort, stand an seinem Wagen und wartete auf sie. Sie betrachtete ihn, um herauszufinden, wer er war. Ein Mann in ihrem Alter, vierzig oder fünfundvierzig, ein Mann in Jeans und einem weißen Hemd, schlank, grauschwarze Haare, mit einem gestutzten Bart, den sie berühren wollte.

Ich werde es mir nicht anders überlegen, dachte sie und blieb einen Moment lang erschrocken im Auto sitzen.

Sie stieg aus, griff nach den Erdbeeren, die sie mitgebracht hatte, und nahm sie mit zu ihm.

»Danke, dass du gekommen bist«, sagte er und sie sah, dass es ehrlich gemeint war.

»Wer bist du?«, fragte sie.

»Komm«, sagte er und fasste sie am Ellbogen, führte sie auf einen Pfad, der zur Bucht führte.

»Ist dir kalt?«, fragte er, doch sie schüttelte den Kopf und dachte, ich muss betäubt sein. Denn sie hatte die kalte Luft nicht gespürt, weder im Gesicht noch an den Armen oder durch den dünnen Stoff ihres T-Shirts auf der Brust.

»Schau dir das an«, sagte er. Vor ihnen lag die Bucht, blauschwarz in der Nacht, und in der Ferne die vom Mond beschienene Hügelkette. Der Weg führte durch eine Wiese; die Gräser standen hoch und bewegten sich in der Brise. Die Luft war schwer vom Geruch nach Meer, Gras und Erde.

»Das ist verrückt«, erklärte sie.

»Vertrau mir«, sagte er.

»Warum sollte ich?«, fragte sie, blieb stehen und sah ihn ernst an.

Er streckte die Hand aus, um ihre Wange zu berühren. Einen Augenblick lang ließ er sie dort – sie bewegten sich nicht und sie hatte das Gefühl, sie könnte sich in seine Handfläche lehnen und so bleiben –, dann zog er sie zurück und ging weiter.

Während sie auf die Bucht zugingen, dem Geräusch des Wassers entgegen, das an die Küste schlug, den Rest der Welt hinter sich ließen, berührte er die ganze Zeit ihren Ellbogen.

»Jessa«, sagte er versuchsweise.

»Ich habe nie eine Affäre gehabt«, sagte sie, und ihre Stimme war sehr leise, sodass er sich vorbeugen musste.

»Gut«, sagte er.

»Für dich ist das nichts Besonderes«, sagte sie.

»Nein«, entgegnete er und sie sah, dass er lächelte. »Ich habe noch nie eine schöne Frau im Supermarkt kennen gelernt, die ich auf der Stelle von einem Abendessen entführen wollte.«

Wieder blieb er stehen und nahm ihr die Erdbeeren aus der Hand. Sie sah ihm zu, wie er eine aus der Schale nahm und ihr in den Mund legte. Sie biss hinein und der süße Saft füllte ihren Mund. Als sie sie geschluckt hatte, bot er ihr den nächsten Bissen an. Er fütterte sie mit den Erdbeeren, eine nach der anderen – sie biss hinein, kaute, schluckte, und der Geschmack der Erdbeeren erfüllte ihren Mund. Sie hielt sein Handgelenk fest, sodass seine Hand nahe an ihrem Mund blieb. Sie presste seine Handfläche gegen ihre Lippen.

Sie beobachtete ihn, das angedeutete Lächeln, den intensiven Blick. Es gefiel ihr, wie sein Haar über die Ohren fiel, wie bei einem Schuljungen, und sie stellte sich vor, es in den Händen zu halten, und wusste genau, wie es sich anfühlen würde.

»Wie macht man so etwas?«, fragte sie.

»Wie macht man so etwas?«, fragte er.

»Ich weiß es nicht. Ich hab es noch nie gemacht.«

»Ich auch nicht«, sagte er. »Ich habe noch nie eine Frau mit Erdbeeren gefüttert.«

»Lass uns weitergehen«, drängte sie. »Ich kann hier nicht stehen bleiben.«

Sie gingen in Richtung Bucht und fanden einen Weg, der am Wasser entlang führte. Das Wasser reflektierte das Mondlicht, ein diffuses, weiches Licht. Nichts schien klar, weder das Licht noch die Luft oder der schwere Geruch nach Meer.

»Ich sollte zu Hause sein und meine Tochter ins Bett bringen«, sagte Jessa, und sie spürte seinen Arm an ihrem. »Stattdessen entferne ich mich Schritt für Schritt weiter von meinem Auto, meinem Zuhause, meinem Mann.«

»Eine mutige Frau«, sagte Simon.

»Oder eine Verrückte«, entgegnete sie. »Wie kann ich, bei all den schrecklichen Dingen, die ich über die Welt weiß, hier mit einem Fremden in der Bucht spazieren gehen?«

»Vielleicht ist es die Sehnsucht nach dem Tod«, sagte Simon.

»Vielleicht ist es die Sehnsucht nach Leben«, erwiderte Jessa.

Er blieb stehen, nahm ihr Gesicht in seine Hände und legte seinen Mund an ihr Ohr. Zuerst spürte sie seinen Atem, dann die zarte Berührung seiner Lippen an ihrem Ohrläppchen. »Ja«, flüsterte er.

»Geh weiter«, befahl sie.

Eine Weile gingen sie schweigend nebeneinander her. Jessa entdeckte einen Baum, der im Mondschein gefangen zu sein schien, und sagte: »Sieh mal!« Sechs oder sieben große, weiße Vögel saßen auf den Zweigen, wie riesige Kerzen auf einem gigantischen Kerzenleuchter. Sogar die Vögel schienen zu leuchten, als pralle das Mondlicht von ihnen ab, um noch heller und schärfer zu werden.

»Silberreiher«, sagte Simon.

»Ich habe letztes Jahr für ein Vogelbuch Silberreiher gezeichnet«, sagte Jessa, und Simon schaute sie an. »Ich illustriere Lehrbücher«, erklärte sie. »Wenn ich sie noch mal zeichnen würde, würde ich sie so malen. Sie würden von innen heraus leuchten und das ganze Blatt ausfüllen.«

»Ich sehe es vor mir«, sagte Simon.

»Und mein Chef würde sagen, dass Silberreiher so nicht aussehen«, sagte Jessa.

»Dein Chef hätte Unrecht«, sagte Simon.

»Wenn ich sie so zeichnen würde, wie ich sie jetzt sehe«, sagte Jessa, »würden sie ein Loch ins Papier brennen.«

»Würdest du sie für mich so zeichnen?«

Sie warf ihm einen seltsamen Blick zu, so als verstünde sie ihn nicht.

»Morgen«, sagte er. »Wir müssen uns wiedersehen. Damit du mir die Zeichnung geben kannst.«

»Meinst du?«, fragte Jessa.

»Ich hoffe es«, antwortete Simon.

»Es gibt zwei Arten von Silberreihern, die in die Baylands kommen. Das da ist der große, weiße Silberreiher. Siehst du sein Gefieder? Sieh mal, wie lang sein Schnabel ist!«

Simon lächelte sie an.

»Ich weiß ein wenig über vieles«, erklärte Jessa.

»Weißt du etwas über die Liebe?«, fragte Simon.

»Nicht über die Art, die ein Loch in die Seite brennt.«

»Ich werde heute Nacht nicht schlafen«, sagte Simon. »Ich werde brennen wie die Silberreiher, die da auf dem Baum hocken.«

»Komm«, sagte sie. »Geh mit mir zurück zum Wagen. Ich muss nach Hause.«

»Noch nicht«, bat er.

»Meine Töchter werden glauben, mir ist etwas passiert.«

»Dir ist ja auch etwas passiert«, sagte er lächelnd.

Sie machten sich auf den Rückweg, entfernten sich von dem Baum mit den Reihern, dem schweren Geruch nach Schwefel, den das Marschland verströmte, und hörten ein Geräusch, ein seltsames Heulen, das weder von einem Vogel noch von einem anderen Tier kam. Das Geräusch wurde kräftiger und entwickelte sich zu einer Reihe von Tönen, traurigen, schmerzenden Tönen.

»Eine Tuba«, sagte Jessa.

»Hier?«

»Jemand übt Tuba«, sagte Jessa und begann zu lachen, plötzlich schwindelig vor Glück. »Warum übt jemand mitten in der Nacht in den Baylands Tuba?«

»Ich weiß es«, sagte Simon.

»Woher?«, fragte Jessa, doch als sie ihn anschaute, sah sie, dass er dieselbe Freude wie sie empfand.

»Es ist eine Frau«, sagte Simon, obwohl sie sie noch nicht sehen konnten, sondern nur den traurigen Gesang der Tuba hörten. »Sie hat gerade erst angefangen, und ihr Mann hasst es, er hasst es, wenn sie übt, hasst den Klang des Instruments. Er findet es unmöglich, dass sie etwas so Idiotisches macht – die Tuba spielt, in ihrem Alter noch etwas Neues lernt.«

Simons Stimme war tief und weich, melodisch und beschwörend, und die Geschichte sickerte durch die Poren ihrer Haut, sie musste ihm glauben, obwohl sie wusste, dass er sich alles ausdachte und weiterspann, während sie gingen. Sie hatte nie etwas so Wahres gehört.

»Der Mann hat ihr erklärt, dass sie unmöglich im Haus üben kann, der Lärm macht ihn verrückt«, fuhr Simon fort. »Und so kommt sie spät nachts in die Baylands, um zu üben. Sie sitzt im Mondschein auf einer Bank und spielt für die Silberreiher.«

Als sie sich dem Ende des Wegs näherten, wurde der Klang der Tuba immer lauter und kräftiger. Es war ein schreckliches Geräusch, es drehte einem den Magen um, doch dort, in der unendlichen Dunkelheit, war es perfekt.

»Kannst du sie sehen?«, fragte Jessa und spähte suchend in die Finsternis.

»Nein«, sagte Simon. »Aber sie ist da.«

Sie trat zurück, und wieder weinte die Tuba. Wer ist sie, dachte Jessa, wer spielt die Tuba? Der Klang war so fremd und so herzzerreißend, dass er Jessa wieder auf den Boden der Tatsachen zurückbrachte. »Ich muss nach Hause.«

»Gib mir deine Telefonnummer«, sagte Simon.

»Nein«, sagte Jessa.

Sie wandte sich ab und spürte seine Hand auf ihrer Schulter, doch sie drehte sich nicht um.

»Hör zu«, sagte er, und seine Stimme klang tief und drängend. »Meine Nummer ist 949-8469. Das Telefon klingelt nur in meinem Arbeitszimmer. Du kannst mich jederzeit anrufen.«

Sie nickte wortlos.

»Wiederhol sie«, forderte er sie auf.

»949-8469«, sagte sie. Immer noch drehte sie sich nicht um. Sie spürte seine Hand auf ihrer Schulter, als wollte er die Nummer in ihre Haut pressen. Sie schüttelte den Kopf. 949-8469. Simon.

Mitten in der Nacht wurde sie von einem Albtraum geweckt und stand auf, floh vor dem Traum. Roger schlief zusammengerollt auf seiner Seite. Sie verließ leise das Schlafzimmer, griff sich auf dem Weg ihren Morgenmantel vom Stuhl und warf sich ihn über. Trotzdem war ihr kalt. Leise ging sie in ihr Arbeitszimmer und schloss die Tür. Sie lehnte sich von innen dagegen und atmete tief durch. Sie schaute das Telefon auf dem Schreibtisch an. Wir sind zusammen spazieren gegangen. Mehr nicht.

Sie nahm den Hörer ab. 949-8469. Sie wählte und dachte: Ich lege auf. Ich werde nicht mit ihm reden.

»Hallo?« Seine Stimme war ruhig, als stünde er neben ihr, als streifte sein Flanellhemd ihren Arm.

»Wer bist du?«, wisperte sie ins Telefon. »Sag es mir. Bitte.«

»Ich bin so froh, dass du anrufst«, sagte er, und sie sah sein Lächeln vor sich, wusste genau, wie es aussah.

»Ich will nicht, dass sich mein Leben ändert.«

»Ich auch nicht.«

»Ich will dich nur küssen.«

»Ich dich auch.«

»Wie soll das gehen?«

»Wir werden es herausfinden.«

»Komm vorbei«, sagte er am nächsten Morgen am Telefon. Beruhigend und hartnäckig zugleich drang seine Stimme an ihr Ohr. »Bitte. Komm zu mir.«

»Nein, nicht zu dir«, sagte sie, als wäre das das einzige Problem. Als würde sie nur daran denken, wo das Bett stand, und nicht daran, was in diesem Bett geschehen würde.

»Ich bin allein«, sagte er. »Wir haben das Haus für uns. Es ist kein Problem. Komm jetzt gleich.«

»Deine Frau –«

»Arbeitet. Den ganzen Tag. Ich muss dich wiedersehen.«

»Ich muss arbeiten –«

»Geh einfach später hin.«

»Ich kann das nicht. Mein Leben verläuft in geregelten Bahnen. Ich kann nichts ändern –«

»Wir werden nichts ändern.«

»Es ist jetzt schon alles anders.«

»2427 Forest. Du weißt, wo das ist.«

»Ich habe nicht ja gesagt.«

»Du hast gesagt, es ist zu spät, um aufzuhören.«

Nachdem sie aufgelegt hatte, sah sie sich ängstlich um, war sich sicher, dass jemand zugehört hatte. Roger hatte seine Aktentasche vergessen, Lee war zurückgekommen, um ihre Spanischhausaufgaben zu holen, irgendjemand hatte sie bestimmt gehört, jemand, der ihr sagen würde, nein, halt, geh nicht.

Wenn kein anderer es ihr sagte, konnte sie die Entscheidung selber treffen. Sie konnte ihre Mappe nehmen, einen letzten Schluck Kaffee trinken, ins Auto steigen und ins Büro fahren.

Sie nahm den Hörer ab und wählte seine Nummer.

»Ich komme«, erklärte sie, als er abhob. »Warte draußen auf mich, und wir gehen in ein Hotel. Ich will nicht zu dir nach Hause kommen.«

»Ich warte auf dich«, sagte er und dann seufzte er, ein tiefer, voller Klang, bei dem sie an seine Brust, seine Schultern, das Gewicht seines Körpers denken musste. »Ich bin froh, dass du kommst, Jessa.«

Sie legte auf und dachte, er sagt »Jessa«, als würde er mich kennen, dieser Mann, der nichts über mich weiß.

Er stand vor dem Haus, einem kleinen viktorianischen Haus, in einer Straße, die mehr nach San Francisco aussah als ihre, obwohl sie nur ein paar Blocks entfernt wohnte. Die Gegend, in der sie lebte, wirkte eher wie ein Vorort mit seinen Häusern und Vorgärten, spielenden Kindern und den Anwohnern, die Hunde auf dem Bürgersteig spazieren führten. Simons Haus war von einem Käseladen und einem mexikanischen Restaurant eingerahmt; aus einem Haus einen Block weiter klang Opernmusik. Sogar die Luft war irgendwie schwerer.

Simon kam ihr entgegen, ein Lächeln breitete sich auf seinem Gesicht aus. Er trug Jeans und ein weißes T-Shirt, und sein Haar war zerzaust, als wäre er gerade erst aus dem Bett gekrabbelt. Er war barfuß, und sie musste lächeln.

Er kam ihr sehr nahe, dann blieb er stehen. Nichts schien Jessa angemessen – weder ein Kuss noch ein Händeschütteln, und wenn er sie berühren würde, wüsste selbst der Obdachlose, der mit seinem Einkaufswagen vorbeischlurfte, Bescheid.

»Komm rein.«

Sie schüttelte den Kopf, fürchtete sich, etwas zu sagen, als wären Worte noch gefährlicher als eine Berührung.

»Nur für einen Moment. Ich will nicht, dass es in einem Hotelzimmer anfängt.«

»Anfängt«, wiederholte Jessa, unsicher, was das Wort bedeutete.

»Ich hab Kaffee gekocht. Es gibt sogar Croissants. Wenn wir in ein Hotel gehen, ist da nur das Bett.«

Er berührte ihren Arm, und sie musste tief Luft holen.

»Ich will dich anschauen«, sagte er. »Komm rein!«

Sie folgte ihm, und schon schien es, als liebten sie sich, seine Hand auf ihrem Arm führte sie durch die Tür, und sie fühlte seinen Blick, der auf ihr ruhte, sie in sich aufnahm wie Hände, die Stellen ihres Körpers berührten, die noch nie jemand berührt hatte.

Das Haus war karg, sauber – das Haus eines Architekten und genau das war er, wie er sagte, als er mit ihr redete, während sie durch die Zimmer des schmalen, lang gestreckten Hauses bis zu einem Wintergarten gingen. »Ich arbeite zu Hause, allein, ich nehme ein Projekt an, verliere mich für Wochen, Monate darin. Wenn ich fertig bin, schaue ich aus dem Fenster und entdecke, dass Weihnachten ist, obwohl doch gerade noch August war.«

Sie war wie mit geschlossenen Augen durch die Zimmer des Hauses gegangen. Wollte nicht sehen, wo er mit seiner Frau am Ende des Tages saß. Wo er mit seiner Frau frühstückte. Wo er mit seiner Frau schlief. Nun stand sie an der Glastür zur Terrasse, die in einen kleinen Garten führte, und dachte: Jetzt kann ich die Augen aufmachen. Jetzt schaue ich auf Bäume, Blumen, einen einfachen Gartentisch und Stühle.

»Können wir draußen sitzen?«, fragte sie.

»Das ist vielleicht zu kalt«, sagte er.

»Nein, mir ist heiß. Mein Körper spielt verrückt. Nichts ist normal.«

»Gut, lass uns draußen sitzen«, sagte er sanft und wieder nahm er ihren Arm und führte sie durch die Tür zu dem Holztisch unter einem grünen Laubdach.

»Ich hole den Kaffee –«

»Ich will nichts.«

Sie saßen sich an dem kleinen Tisch gegenüber. Zwei Stühle. Einer für ihn und einer für seine Frau.

»Wo ist sie?«

»Bei der Arbeit.«

»Und wenn sie nach Hause kommt?«

»Dann sitze ich hier draußen mit dir und wir unterhalten uns.«

»Dann rede mit mir. Sag mir, was jetzt passiert.«

»Ich weiß es nicht«, sagte er, und seine Stimme klang weich und ernst. »Ich weiß nur, dass ich dich wiedersehen musste. Dass ich letzte Nacht nicht geschlafen habe. Dass ich nicht in der Lage bin, heute zu arbeiten.«

»Das weißt du bereits«, sagte Jessa.

»Du weißt es auch«, sagte Simon und legte seine Hand auf ihre. Eine Falle? Eine Übernahme? Ein Willkommen? »Deswegen bist du hergekommen, anstatt ins Büro zu gehen.«

»Ich gehe ins Büro«, versicherte Jessa. »Bald.«

»Ich weiß«, sagte Simon, und sein Lächeln bezwang sie, sie beugte sich vor, er streckte die Hand aus und strich ihr über die Wange.

Jessa machte den Mund auf, um etwas zu sagen, irgendwas. Hast du Kinder? Hast du Geliebte? Weißt du, was geschehen wird? –, doch da traf sein Mund auf ihren, fand seine Zunge ihre Zunge und ihrer beider Hände suchten den Kopf des anderen, den Hals, die Schultern. Er kam um den Tisch, ohne aufzuhören, sie zu küssen, und sie stand auf, während beider Hände den Körper des anderen erforschten. Sie gingen rückwärts, wieder ins Haus, hielten sich aneinander fest, als könnten sie nicht allein gehen, nicht atmen, ohne den Atem des anderen zu spüren.

Sie stolperten in den Wintergarten. Jetzt hielt sie sich an ihm fest, wollte nicht über sein Haus nachdenken, seine Frau, wollte nur noch fühlen, wie er ihre Bluse aufknöpfte, ihren BH fand, ihn hochschob, wie er mit einem sanften Stöhnen sein Gesicht zwischen ihren Brüsten vergrub.

Er hielt ihre Brüste, führte sie an seinen Mund, drückte sie und sie begann ihre Brüste zu fühlen, wie er sie fühlte, spürte ihren ganzen Körper in ihren Brüsten. Nimm mehr von mir! Gib mir mehr von dir!

Er zog an ihrer Brustwarze. Sie spürte, wie etwas sie durchfuhr – Schmerz, Wollust, Hitze –, und sie wollte schreien. Er zog und eine Welle durchspülte sie, wurde wie von einer Strömung in ihre Brustwarzen getragen und von dort in seine Fingerspitzen. Genauso schnell flutete sie zurück, schlug über ihr zusammen und er zog fester, und eine neue Welle überspülte sie. Sie ließ sich treiben wie ein Kind, wusste nicht, ob sie ertrank oder schwamm, ob sie Angst hatte oder sich freute, ob sie in Sicherheit oder in schrecklicher Gefahr war.

Sie waren auf dem Boden – obwohl sie sich nicht erinnern konnte, dass sie sich hingesetzt oder -gelegt hatten oder gefallen waren – und doch hatte sie das Gefühl, als stürze sie aus einer gefährlichen Höhe ab.

Seine Hand streichelte ihren Körper.

»Beweg dich nicht«, sagte er und seine Stimme war so sanft wie seine Hand. Sie legte sich auf die Seite und beobachtete, wie er sie betrachtete. Seine Augen folgten seiner Hand, als er über ihren Bauch, ihre Hüften, ihre Taille strich.

Sein Gesicht kam ihrem ganz nah, und sie atmete ihn ein, wollte alles, seinen Hals, das weiche Fleisch über dem Schlüsselbein. Sie sog ihn ein, wie jemand, der zu lange den Atem angehalten hatte.

»Ich will dich«, sagte er.

Und nachher, als sie nass, atemlos ineinander verschlungen dalagen, sah er sie an und sagte: »Ich will dich.«

Später, als sie ins Büro kam, ihrem Chef zurief: »Ich war noch in der Bibliothek, um etwas nachzuschauen«, sich in der Küche ein Stück Kuchen schnappte und auf dem Weg durch den Flur verschlang, dachte sie: Niemand kennt mich, niemand weiß, wer ich bin, was ich tue, wie ich mich fühle. Und ihr Geheimnis erregte sie.

Sie setzte sich in ihr Büro, zog ihre Mappe hervor und betrachtete die Zeichnungen vom Freitag. Sie waren nicht gut genug. Jetzt konnte sie es viel besser. Sie konnte alles besser. Ihr Körper war elektrisiert. Sie wollte zu ihm zurücklaufen, in seinem Haus über ihn herfallen. Plötzlich war die Welt wild und verwegen – sie hatte es einmal getan und konnte es ein zweites Mal tun.

Das Telefon klingelte. Das wird Simon sein, dachte sie, er würde bereits wissen, was sie wollte. Ich will dich. Nie zuvor in ihrem Leben hatte sie etwas so sehr gewollt.

»Jessa, ich bin's«, sagte Grace. »Hast du eine Minute Zeit?«

»Ich bin gerade erst gekommen«, sagte Jessa. »Ich hab noch gar nicht angefangen zu arbeiten.«

»Du lächelst«, sagte Grace. »Ich kann hören, dass du lächelst. Das verheißt nichts Gutes.«

»Bleib dran«, sagte Jessa und versetzte der Tür mit dem nackten Fuß einen Tritt, damit sie zufiel. Sie sah auf ihre Füße und lachte. Sie konnte sich nicht daran erinnern, die Schuhe ausgezogen zu haben, als sie ins Büro kam. Allerdings konnte sie sich auch kaum entsinnen, sie bei Simon wieder angezogen zu haben. Vielleicht war sie ja ohne Schuhe ins Büro gekommen.

»Jetzt lachst du«, sagte Grace. »Langsam kriege ich Angst.«

»Ich war bei ihm«, flüsterte Jessa.

»Bei wem?«

»Bei dem Mann, mit dem ich mich gestern Abend getroffen habe.«

»Welcher Mann? Nein, erzähl's mir nicht«, sagte Grace.

»Meinst du das ernst?«

»Vielleicht. Ich habe das komische Gefühl, dass wir da alle drinstecken.«

»Wieso?«, fragte Jessa.

»Ich weiß nicht«, sagte Grace. »Ehe. Kinder. Familie. Das alles ist so ein verdammt wackeliges Gefüge. Wenn einer fällt, fallen wir alle.«

»Ich habe nicht gesagt, dass meine Ehe wackelt«, sagte Jessa.

»Hast du mit ihm geschlafen?«

»Ich weiß nicht, wie ich das nennen soll, was wir getan haben.« Wieder lächelte Jessa.

»Der Himmel stürzt ein«, sagte Grace.

»Meine Ehe ist gut. Deine Ehe ist gut.«

»Okay. Schieß los.«

»Ich glaube, ich war noch Jungfrau. Bis heute.«

»Nein, erzähl's mir nicht. Ich will es nicht hören. Zufällig mag ich deinen Mann.«

»Zufällig mag ich meinen Mann auch.«

»Jessa.«

»Ich will jetzt nicht über meinen Mann nachdenken, Grace.« Jessa stand auf, lehnte sich ans Fenster und schaute hinunter auf die Straße. »Ich weiß, dass sich in kürzester Zeit alles wieder ändern wird. Aber jetzt, in diesem Augenblick, bin ich unglaublich glücklich.«

Grace schwieg am anderen Ende der Leitung. Jessa sah einem Pärchen nach, das Hand in Hand die Straße entlang ging. Vor dem Eingang zu einem Bürohaus blieben sie stehen und küssten sich zum Abschied. Ein Liebespaar, dachte Jessa. Die Welt ist voller Liebespaare.

»Wäre es dir lieber, wenn ich dir nichts erzähle?«, fragte Jessa ruhig.

»Ich bin deine beste Freundin«, sagte Grace einfach.

»Das hier hat nichts mit meiner Ehe zu tun«, erklärte Jessa. »Als ich mit ihm zusammen war, war ich weder Ehefrau noch Mutter. Ich hatte das Gefühl, ich war nur ich selbst, so, wie ich noch nie war.«

»Und heute Abend, wenn du nach Hause gehst?«, fragte Grace.

»Du gönnst es mir einfach nicht, oder?«, fragte Jessa. Sie presste die Stirn an die kühle Scheibe und schloss die Augen.

»Tut mir Leid«, sagte Grace. »Ich muss wieder in den Unterricht. Ruf mich heute Abend an, ja?«

»Grace?«

»Was ist?«

»Weißt du noch, wie dich zum ersten Mal ein Junge angefasst hat?«

»Ich muss los, Jessa.«

»Ich hatte alles vergessen, Grace. Und jetzt kann ich an nichts anderes mehr denken.«

Jessa stand vor der Schule, zusammen mit all den anderen berufstätigen Müttern, die ihre Kinder in der Ganztagsgruppe hatten. Sie betrachtete die Frauen in ihren Kostümen oder dem modischen schwarzen Outfit und dachte: Tun sie es auch? Verlassen sie auch morgens das Haus und treffen sich auf dem Weg zur Arbeit mit einem Fremden, um mit ihm zu schlafen?

Die Tür ging auf, und die Kinder stürmten heraus. Rosie drängelte sich vor und warf sich in die Arme ihrer Mutter.

»Mommy, du riechst gut«, sagte Rosie und vergrub ihr Gesicht an Jessas Hals.

Jessa drückte den kleinen Körper ihrer Tochter fest an sich und dachte: Das ist Liebe, so fühlt sich ein Körper an, wenn man liebt.

»Hattest du Spaß in der Schule, Süße?«, fragte Jessa.

Sie spürte, wie Rosie irgendwo zwischen ihrem Kopf und ihren Schultern nickte.

Nach all den Jahren mit Lee war Rosie voller Überraschungen. Lee redete die ganze Zeit, über alles. Rosie war vollkommen zufrieden damit, sich einfach festzuhalten, während sie den Duft ihrer Mutter einatmete.

Und als Jessa jetzt nach Hause lief, Rosies kleine Finger fest in der Hand, war sie sich dessen, was sie heute Morgen getan hatte, viel sicherer. Das ist Liebe, sagte sie sich. Nicht Worte zählen, sondern Körper. Keine Fragen, sondern eine Art Wissen, dass das der richtige Weg in dieser Welt ist.

»Was machst du denn hier?«

Roger stand mitten in der Küche, ein Glas in der Hand.

»Ich trinke ein Glas Wein. Hallo, Rosie!« Rosie rannte zu ihrem Vater und schlang die Arme um seine Beine.

»Am hellichten Tag?«

Jessa ging ins Wohnzimmer und ließ Aktentasche und Rucksack aufs Sofa fallen.

»Wann fängt denn in diesem Haus die Happy Hour an?«

»Ich meine, was machst du zu Hause?«

»Normalerweise ist das der Ort, wo ich nach der Arbeit hingehe. Und wo man normalerweise sagt: Hallo, Roger! Wie war dein Tag?«

»Es ist fünf Uhr.«

»Ich konnte eher Schluss machen. Ich muss morgen früh nach Seattle. Dachte, wir könnten heute Abend essen gehen. Nur wir beide«

»Ich hab jede Menge Arbeit. Du hättest mir Bescheid sagen sollen.«

»Könntest du aufhören herumzulaufen?«

Jessa ließ sich aufs Sofa fallen. Rosie schoss durchs Zimmer und hüpfte auf ihren Schoß.

»Nein«, sagte Jessa und ließ Rosie an den Beinen herunter auf den Boden rutschen.

»Noch mal«, quietschte Rosie entzückt.

»Nein«, wiederholte Jessa. »Darf ich bitte einen Moment allein hier sitzen.«

Rosie schmollte, dann drehte sie sich um und rannte zu ihrem Vater. Er nahm sie auf den Arm und flüsterte hörbar: »Sie ist schlecht gelaunt.«

»Ich bin nicht schlecht gelaunt«, murmelte Jessa.

Die Tür flog auf, und Lee stürmte herein. Rucksack, Kopfhörer, Diskman und Büchertasche flogen auf den Boden.

»Was machst du denn schon hier?«, rief sie ihrem Vater zu.

Das Telefon klingelte. Jessa sprang auf und griff über den Küchentresen nach dem Hörer.

»Hallo«, sagte sie.

»Jessa«, sagte er.

»Tut mir Leid, Sie haben sich verwählt«, sagte sie und warf den Hörer auf die Gabel. »Ich hasse das. Es passiert andauernd. Lee, du sollst nicht einfach alles fallen lassen, wenn du zur Tür herein kommst. Kannst du deine Sachen nicht aufräumen?«

»Was macht Dad hier?«, wiederholte Lee, während sie ihre Sachen aufhob.

»Kannst du ihr bitte antworten?«, sagte Jessa. Dann sah sie Roger an und merkte, dass er sie beobachtete.

»Warum komme ich eigentlich nicht öfter mal früher nach Hause?«, sagte er ruhig.

»Ich muss duschen«, sagte Jessa und lief ins Badezimmer. »Die Klimaanlage im Büro war kaputt. Ich bin total verschwitzt.«

»Möchtest du ein Glas Wein?«, rief Roger ihr nach.

Jessa antwortete nicht. Sie ging ins Schlafzimmer und machte die Tür hinter sich zu. Sie ging zu dem Telefon am Bett und wählte Simons Nummer. Als er abhob, flüsterte sie: »Ruf nicht hier an. Nie.« Dann legte sie auf und ließ sich aufs Bett fallen. Auf Rogers Seite. Sie tastete nach seinem Kissen. Behutsam strich sie mit den Fingern über die weiche, weiße Baumwolle.

Sie spürte, wie ihr Herz unter den Rippen raste. Sie zog das Kissen an sich und vergrub das Gesicht darin. Es roch nach Roger, und dann roch sie Simon und den Geruch nach Sex an ihrem eigenen Körper. Sie hörte, wie die Tür aufging, und ließ das Kissen aufs Bett fallen. Ihre Wimperntusche hatte Flecken hinterlassen.

»Ich habe dir ein Glas Wein mitgebracht«, sagte Roger und kam auf sie zu.

Jessa legte eine Hand über die schwarzen Streifen auf dem Kissen.

»Danke«, sagte sie. Sie nahm ihm das Glas aus der Hand. Dann sah sie ihren Mann an, blickte in das Gesicht, das sie seit so vielen Jahren kannte, und nichts hatte sich verändert. Einen verrückten Augenblick lang dachte sie: Ich wünschte, er wäre hässlich, ich wünschte, er wäre schrecklich.

»Tut mir Leid«, sagte sie. »Es war ein harter Tag heute im Büro.«

»Willst du darüber reden?«, fragte er.

»Ich muss erst mal duschen«, erklärte sie.

Er nickte. Er sah müde aus, hatte Ringe unter den Augen und ließ die Schultern hängen. Sie wandte den Blick ab.

»Ich kann nicht einfach alles stehen und liegen lassen und essen gehen«, sagte sie.

»Ich hätte dich anrufen sollen«, gab er zu. »Ich bin früher fertig geworden, als ich dachte.«

»In ein paar Tagen fahren wir in die Sierras«, sagte Jessa. Sie stand auf und ging an Roger vorbei ins Badezimmer. »Da haben wir Zeit füreinander.«

»Mit den Kindern«, sagte Roger. »Und mit Grace und Matt. Und ihren Kindern. Jessa –«

Sie schloss die Tür hinter sich. Sie drehte das Wasser auf, zog sich aus und stellte sich vor den Spiegel. Ihr Körper. Der Körper, den Simon gesehen hatte. Der Körper, den Simon wollte. Es war, als sehe sie den Menschen im Spiegel zum ersten Mal.

In einem schrecklichen Traum hielt Jessa Simon im Bett fest, und eine Frau – seine Frau – lag zusammengerollt neben ihr und sah zu. Jessa versuchte zu verbergen, dass sie Simon berührte, ihn streichelte, fühlte, wie er in ihren Händen anschwoll. Die Frau konnte es sehen – natürlich konnte sie es sehen –, obwohl sie unter der Decke lagen. Nichts blieb verborgen und doch blieb alles verborgen.

Jessa setzte sich auf und schüttelte den Kopf, um den Traum loszuwerden. Sie musste aufstehen. Wieder schlüpfte sie leise aus dem Zimmer und ging in ihr Arbeitszimmer.

Sie zog die Tür hinter sich zu. Zwanzig nach eins. Vielleicht war er noch auf. In seinem Arbeitszimmer, wo seine Frau das Telefon nicht hörte. Sie würde ihn anrufen und sofort auflegen, wenn er nicht gleich abhob.

Doch er war beim ersten Klingeln am Telefon und sagte ihren Namen. »Jessa.«

»Ich will bei dir sein«, sagte Jessa.

»Ich kann nicht schlafen«, sagte er.

»Das ist verrückt«, sagte sie.

»Morgen früh. Komm her«, sagte er.

»Nein, ich habe eine Besprechung, ich kann nicht«, sagte sie. Vielleicht mittags.«

»So lange kann ich nicht warten.«

Sie lächelte kopfschüttelnd. »Warum nicht? Wie kann das sein? Wir wissen nichts voneinander.«

»Wir wissen alles, was wir wissen müssen.«

»Du weißt nicht, dass ich zwei Kinder habe.«

»Ich will es nicht wissen.«

»Hast du Kinder?« Sie erinnerte sich nicht, in seinem Haus irgendetwas gesehen zu haben, das auf Kinder hindeutete, allerdings hatte sie bei ihrem Besuch sowieso alles nur verschwommen wahrgenommen.

»Nein, habe ich nicht.«

»Was macht deine Frau?«

»Jessa, das ist alles unwichtig. Ich will über solche Sachen nicht reden.«

»Warum nicht?«

»Weil es nichts mit uns zu tun hat.«

»Ich verstehe das nicht. Ich weiß nicht, wie das alles gehen soll.«

»Ich will dich. Ich will dich berühren, schmecken und festhalten. Der Rest ist mir egal.«

»Aber der Rest bin ich. Mein Leben. Wie ich meine Zeit verbringe.«

»Nicht, wenn du bei mir bist.«

»Werden wir es einmal tun? Zweimal? Für den Rest unseres Lebens?«

»Komm morgen zu mir.«

»Ich rufe dich vom Büro aus an. Gute Nacht, Simon.«

»Jessa«, wisperte er.

Am nächsten Morgen verließ sie als Letzte das Haus – Lee fuhr mit dem Fahrrad, Roger brachte Rosie in die Schule, ehe er zum Flughafen fuhr – und wieder rief sie ihn an.

»Ich habe vor der Besprechung eine halbe Stunde Zeit«, sagte sie. »Komm zu mir. Nur auf einen Kaffee.«

Als er zehn Minuten später an die Tür klopfte, dachte sie daran, sich zu verstecken, durch die Hintertür zu fliehen, ihn nie wiederzusehen.

Sie öffnete die Tür und bat ihn herein.

»Fass mich nicht an«, sagte sie. »Bitte.«

»Warum nicht?«, fragte er. »Du bist wunderschön.«

»Nicht hier«, sagte sei. »Nicht in meinem Haus.«

»Dann lass uns gehen! Ich muss dich anfassen.«

»Nein, wir trinken Kaffee«, sagte sie und reichte ihm einen Becher.

Sie führte ihn durch den Flur in die Küche. Ihre Küche. In der Roger am vergangenen Abend Popcorn gemacht hatte und den angebrannten Topf auf dem Herd hatte stehen lassen. In der ihre Töchter ihre schmutzigen Müslischüsseln hatten stehen lassen. In der Rogers Jackett auf der Küchenanrichte lag, weil er beschlossen hatte, den Regenmantel mit nach Seattle zu nehmen. In der sein Kreuzworträtsel halb fertig neben der Kaffeekanne lag.

»Geh weg«, sagte sie und drehte sich abrupt um, wobei sie beinahe mit Simon zusammenstieß. »Ich will dich hier nicht haben.«

»Wir trinken nur Kaffee«, versicherte er ihr. »Ich will dich nicht anfassen.« Er lächelte so süß, und sie wollte ihm über das Gesicht streichen, seinen Geruch einatmen, mit beiden Händen in sein Haar greifen und ihn an sich ziehen.

»Ich habe einen Fehler gemacht«, sagte sie. »Du solltest nicht hier in meinem Haus sein.«

»Bitte, Jessa, setzen wir uns nur für einen Augenblick zusammen hin –«

»Verschwinde«, sagte sie etwas nachdrücklicher. »Geh einfach! Jetzt.«

Er stellte seinen Becher ab und streckte die Hand aus.«

»Nein! Fass mich nicht an!«

Sie wich zurück. Kaffee schwappte aus ihrem Becher und tropfte auf das Kreuzworträtsel.

Sie wandte Simon den Rücken zu, wollte seinen Ausdruck nicht sehen, wollte nicht sehen, was er sah, wenn er sie jetzt anschaute.

»Ich habe einen Fehler gemacht«, sagte sie ruhig. »Ich kann das nicht. Nichts. Ich fahre in ein paar Tagen mit meiner Familie in die Sierras. Ich kann dich nicht wiedersehen. Es war ein Fehler.«

Sie hörte, wie er ging, wie seine Schritte den Weg durch den Flur fanden, hörte, wie die Haustür aufging und wieder zufiel. Endlich war es ruhig. Sie stand so lange da und lauschte, bis sie das Summen des Kühlschranks hörte, das Tropfen des Wasserhahns, das Glockenspiel vor dem Küchenfenster, ihren eigenen gehetzten Atem, allein im Haus.

»Ich kann nicht schlafen«, sagte sie, Tage später, am Telefon.

»Ich bin froh, dass du anrufst«, sagte er. »Jede Nacht habe ich auf deinen Anruf gewartet.«

»Ich muss dich sehen«, sagte sie.

»Morgen«, sagte er. »Wie gehen in ein Hotel.«

4

Roger erinnerte sich an einen Morgen in Acapulco. Vor Jahren. Bevor sie Kinder hatten. Vor einer Ewigkeit. Er sollte dort auf einem Kongress einen Vortrag halten und hatte versucht, Jessa die Reise als zweite Flitterwochen schmackhaft zu machen, vier Jahre nach ihrer ersten.

»Ein Kongress mit tausend Technikfreaks in einem großen, rosa Hotel? Ich glaube, eher nicht«, sagte sie.

»Wir laufen einfach weg. Wir mieten uns einen Jeep und suchen uns unseren eigenen Strand.«

Er wollte sie überreden, wollte, dass sie sich freute, redete sich ein, dass er über ihre anfängliche Ablehnung nicht enttäuscht war.

»Wir trinken Margaritas und gehen nachts am Strand spazieren. Wir schwimmen nackt im Pool, wenn alle anderen schlafen.«

Sie beäugte ihn. »Wirklich?« fragte sie.

»Wir werden uns am Strand lieben.«

»Zu sandig«, sagte sie.

»Im Hotelzimmer.«

»Zu rosa«, sagte sie.

»Auf der Chaiselongue vor den Augen meines Chefs«, sagte er.

»Jetzt redest du Unsinn«, sagte sie. Doch sie fuhr mit.

An einem Morgen wachten sie auf und liebten sich. Das Zimmer war weiß, alles war weiß – die Möbel, der Ventilator, der sich geräuschvoll über ihren Köpfen drehte, die Laken, die Handtücher. Ihre Körper waren gebräunt von den langen Stunden in der Sonne am Pool, wo sie sich nie liebten, obwohl Jessa ihm jedesmal damit drohte, wenn sein Chef in der Nähe war.

»Lass den Kongress sausen«, flüsterte Jessa, als sie erschöpft und glücklich dalagen und einander mit den Fingerspitzen liebkosten.

»Damit wir wieder ins Bett gehen können?«, fragte Roger.

»Damit wir segeln gehen können«, antwortete Jessa. »Gestern bin ich bis zu einem Hotel am Ende des Strandes gelaufen. Dort vermieten sie Segelboote. Wir segeln ein bisschen raus.«

»Geschäftsreisen sind dir zuwider, nicht wahr?«, neckte Roger sie.

»Ich finde, alle deine Geschäftsreisen sollten so sein wie diese«, sagte Jessa, kletterte auf seinen Bauch und bedeckte seine Brust mit süßen kleinen Küssen.

»Wenn ich den Vortrag verpasse«, sagte Roger, obwohl er bereits wusste, dass er nicht hingehen würde, »werden wir vielleicht nie wieder so eine Reise machen können.«

Doch dann liebten sie sich wieder, duschten, zogen ihre Badeanzüge an und liefen am Strand entlang zu der kleinen Hütte am Ende einer Pier, wo ein Jugendlicher für dreißig Dollar alte Segelboote für einen halben Tag vermietete.

Jessa erinnerte sich daran, wie sie an ihrem ersten Tag in Mexiko nervös und voller Angst aufgewacht war – sie war mitten in einem großen Projekt weggefahren, hatte ihrem Chef versprochen, dass sie bis Freitag mit ihren Zeichnungen fertig sein würde – doch das war sie nicht, nicht im Entferntesten. Sie hatte die Arbeit mitgenommen, ihr Skizzenbuch, fotokopierte Zeichnungen von Heilkräutern und Pflanzen, ihre Farbstifte, das Manuskript des Lehrbuchs, das sie gerade illustrierte. Sie wachte auf und dachte: Ich fahre nach Hause. Ich nehme den ersten Flieger zurück. Ich sollte gar nicht hier sein.

Und Roger war weg, bei einer Frühstückssitzung. Er hatte eine Nachricht dagelassen: *Bestell dir was aufs Zimmer. Bestell Margaritas zum Frühstück. Bestell mich zum Frühstück. Ich bin in einer Stunde wieder da.*

Als er kam, lief sie in Unterwäsche und Sombrero zwischen zusammengeknüllten Blättern im Zimmer auf und ab.

»Ich kann das nicht. Ich hätte nicht fahren dürfen. Ich hätte diesen Auftrag nicht annehmen dürfen. Ich kann hier nicht arbeiten. Niemand arbeitet hier. Dieses Hotel ist ein Witz. Auch wenn es nicht rosa ist. Es ist einfach ein Witz.«

Roger nahm sie in den Arm und hielt sie fest und sie ließ es zu, und atmete an seiner Schulter tief durch.

»Ich kann keine Pflanzen zeichnen«, murmelte sie in sein T-Shirt. »Alle Pflanzen sehen so verdammt gleich aus. Ich sollte sie rauchen und nicht zeichnen.«

Roger nahm ihr Gesicht in die Hände. »Tust du mir einen Gefallen?«, fragte er.

»Nur, wenn du mich danach zum Flughafen fährst. Ich muss nach Hause. Ich kann hier nicht arbeiten. Ich kann nirgends arbeiten.«

»Schsch«, machte er. »Komm mit!«

Er führte sie zum Schreibtisch, griff nach einem bestickten mexikanischen Hemd, das sie am Vorabend am Strand gekauft hatten, und zog es ihr über den Kopf. Es bedeckte knapp ihre Unterhose.

»Nimm deinen Block und deine Stifte«, sagte er.

»Nein, ich kann nicht zeichnen –«

»Schsch«, sagte er wieder. »Nicht reden. Tu es einfach für mich!«

Sie bedachte ihn mit einem seltsamen Blick und griff nach ihrem Block und den Stiften.

»Gehen wir«, sagte er und führte sie aus dem Zimmer in den Hotelgarten. Sie ging mit ihm, hielt seine Hand, den Sombrero tief in die Stirn gezogen. Schon jetzt war die mexikanische Sonne zu hell, zu grell.

»Hier«, sagte er, als sie bei einer Holzbank am Ende des Gartens angekommen waren. »Jetzt dreh dich um«, sagte er, als sie sich auf die Bank setzen wollte, die mit Blickrichtung zum Hotel stand.

Sie drehte sich um, und beide setzten sich mit dem Rücken zum Garten.

»Jetzt wird gezeichnet.«

Direkt vor ihrer Nase lag der Wald, wildes, üppiges grünes Blätterwerk.

Sie warf ihm einen unsicheren Blick zu.

»Zeig mir, was du siehst«, sagte er. »Ich lese so lange, wenn du nichts dagegen hast.«

Er schlug ein Buch auf, das er mitgenommen hatte, und begann zu lesen.

Sie lächelte ihn an, beugte sich hinüber und küsste ihn aufs Ohr. Er ignorierte sie.

Sie betrachtete die Pflanzen vor sich und sah eine erstaunliche Vielfalt von Farben, als gäbe es kein einfaches Grün, entdeckte Blattformen, die sie sich nie hatte vorstellen können, die unterschiedlichsten Strukturen von ganz glatt bis pelzig. Sie spürte Rogers Körper neben sich und hörte das Rascheln der Seiten, wenn er umblätterte. Sie griff nach ihrem Block und den Stiften und begann zu zeichnen.

Als sie fertig war, las er immer noch. Einige Stunden waren vergangen. Sie stieß ihn an und zeigte ihm ihre Zeichnung.

»Gar nicht schlecht«, sagte er voller Bewunderung. »Hast du schon mal daran gedacht, Bücher zu illustrieren?«

»Lass uns zurück aufs Zimmer gehen«, sagte sie.

»Nur, wenn du mir eine mexikanische Schatzsuche versprichst.«

»Wenn ich fertig bin«, sagte sie lächelnd. »Erst will ich die Zeichnungen abschicken. Dann fangen meine Ferien an. Mit dir.«

Roger erinnerte sich, wie der Junge vom Bootsverleih sie gewarnt hatte: »Der Wind wird stärker. Können Sie segeln?«

»Natürlich können wir segeln«, sagte Jessa und strahlte ihn an.

Der Junge mochte Jessa, ließ den Blick nicht von ihr, während er das Boot fertig machte. Sie trug ein ärmelloses, olivgrünes Oberteil, das Roger liebte, weil es an ihrem muskulösen Rücken eng anlag und gerade auf ihre Hüften reichte. Er konnte ihre Brustwarzen durch den dünnen Stoff sehen und der Junge sah sie auch.

»Zieh die Schwimmweste an«, sagte Roger und warf ihr eine zu.

»Du bist meine Schwimmweste«, sagte Jessa und ließ die Weste neben sich auf den Steg fallen.

»Sie müssen eine Schwimmweste tragen«, beharrte der Junge.

Gehorsam hob Jessa die Weste auf und salutierte. Roger warf sich eine Schwimmweste über, machte sie jedoch nicht zu.

»Seien Sie bis Mittag wieder zurück«, rief der Junge ihnen zu, als sie den Knoten lösten und ablegten.

Sie segelten los. Roger stand am Steuer und Jessa streckte sich auf Deck aus.

»Warum haben wir das nicht schon öfter gemacht?«, fragte Roger.

»Weil ich nicht segeln kann«, strahlte Jessa.

»Was?«

»Ich war noch nie in meinem Leben segeln«, sagte sie stolz. »Jetzt sind wir vier Jahre verheiratet, und du weißt immer noch nicht alles über mich. Ist die Ehe nicht großartig?«

»Das ist idiotisch, Jessa«, sagte Roger. »Ich dachte, du weißt, was du tust.«

»Es geht doch prima.«

»Ich bin das letzte Mal gesegelt, als ich in der Highschool war«, erklärte Roger.

»Du machst das doch klasse. Wie ein echter Kennedy.«

»Kennedys ertrinken. Stürzen mit dem Flugzeug ab. Haben schreckliche Unfälle.«

»Aber sie sehen verdammt gut dabei aus«, sagte sie. »Und wenn wir auf dem Meer sind, können wir uns lieben.«

»Wir segeln nicht raus«, sagte Roger. »Der Junge hat gesagt, dass der Wind stärker wird.«

»Was kann schon passieren?«, fragte Jessa. »Wir kentern. Wir schwimmen an Land. Oder wir rudern das Ding nach Hause.«

Jessa erinnerte sich, wie sie an ihrem ersten Abend in Mexiko am Strand zu Abend gegessen hatten. An einem kleinen Tisch bei Kerzenlicht, mit Kellnern, die aus dem Nichts auftauchten, Platten mit Fisch, kühlen Weißwein und Orangensorbet brachten.

Kurz bevor sie mit dem Essen fertig waren, sah Jessa, wie eine Frau durch den Sand auf ihren Tisch zuwankte.

»Wer ist das?«, fragte Jessa.

»Keine Ahnung«, sagte Roger und sah gar nicht hin. »Und es ist mir auch egal. Probier mal«, sagte er und bot ihr Mangoeis an.

»Sie ist betrunken«, sagte Jessa. Die hochhackigen Schuhe in der Hand, stolperte die Frau lächelnd durch den Sand auf Jessa zu, als würde sie sie kennen. »Siehst du?«

Roger warf einen Blick auf die Frau und wandte sich sofort ab.

»Oh Gott«, murmelte er.

»Wer ist das?«

Doch da war die Frau bereits an ihrem Tisch und hielt sich unsicher an der Kante fest.

»Roger«, lallte sie. »Stell mich deiner Frau vor!«

Roger lehnte sich zurück und lächelte Jessa an. Irgendetwas sollte sein Lächeln ihr sagen, doch sie wusste nicht was. Sie waren seit sieben Jahren zusammen, vier davon verheiratet, und sie kannte immer noch nicht alle Signale.

»Hallo, Mandy! Das ist Jessa.«

Mandy beugte sich von weit oben herunter und ergriff Jessas Hand. Sie hielt sie lange fest, ohne sie zu schütteln. »Ich freue mich so«, sagte sie.

»Arbeiten Sie mit Roger zusammen?«, fragte Jessa.

Roger lächelte immer noch. »Ich würde dir ja ein Glas Wein anbieten, Mandy, aber die Flasche ist leer. Und ich würde dir einen Stuhl anbieten, aber es gibt keinen.«

»Im Sand ist noch Platz«, bot Jessa an.

Die Frau ließ sich in den Sand sinken, und ihr Körper schien mit dem Sand zu verschmelzen.

»Ich bin so froh, dass Roger eine nette Frau hat«, sagte sie.

»Warum denn das?«, fragte Jessa.

»Weil er eine nette Frau verdient. Er ist so ein netter Mann.«

»Bist du allein hier, Mandy?«, fragte Roger. »Mit wem hast du zu Abend gegessen? Kann dich jemand in dein Zimmer begleiten?«

»Wie wär's mit dir?«, sagte sie.

»Nein«, antwortete er und schüttelte den Kopf. »Ich sitze hier mit meiner Frau. Das wäre sehr unhöflich.«

»Sie hätten doch nichts dagegen, oder? Ich habe zu viel getrunken«, sagte Mandy zu Jessa gewandt.

»Ich hätte furchtbar viel dagegen«, sagte Jessa. »Ich bin gar nicht so nett, wie ich aussehe.«

»Er wollte mich nicht küssen«, sagte Mandy.

Jessa schaute Roger an, der die Achseln zuckte und sie verlegen anlächelte.

»Wie schade«, sagte Jessa.

»Beim letzten Kongress«, erläuterte Mandy. »Ich habe ihn im Lift geküsst. Er hat mir erklärt, dass er verheiratet ist. Er ist sehr höflich.«

»Das ist eine gute Eigenschaft bei einem Ehemann«, sagte Jessa, jetzt genauso verschwörerisch lächelnd wie Roger.

Hinter Mandy tauchte ein Mann auf, ein schwergewichtiger Typ, der stark genug war, Mandy hochzuziehen und sie wegzuführen.

»Entschuldige, Roger«, sagte der Mann und Roger hob die Hände – kein Problem.

»Ich liebe dich«, sagte Mandy zu Roger, zu Jessa oder zu dem starken Mann, der ihr half, heil auf ihr Zimmer zu kommen.

Später, nachdem sie sich geliebt hatten, fragte Jessa Roger: »Ist dir das schon mal passiert? Warst du schon mal richtig scharf auf jemand anders?«

»Ja«, sagte Roger. Er fuhr mit den Fingern über ihre Seite, als würde er sie zeichnen, als würde er ihr Fleisch aus seinen Fingerspitzen erschaffen. »Einmal«, fügte er hinzu. »Ich habe im College eine wunderschöne Frau kennen gelernt und sie nie wieder aus den Augen gelassen.«

»Nein«, sagte Jessa und stützte sich auf den Ellbogen, damit sie ihn sehen konnte. »Danach.«

»Richtig scharf?«, fragte er. »So, dass ich zu keinem vernünftigen Gedanken mehr fähig war? So, dass man es im Büro auf dem Kopierer miteinander treibt?«

»Oder nur ein bisschen scharf«, sagte Jessa. »Ein unschuldiger Flirt. Heimliches Verlangen.«

»Also, das ist etwas anderes.«

»Wer, wann, wo?«, fragte Jessa, setzte sich auf, legte die Hände an seine Schultern und drückte ihn auf die Matratze.

Roger lachte kopfschüttelnd. »Nein. Das ist kein gutes Thema nach dem Beischlaf. Ich bin mir sicher, dass ich das in einer deiner Frauenzeitschriften gelesen habe.«

»Sag's mir, Roger«, bettelte sie, ein schelmisches Lächeln auf dem Gesicht.

»Leg dich zu mir«, sagte er.

Sie tat es, er wandte sich ihr zu und ließ seine Finger über ihren Körper wandern. »Ich habe vor einiger Zeit herausgefunden«, sagte er mit sanfter Stimme, »dass es immer hübsche Gesichter geben wird, verführerische Frauen. Mandys, die sich im Lift an dich pressen.«

»Hat sie sich an dich gepresst?«

»Schsch«, machte er. »Hör zu.«

»Ich kann nicht«, murmelte Jessa. »Du erregst mich zu sehr.« Ihr Körper begann sich unter seinen Fingern zu bewegen.

»Sie kommen und gehen. Schöne Frauen. Sie sind nicht von Dauer. Die Ehe ist von Dauer.«

»Woher weißt du das?«, fragte Jessa.

»Dass wir es schaffen werden?«, fragte er.

Sie nickte.

»Weil wir das hier haben.« Er beugte sich über sie und presste seinen Mund auf ihren Hals.

»Vielleicht haben wir das nicht immer«, sagte Jessa.

»Ob du dich in vielen Jahren noch daran erinnern wirst?«

»Ich werde mich nicht erinnern müssen«, sagte Roger. »Weil wir es immer haben werden.«

Roger erinnerte sich, wie Jessa auf Deck lag, den Badeanzug heruntergerollt, damit ihre Brüste braun wurden. Sie hatte zwei Dosen Bier aus ihrer Tasche geholt, die sie aus der Minibar des Hotelzimmers mitgenommen hatte, und setzte sich ab und zu auf, um einen Schluck zu trinken, einen Kuss in Rogers Richtung zu pusten oder ihre Hand ins Wasser baumeln zu lassen.

Roger machte es Spaß, wieder einmal zu segeln, weil es leicht war, so leicht, wie seiner Frau beim Sonnenbaden zuzuschauen. Der Wind war kräftig genug, um sie hinaus in die Bucht zu tragen, und er machte keine großartigen Manöver, damit Jessa ihm nicht helfen musste. Sie waren beide faul und ein wenig trunken von Sex und Bier und zu viel Sonne.

Als der Wind zunahm, stupste er Jessa mit dem Fuß an. »Schläfst du?«, fragte er.

»Nein«, sagte sie. »Doch. Ich träume.« Sie setzte sich langsam auf. »Ich träume mit offenen Augen. Das hier ist wirklich ein Traum.« Ein Lächeln breitete sich auf ihrem Gesicht aus, als sie sich umschaute.

»Der Traum wird windig«, sagte er. »Ich glaube, wir kehren um.«

Sie rollte ihren Badeanzug hoch und streckte sich.

»Ach was, das schaffen wir schon. Ich werde im Handumdrehen zu einem Meister im Segeln.«

»Wie ich schon sagte«, sagte er lächelnd. »Wir kehren um.«

Jessa kam zu ihm und schlang die Arme um seine Taille. »Lehre mich alles, was du weißt, Skipper.«

Ein Windstoß traf das Boot. Es neigte sich gefährlich zur Seite. Jessa rutschte auf den Planken aus.

»Alles in Ordnung?«, rief Roger, während er die Segelleine festhielt und das Ruder hart nach rechts schwenkte. »Bleib unten, wir wenden!«

Jessa legte sich flach auf den Bauch und rieb sich die Schulter. Als das Boot wendete, schlitterte sie über das Deck und krachte gegen die Seite.

»Roger«, schrie sie auf.

»Ich tue, was ich kann«, rief er. »So was hab ich seit Jahren nicht mehr gemacht, verdammt noch mal.«

Er schrie gegen den Wind. Er hatte das Boot gewendet und segelte auf die Küste zu. Der Wind kam allerdings direkt von vorne.

»Nimm die Leine«, rief Roger. »Setz dich auf den Bootsrand! Nimm die Leine!«

»Schrei mich nicht an«, rief Jessa zurück. »Welche Leine, zum Teufel?«

»Herrgott noch mal, Jessa«, fluchte Roger leise.

»Ah, dieses Seil hier«, sagte sie. »Ich hab's.«

»Pass auf deinen Kopf auf«, rief er. »Wir wenden.«

»Was zum Teufel ist wenden?«, schrie sie und senkte den Kopf, nur Sekunden bevor der Mast herumschwang.

»Auf die andere Seite«, rief Roger. »Geh auf die andere Seite!«

»Schrei mich nicht an«, schrie Jessa.

»Verdammt noch mal, das hier war schließlich deine Idee!«

»Sag mir einfach, was ich tun soll. Ich tu's. Okay? Sag mir einfach, was zum Teufel ich tun soll.«

»Halt das Ruder! Der Wind ist zu stark«, brüllte Roger, als sich das Boot wieder gefährlich neigte. »Ich muss das Großsegel einholen.«

Jessa kämpfte sich zu Roger vor. »Halt einfach das Ruder. Genauso, wie es jetzt ist. Bleib am Wind! Ich muss das Segel einholen, sonst kentern wir. Versuch einfach, das verdammte Ruder nicht zu bewegen.«

Jessa griff nach dem Ruder und hielt es fest. Roger rannte an ihr vorbei auf den Mast zu. Plötzlich erfasste eine Windbö das Segel, der Baum schwang herum und traf ihn an der Schulter. Er fiel auf die Planken und suchte an einem Keil Halt, um nicht ins Meer zu rutschen.

»Verdammt noch mal, Jessa«, schrie er.

»Ich hab ihn nicht bewegt! Ich hab überhaupt nichts gemacht!«, schrie sie ihn an. »Die Strömung reißt uns mit. Was soll ich tun?«

»Mit dem Wind«, rief er. »Dreh das Boot in den Wind.«

Das Boot neigte sich wieder, einen Augenblick lang zu weit, so dass der Baum erneut über das Deck schwang und auf die andere Seite kippte. Roger klammerte sich an dem Keil fest.

Dann richtete sich das Boot wie durch ein Wunder von selbst auf, es lag plötzlich ganz still, nur die Segel flatterten im Wind.

Roger sah sich nach Jessa um, ehe er aufstand. »Pass auf die Strömung auf! Bleib am Wind, aber pass auf die verfluchte Strömung auf!«

Er zog sich hoch, fand festen Halt unter den Füßen und beeilte sich, das Hauptsegel einzuholen.

Sie schafften es. Sie schrien, sie hantierten, wurden auf dem Boot hin und her geschleudert, aber sie schafften es. Sie froren, waren durchnässt und wütend aufeinander. Der mexikanische Junge flüsterte ihm zu: »Hübsche Freundin«, als Jessa ihnen auf dem Steg vorausging. Roger schaute ihren Rücken an, sah, wie sie sich bei der Hütte umdrehte und, die Arme vor der Brust verschränkt, auf ihn wartete.

»Sie ist meine Frau«, sagte Roger.

»Sie Glücklicher«, sagte der Junge.

Jessa erinnerte sich, dass sie sich am Abend nach der Segeltour um fünf auf der Cocktailparty am Pool treffen wollten. Nach dem Mittagessen, das sie kaum angerührt hatten, war Roger in seine Konferenzen verschwunden.

Sie wählte eine rote Weste, die sie ohne etwas darunter trug. Sie fand, dass ihr die Farbe zu ihrer Bräune gut stand. Dazu trug sie eine schmale schwarze Hose.

Als sie kam, war die Party in vollem Gange, der Lärmpegel war ohrenbetäubend. Roger war nirgends zu sehen.

Jessa nahm sich eine Margarita von einem Tablett und trank sie zu schnell. Auf der Suche nach Roger wanderte sie durch die Menge.

Als sie ihn endlich sah, inmitten einer Gruppe von Männern, die sich am Pool angeregt unterhielten, wahrscheinlich über Geschäftliches, wandte sie sich ab. Sie wollte weder zuhören noch unterbrechen. Also machte sie sich auf die Suche nach einem zweiten Glas Margarita. Die Kellner und Kellnerinnen schienen alle nur Häppchen auf ihren Tabletts spazieren zu tragen, die Jessa ebensowenig reizten wie die Leute oder die Gespräche. Abseits der Menge, am Ende des Gartens, gab es eine Bar. Dort wollte sie hingehen, in der Hoffnung auf ein wenig Ruhe und einen Drink. Eine Frau war bereits dort und leerte gerade ihr Glas.

»Nehmen Sie an dem Kongress teil?«, fragte die Frau, als Jessa etwas zu trinken bestellte.

»Als Ehefrau«, sagte Jessa und wandte sich ihr zu. Die Frau war klein, stämmig und ihre Haut war von zu viel Sonne gerötet. »Und Sie?«

»Ich leide«, sagte die Frau lachend. Ihr Lachen klang ein bisschen zu hoch, zu laut.

»Macht es Ihnen keinen Spaß?«, fragte Jessa und nahm den Drink, den der Barkeeper ihr reichte.

»Ich hasse diese verdammten Kongresse«, sagte die Frau. »Aber wenn ich zu Hause bleibe, mache ich mir nur Sorgen. Wo ist er? Was macht er gerade? Mit wem?«

Jessa nahm sich eine Hand voll Erdnüsse vom Tresen und musterte den Barkeeper, einen jungen, muskulösen Typ, der ihr vielsagend zuzwinkerte: Wir machen uns um solche Dinge keine Sorgen, nicht wahr? Sie wandte sich von ihm ab.

»Wissen Sie denn genau«, fragte Jessa, »dass er Sie betrügt?«

»Nein«, sagte die Frau, »das weiß man nie. Sie erzählen es ja nicht. Und man erwischt sie nie.«

»Wie halten Sie das aus?«, fragte Jessa.

»Wie?«, fragte die Frau achselzuckend und klopfte mit dem Glas auf die Bar. »Ich nehme noch einen«, rief sie dem Barkeeper wütend zu.

»Da bist du ja«, rief Roger, und Jessa drehte sich um.

»Ich konnte dich nicht finden«, sagte er. Mit finsterem Gesicht kam er näher. »Wolltest du dich den ganzen Abend hier verstecken?«

»Ich habe mich nicht versteckt«, sagte Jessa. Sie warf der Frau neben sich einen Blick zu, die vielsagend die Augenbrauen hob: Was erwarten Sie von einem Mann?

Jessa beugte sich vor, um Roger zu küssen. Er wandte den Kopf ab, sodass ihr Mund nur sein Ohr streifte.

»Ich nehme eine Margarita«, sagte er zum Barkeeper.

»Ich habe euch reden sehen«, sagte Jessa. »Ich wollte nicht stören. Es wirkte so geschäftlich.«

»Wie siehst du denn aus?«, fragte Roger mit einem Blick auf ihre Weste.

»Wie sehe ich denn aus?«, fragte sie.

»Wie ein Torero.«

Jessa beäugte die anderen Frauen. Die meisten trugen Kleider, fröhliche, bunte Sommerkleider. Jessa besaß kein Sommerkleid.

»Ich bin ein Torero«, sagte Jessa. »Der Mörder der Stiere.«

Roger nahm dem Barkeeper den Drink aus der Hand. »Ich habe Hunger«, sagte er. »Beim Zelt steht ein Tisch mit Vorspeisen. Ich hole mir was zu essen.«

»Was dagegen, wenn ich mitkomme?«, fragte Jessa.

»Wenn du willst«, antwortete Roger.

»Roger«, sagte Jessa und hielt ihn am Gürtel fest, als er sich abwandte. Er drehte sich um und schaute sie finster an. »Rede mit mir«, sagte sie ruhig, wobei sie sich der Gegenwart der schrecklichen Frau und des schmierigen Barkeepers wohl bewußt war.

»Später«, sagte er. »Ich habe Hunger.«

Sie redeten später nicht miteinander. Und sie liebten sich in jener Nacht nicht.

Am Morgen sagte Jessa: »Rede mit mir!«

»Ich habe nichts zu sagen«, erklärte Roger.

»Was ist bloß los?«, fragte Jessa. Er war auf dem Weg zur ersten Sitzung, sie lag im Bett, nackt, unter den kühlen, weißen Laken.

»Nichts ist los, Jessa«, sagte Roger.

»Warum bist du sauer auf mich?«, fragte Jessa. »Geh jetzt nicht.« Er ging zur Tür.

Er drehte sich um und sah sie an. »Unser kleiner Segeltrip gestern hat mir keinen Spaß gemacht.«

»Mir auch nicht«, sagte sie. »Aber er ist vorbei, Schnee von gestern.«

»So funktioniere ich nicht«, erklärte er ihr. »Ich kann solche Geschichten nicht so schnell vergessen. Sie leben irgendwo in mir drin weiter.«

»Gleich neben der Erinnerung an Sex am Morgen und die Entscheidung, die Frühstückssitzung zu schwänzen?«

»Genau. So ist das wohl in der Ehe, oder?«

»Und was machen wir, wenn wir alt sind? Wenn sich all diese Erinnerungen angehäuft haben und wir sie nicht mehr loswerden?«

»Wir geben uns einen Abschiedskuss und gehen zur Arbeit«, sagte er.

»Dann komm her«, befahl sie ihm. »Du hast den Kuss vergessen.«

5

»Ich will dir nicht sagen, was du tun sollst«, erklärte Grace Jessa.

»Dann lass es«, erwiderte Jessa.

»Aber ich muss«, sagte Grace. »Ich bin deine beste Freundin.«

Jessa tauchte ins Wasser. Gerade noch hatte sie neben Grace am Ufer des Sees gestanden, und jetzt war sie verschwunden. Ich bin nicht mehr ihre beste Freundin, dachte Grace. Wir haben sie alle verloren.

Jessa tauchte auf, um Luft zu holen, und begann, wie wild durch den See zu kraulen.

»Mommy schwimmt! Mommy schwimmt!«, rief Rosie und rannte über die Wiese zu Grace.

Sie fasste nach Graces Hand. Zusammen standen sie da und schauten zu, wie Jessas Füße die Wasseroberfläche durchschnitten.

»Wie hält sie das aus?«, fragte Rosie ehrfürchtig.

Das Wasser war eisig. Die Berggipfel um sie herum waren mit Schnee bedeckt, obwohl es Ende Juni war, und von den umliegenden Felsen tropfte Schmelzwasser in den See.

»Gehst du auch rein?«, fragte Rosie Grace ängstlich.

»Nein, Süße«, versicherte ihr Grace.

»Ich auch nicht«, sagte Rosie sichtlich erleichtert.

Also schauten sie Jessa zu und wünschten sich beide, sie wären mutiger, wilder. Freier. Es ist schon schwer genug, Jessas Freundin zu sein, dachte Grace. Wie muss es dann erst sein, wenn man ihre Tochter ist?

»Ich habe eine tolle Idee, was wir machen können«, sagte Grace und ging in die Hocke, um Rosie in die weit aufgerissenen Augen zu schauen.

»Was?«, fragte Rosie gespannt.

»Wir machen Pfannkuchen zum Mittagessen«, verkündete Grace, und in dem kurzen Augenblick der Enttäuschung, ehe Rosie anfing zu lächeln, dachte Grace an all die Einfälle, die Jessa gehabt hätte: einen Berg erklimmen, eine Sprache erfinden, ein Raumschiff bauen.

»Mit Schokostreuseln?«, fragte Rosie

»Unbedingt.«

Sie wollten sich gerade auf den Weg zur Hütte machen, da hörten sie jemanden rufen. Als sie sich umdrehten, sahen sie Jessa weit entfernt auf einem Felsen am Ufer stehen und winken.

»Ich liebe euch«, schrie sie und sprang aus der schwindelnden Höhe wieder in das eiskalte Wasser.

»Ich liebe dich.« Rosie formte die Worte mit dem Mund oder sie sagte sie so leise, dass nicht einmal Grace, die neben ihr stand, sie hören konnte.

Einen Tag bevor sie in die Ferien fuhren, hatte Grace den Computer angemacht, um nach E-Mails zu sehen. Auf dem Bildschirm erschien eine Nachricht: Wollen

Sie mit dem Drucken fortfahren? Sie klickte auf JA. Fortfahren. Und der Drucker spuckte eine Seite mit einem Online-Dialog zwischen Matt40 (er war gerade vierzig geworden und hatte sich zur Feier des Ereignisses diesen Online-Namen zugelegt) und FemBoy aus.

FemBoy: Ich will dich.

Matt40: Gib's mir.

FemBoy: Willst du's richtig hart?

Matt40: Ja, ich will es hart. Ich will es tief.

FemBoy: Dein Arsch macht mich an.

Matt40: Noch nicht. Gib's mir.

FemBoy: Mein Schwanz ist total verliebt in deinen süßen Arsch.

Sie hörte auf zu lesen. Sie zerknüllte das Blatt und warf es weg. Sie zog es wieder aus dem Papierkorb. Sie strich die Falten glatt wie eine Wahnsinnige. Sie klickte die Maus an. Druckvorgang fortsetzen. Druckvorgang fortsetzen. Nichts mehr. Sie zog den Stecker aus dem Computer. Sie spuckte auf den Bildschirm.

Sie weinte nicht.

Sie rief Matt im Büro an. Komm nach Hause. Stell verdammt noch mal keine Fragen. Ich gebe dir zehn Minuten. Wenn alle Ampeln grün sind, dauert es zwölf, sagte er, und Grace glaubte, ihn lächeln zu sehen. Sie dachte, wenn ich das Lächeln sehe, reiße ich es ihm aus dem Gesicht. Zehn Minuten, sagte sie.

Als er kam, gab sie ihm das Blatt Papier. An der Haustür.

Er sah zu ihr auf, sein Gesicht fiel in sich zusammen. Mit dem Rücken schob er die Tür hinter sich zu. Es machte zu viel Lärm, das Geräusch hallte von den Wänden wider, als lebten sie in einem leeren Haus.

»Es ist ein Spiel«, sagte er.

»Was ist ein Spiel?«

»Bitte«, sagte er und kam auf sie zu.

»Fass mich nicht an«, sagte sie.

Er blieb stehen und fuhr sich mit der Hand durch die Haare. Er sah unerträglich traurig aus, und am liebsten hätte sie die Seite noch einmal gelesen, damit sich die Worte auf der Netzhaut einbrannten. Gib's mir. Mein Schwanz ist total verliebt in deinen süßen Arsch.

»Können wir uns setzen?«, fragte er sanft.

Er war ein kräftiger Mann und plötzlich schien es, als käme sein Gewicht ins Schwanken, als stürzte das Haus zusammen, als löste sein Taumeln ein Erdbeben aus.

»Nein«, sagte Grace. »Was ist ein Spiel?«

»Die Chatrooms. Ich logge mich ein, wenn du schläfst. Wenn ich scharf bin. Jeder macht das.«

»Jeder macht was?«

»Chatten. Sextalk. Es gibt Tausende von Männern wie mir, deren Frauen schon schlafen. Alle möglichen Typen auf der Welt, die scharf sind.«

»Männer.«

Er blinzelte sie an, als könnte er sie nicht richtig erkennen. Er sah sich um, schaute an ihr vorbei, ins Wohnzimmer, zu den Sofas, den Sesseln und Stühlen. Sie rührte sich nicht vom Fleck. Er setzte sich auf den Boden. Sie standen in der großen, offenen Diele ihres Hauses, wo es nichts als Fliesen und weiße Wände gab. Matt ließ sich auf den Boden sinken, füllte die Leere, den Blick auf ihre Knie gerichtet. Sie setzte sich ihm gegenüber.

»Es ist ein Spiel«, sagte er. Seine Stimme klang schrecklich traurig und sie sah, wie er sich an das Blatt Papier klammerte. Ich will es hart. Ich will es tief.

»Das hast du bereits gesagt.«

»Es bedeutet nichts.«

»Was bedeutet es nicht?«

»Ich mache so was nicht.«

»Was machst du nicht?«

»Was da steht.«

»Was steht da?«

»Ich tue nur so. Ich tue so, als wäre ich jemand anders.«

»Jemand anders, der so was tut?«, fragte Grace.

»Ja«, sagte Matt und nickte.

Und dann lag sein Kopf in ihrem Schoß, und er presste sein Gesicht an ihren Schenkel.

Sie blieben eine Zeit lang so sitzen, bis sie schließlich sanft die Hand auf seinen Hinterkopf legte und er zu weinen begann.

Am nächsten Tag fuhren sie in die Ferien.

Die Höhle der zwei Familien für die Ewigkeit.

Rosie fand sie. Die vier Kinder – Graces Söhne, Jake und Peter, und Jessas Töchter, Lee und Rosie – erkundeten die Umgebung des Sees. Jake, Peter und Lee kletterten auf den Felsen herum – ohne Ausrüstung, Zehen, die an Vorsprüngen Halt suchten, Finger, die sich um Kanten krallten, Rufe, wie: »Schau mal, wie hoch ich bin!« Rosie wollte nicht klettern. Sie mochte keine Höhen, es war ihr egal, dass ihre waghalsige große Schwester und diese wilden Jungen ihre Ängste austobten, indem sie Felsen erklommen. Sie streifte durchs Gebüsch, behielt immer festen Boden unter den Füßen, war ausgeglichen und ruhte in sich.

Grace liebte Rosie. Sie liebte es, das süße, rothaarige Kind anzusehen, liebte ihren erdigen Geruch, das Gefühl, sie in den Armen zu halten. Ihre Söhne wanden sich, zappelten und flohen, wenn sie sie umarmte. Rosie machte es sich gemütlich, wenn Grace sie in den Arm nahm, legte den Kopf an ihre Brust und blieb eine Weile bei ihr.

Es war der erste Tag ihrer Ferien in den Sierras, und Grace saß lesend vor ihrem Blockhaus. Sie konnte die Kinder in der Ferne sehen, ihre Rufe hören. Für einen Augenblick fühlte sie sich beruhigt, als könnte der Kinderlärm den Krach der Erwachsenen auslöschen. Sie war beinahe glücklich.

Sie sah Rosie um die Felsen wandern, sah die anderen Kinder schwindelnde Höhen erklimmen.

Und dann fing Rosie an zu rufen, rannte um die Felsen und holte die anderen Kinder wieder auf die Erde. Grace beobachtete sie und lächelte – Kinder waren so geradlinig. Man findet einen Schatz und schreit vor Freude.

Die Kinder sausten die Berge hinunter und folgten Rosie um die Felsen herum. Grace legte das Buch weg und lief ihnen nach.

Als sie bei den Felsen ankam, waren die Kinder wie vom Erdboden verschluckt. Sie umrundete die Felsen, konnte sie jedoch nirgends entdecken. Dann hörte sie ihre Stimmen, gedämpft und aufgeregt.

»Rosie«, rief Grace. »Wo seid ihr alle?«

Sie hörte Kichern – es kam aus dem Innern der Felsen.

»Grace«, rief Rosie.

»Mom, hey, Mom!«

»Was ist das für ein Trick, Leute?«, schrie Grace. »Ich komme mir ziemlich blöd vor, wenn ich mit einem Felsblock rede.«

Dann sah sie Rosies Hand, die ihr aus einem Felsspalt zuwinkte.

Die Lücke zwischen den Steinen war gerade breit genug für ein Kind – nur die vier konnten sich da durchquetschen. Für Erwachsene verboten. Kinderhimmel.

Später erzählten die Kinder den Erwachsenen, dass innen eine große, kalte Höhle war, mit einem harten, schmutzigen Boden und Wänden aus Schiefer. Sogar wenn sie flüsterten, gab es ein Echo. Sie konnten im Kreis sitzen und mit den Geistern sprechen. Sie konnten die Höhle mit Schätzen schmücken, die sie in den nächsten zwei Wochen finden würden. An diesem heiligen, geheimen Ort konnten sie über alles Mögliche sprechen.

Sie tauften sie »Die Höhle der zwei Familien für die Ewigkeit«. Später an diesem Abend, als die Kinder schliefen, fragte Jessa: »Ist die Höhle für die Ewigkeit oder sind es die zwei Familien?«

»Glaubst du, dass sie da drin Sex haben?«, fragte Roger. In Decken gehüllt, um sich gegen die Kälte aus den Bergen zu schützen, saßen sie um das Lagerfeuer und tranken Wein.

»Ja«, sagte Matt. »Wilden Sex. Meine Jungs legen deine Mädchen flach.«

»Red nicht so einen Unsinn«, sagte Jessa.

»Die Höhle ist für die Ewigkeit«, erklärte Grace. »Ich bin Lehrerin. Ich weiß das. Und ich verstehe was von Kindern.«

Und sie wäre viel lieber bei den Kindern in ihrer Höhle gewesen als hier draußen in der Kälte bei den Erwachsenen.

Am nächsten Morgen radelten Jessa und Grace in das nächste Dorf, das ein paar Meilen entfernt lag. Sie brauchten Lebensmittel, Wein und wollten telefonieren.

Während Grace ins Café ging, rief Jessa ihren Liebhaber an.

Grace saß auf der Terrasse, schlürfte heißen, schwarzen Kaffee – Milch gab es nicht – und beobachtete Jessa, die in der Telefonzelle neben der Tankstelle auf der anderen Straßenseite stand. Ihr Körper veränderte sich, während sie mit ihm sprach – er wurde irgendwie weicher und sackte in sich zusammen, bis sie mit gesenktem Kopf an der Glaswand lehnte. Grace stellte sich vor, wie Jessa mit ihrer tiefen Stimme mit ihm flüsterte, sah ihn allein im Bett liegen – seine Frau war zur Arbeit gegangen – und seine Stimme war schwer vor Verlangen. Sie wandte den Blick ab, dann sah sie wieder hin. Sie schaute nur jemandem beim Telefonieren zu. Aber irgendwie hatte sie das Gefühl, als schaute sie in Jessas Schlafzimmerfenster, und Jessa war nackt, schön, und gleich würde ihr Liebhaber sie umarmen. Und Grace würde zuschauen, als wäre sie genau dazu bestimmt, immer nur zuzusehen.

Jessa legte auf und blieb einen Moment lang stehen. Um durchzuatmen? Wieder in die Welt zurückzukehren?

Sie stieß die Tür auf und sah sich um. Tankstelle. Straße. Sierras. Ferien mit der Familie. Auf der Terrasse im Café gegenüber die Freundin Grace.

Jessa zuckte die Achseln. Als wollte sie sagen: Bin ich dumm. Ich dachte, ich wäre mit meinem Liebhaber im Bett, dabei bin ich doch hier.

Grace lächelte und drohte ihr scherzhaft mit dem Finger.

Jessa nickte. Als wollte sie sagen: Ich komme. Zurück auf die Erde.

Grace sah zu, wie sie die Straße überquerte, und hielt ihr einen Becher Kaffee zur Begrüßung entgegen.

»Du bist viel zu gut für mich«, sagte Jessa, nahm den Becher, atmete tief durch und setzte sich neben Grace.

»Stimmt«, sagte Grace. »Das bin ich.«

»Ich soll dich grüßen«, sagte Jessa.

»Sollst du nicht«, wehrte Grace ab.

Jessa lächelte. »Er hat gesagt, er wünscht mir eine miserable Zeit.«

Grace musterte sie. Jessas Blick war auf einen Punkt in der Ferne gerichtet, auf die Berggipfel, die irgendwo im Nebel verborgen lagen.

»Wie geschmacklos«, sagte Grace.

Jessa sah sie überrascht an. »Findest du?«, fragte sie.

»Besonders großzügig ist er nicht«, gab Grace zu bedenken.

»Er ist ein sehr großzügiger Mensch«, widersprach Jessa geheimnisvoll lächelnd. »Solange er mich mit keinem Menschen teilen muss.«

Sie blieben eine Zeit lang schweigend sitzen und beobachteten eine Familie, die unter großem Lärm ihre Fahrräder aufpumpte.

»Ich mache mir Sorgen um dich«, sagte Grace.

»Musst du nicht«, antwortete Jessa und stand auf. »Wir haben Unmengen einzukaufen. Wie sollen wir das alles zurückbringen?«

»Mein Gepäckträger ist dafür gerüstet«, sagte Grace. »Setz dich wieder!«

»Ich bin fertig«, sagte Jessa und stellte ihren Becher auf das Geländer.

»Ich nicht«, erklärte Grace.

»Dann gehe ich schon mal den Wein kaufen, und wir treffen uns im Supermarkt«, sagte Jessa. Sie schaute Grace nicht an. Sie war beschäftigt – ihr ganzer Körper vibrierte vor Energie.

»Ich will uns allen noch eine letzte Chance geben«, sagte Grace.

Jessa warf ihr einen verwirrten Blick zu.

»Wem? Was?«

»Uns. Deiner Familie. Deinen Freunden. Verlass uns nicht.«

Jessa beugte sich zu ihr und küsste sie auf den Kopf. »Er hat nach dir gefragt«, sagte sie. »Er hat gefragt, wer auf mich aufpasst, und ich hab gesagt, Grace. Und ich soll dir ausrichten, dass er dir dankt.«

Dann wirbelte sie herum und lief mit großen, energischen Schritten auf die Weinhandlung zu, als wären Wein und Lebensmittel alles, was sie brauchten.

Die Kinder, die die Welt regierten.

Am Anfang waren ihre Abendvorstellungen eher eine Talentshow. Graces Söhne führten meistens Karate vor – und ihre Galavorstellungen endeten immer damit, dass einer den anderen richtig trat oder bekämpfte, sodass ein Tumult entstand, der herzlich wenig mit

Karate zu tun hatte. Lee tanzte, entweder Jazz oder Ballett oder eine Mischung aus beidem, in der immer ein paar Sprünge und Pirouetten vorkamen, und vor allem fing sie so lange wieder von vorne an, bis sie es richtig hinbekam. Rosie sang aus ihrem Repertoire von Liedern aus Disneyfilmen, wobei die großen Kinder ihr Kichern unterdrückten, während die Erwachsenen sie bewunderten.

Doch nach ein paar Tagen begannen die Kinder, sich Theaterstücke auszudenken. Sie erklärten den Erwachsenen, dass sie die Stücke zusammen schrieben, untereinander entschieden, wer welche Rolle spielte, und als wäre das nicht schon genug Beweis ihres Könnens, bekam auch noch jedes Stück den Titel »Die Kinder, die die Welt regierten«. Es war anscheinend völlig egal, was in dem Stück passierte, ob sie Tiere, Geister oder Erwachsene spielten – jeden Abend stand eines der Kinder vor den Erwachsenen und verkündete mutig: »Und jetzt spielen wir für Sie das Stück: Die Kinder, die die Welt regierten.«

Applaus. Stolze Blicke. Mehr Wein.

»Der Vorhang öffnet sich«, sagte Lee dann. Sie war die Einzige, die schon Theater gespielt hatte, und es passte ihr nicht, dass es hier draußen in der Wildnis keinen Vorhang gab. Sie war ein Kind, dass Regeln, Gesetze und Anordnungen brauchte, und hatte mit ihren vierzehn Jahren bereits gelernt, in der Welt, die sie so oft enttäuschte, ihre eigenen Regeln aufzustellen.

Dann eilten die Kinder auf ihre Positionen und spielten das Stück von dem Vogel, der vom Himmel fiel, oder dem Monster, das nach Kalifornien kam, oder dem Lehrer, der vergessen hatte, wie man spricht. Rosie hatte meistens die Rolle des kleinen Mädchens (oder des Vogels oder des Monsters), das viel weinte: Sie beherrschte das perfekt. Jessa erzählte Grace eines Abends, als sie Rosie nach der Aufführung zu Bett gebracht hatte, dass sie beim Gutenachtkuss Tränen auf Rosies Wange gespürt hatte.

An einem anderen Abend, als die Kinder im Bett waren und die Erwachsenen um das prasselnde Feuer saßen, den letzten Schluck Wein tranken und die letzten Brownies aßen, sagte Matt: »Es ist wie Sex.«

Alle schauten von ihren Gläsern auf, schreckten aus ihren Grübeleien, aus ihren Schokoladenträumen.

»Was ist wie Sex?«, fragte Roger, Matts treuer Kamerad.

»Schauspielern. Theater. Rollen.« Matt lehnte sich zurück und trank von seinem Wein, als wäre damit alles gesagt. Die anderen warteten.

»Matt«, sagte Grace, »kein Mensch weiß, wovon du redest.«

»Ich schon«, sagte Jessa. »Aber ich glaube, du hast Unrecht.«

»Warum?«, fragte Matt und beugte sich zu ihr hinüber. Sein Gesicht glühte teuflisch im Schein des Feuers.

»Halt«, sagte Grace. »Erklär das mal bitte.«

»Wir spielen Rollen«, erklärte Matt. »Wir sprechen die Verse eines anderen, wir probieren unterschiedliche sexuelle Orientierungen und Vorlieben aus.«

»Wer tut das?«, fragte Grace. Matt schaute sie an, vielleicht überrascht von dem Ernst in ihrer Stimme, dann sah er weg. Er wollte nicht aufhören.

»Wir alle sollten es tun«, sagte er, schaute erst Jessa,

dann Roger an, nur Grace, seine Frau, sah er nicht an. »Jeder sollte es tun.«

»Warum?«, fragte Grace.

»Das ist kein Spiel«, sagte Jessa. Das Feuer flackerte, und die Gesichter der Freunde schimmerten in dem heißen Licht. Grace schlang die Arme um sich.

»Warum nicht?«, fragte Matt.

»Nichts ist ein Spiel«, sagte Roger.

»Nein«, beharrte Jessa. »Es gibt viele Spiele, aber Sex gehört nicht dazu.«

»Ach komm«, sagte Matt. »Phantasie. Sexspiele.«

»Es ist echt«, sagte Jessa. »Man spielt eine Rolle und man ist sie. Sex ist echter als alles andere.«

»Ich kann mich nicht erinnern«, murmelte Roger, doch er war nicht richtig bei der Sache – so, dass er gar nicht merkte, wie Jessa und Matt über das Feuer hinweg aufeinander konzentriert waren und sich gegenseitig die Bälle zuwarfen.

»Du bist nicht diese Rolle«, widersprach Matt. »Genauso wenig, wie Rosie ein Drache ist. Es ist ein Spiel. Man tut nur so. Es macht verdammt viel Spaß.«

»Ich habe keine Ahnung, worüber ihr redet«, sagte Roger, während er sich noch ein Glas Wein einschenkte. Er hatte viel getrunken und Grace bemerkte, dass er beinahe lallte. Sie hatte ihn noch nie betrunken erlebt. »Wer spielt Sexspiele?«

»Im Internet«, sagte Grace und alle schauten sie an. Sogar Matt.

»Stimmt«, sagte Matt schließlich. »Das ist ein gutes Beispiel.«

»Genau«, sagte Grace und sah, wie Matt Roger die Flasche wegnahm, und den Rest in sein Glas goss.

»Stellt euch vor«, sagte sie und mit einem Schlag war jeder schrecklich beschäftigt. Roger entkorkte eine neue Flasche, Jessa legte Holz nach, und das Feuer fauchte wie ein unartiges Kind. »Ein Mann, ein heterosexueller Mann, jemand wie Roger oder Matt zum Beispiel.« Alle schauten in ihre Weingläser oder ins Feuer. »Also dieser heterosexuelle Mann tut so, als wäre er schwul. Im Internet. Nur im Internet. Es ist ein Spiel.«

»Natürlich ist es ein Spiel«, sagte Matt und trank einen großen Schluck aus seinem Glas.

»Was soll das?«, fragte Roger. »Was ist der Kick dabei?«

»Der Kick ist die Rolle. Man geht aus sich heraus«, sagte Matt. »Du bist nicht schwul und du willst auch keinen Sex mit einem Mann, aber da kannst du etwas ausleben. Du gehst aus dir heraus.«

»Falsch«, sagte Jessa. »Du gehst in dich hinein.«

»Du wirst schwul«, sagte Grace.

»Genau«, sagte Jessa. »Genau.« Ihre Stimme war zu intensiv, zu ernst, und Grace konnte nichts anderes denken als: Merken die denn nichts? Merken die denn nicht, wie wichtig es ihr ist? Und dann dachte sie: Merken sie, was es für mich bedeutet?

»Du wirst nicht schwul«, sagte Matt und fing an, Zweige ins Feuer zu werfen. »Das ist absurd.«

»Stell dir vor, es ist doch so«, sagte Jessa und kniete sich hin, beanspruchte mehr Raum, mehr Aufmerksamkeit. »Stell dir vor, du bist in einem Chat Room und tust so, als wärst du schwul.«

»Nur so zum Spaß«, sagte Grace und lächelte Matt an. Matt warf Zweige ins Feuer. Das Feuer zischte. Matt trank und schaute Grace nicht an.

»Gut, ich bin im Internet und tue so, als wäre ich schwul«, sagte er schließlich.

»Und es gefällt dir«, sagte Jessa.

»Und es gefällt mir«, sagte Matt und sah sie an. Er fing ihren Blick ein und hielt ihn fest.

»Und du spielst noch ein bisschen weiter«, sagte Jessa. »Und vielleicht bist du bald jede Nacht im Internet, tust so, als wärst du schwul, spielst Sexspielchen mit anderen Männern.«

»Gut«, sagte Matt. »Ich tue jede Nacht so als ob.«

»Und es gefällt dir immer besser. Jede Nacht.« Jessa lächelte. Einen Augenblick lang sagte niemand etwas, alle beobachteten ihr Lächeln. Ein Holzscheit krachte im Feuer, und Funken sprühten in den schwarzen Himmel.

»Und nach einer Weile? Wer bist du dann? Warum bist du nicht dieser Mann? Warum ist das weniger echt als alles andere in deinem Leben?«, fragte Jessa.

Keiner sprach, sie sahen einander nicht an. Grace hatte das Gefühl, ihre Stimme würde brechen, wenn sie etwas sagte, dachte, ihre Beine würden nachgeben, wenn sie aufstand und ging.

»Wenn das Spiel zu Ende ist«, sagte Matt jetzt mit ganz weicher Stimme, »ist Rosie kein Drache mehr. Sie ist einfach Rosie.«

Der Weg, der über den See führt

Sie wählten der Weg, der auf den Gipfel des Bergs führte. Graces Söhne beschlossen, dass sie dieses Jahr, mit neun und zwölf, alt genug dafür waren, Lee sagte, cool hey, das ist doch gar nichts, und Rosie nahm Graces Hand und setzte einfach einen Fuß vor den anderen.

Grace hatte sie gewarnt – es war der *Steile Weg*, der *Gefährliche Weg*. Aber alle waren ganz aufgeregt – niemand wollte zurückbleiben wie in den vergangenen Jahren, denn dieses Jahr waren alle richtige Bergsteigermonster.

Grace war der Schäfer. Der Schäfer klettert als Letzter, am langsamsten, mit Rosie und manchmal mit Jake, ihrem Bücherwurm, der in Wirklichkeit viel lieber lesen wollte. Matt war der Anführer, das Obermonster aller Bergsteigermonster. Er platzte an diesem Morgen vor Unternehmungslust, sang zu viele Lieder und verteilte zu viele gute Ratschläge an Lee und Peter, die Mühe hatten, mit ihm Schritt zu halten. Grace war am Ende der Truppe viel glücklicher.

Jessa und Roger liefen nebeneinander, und manchmal fasste Jessa nach Rogers Hand. Grace fand es erstaunlich, dass so eine einfache Geste ihr den Atem raubte.

Aber auf dem Weg, der auf den Gipfel des Berges führte, war alles klarer, schöner und einfacher.

Rosie pflückte wilde Blumen, und Jake suchte tote Käfer. Die Sonne brannte auf die Berge, der Schnee glitzerte und blendete sie. Grace trug eine Sonnenbrille und einen Hut, trotzdem schmerzten ihre Augen, als sähe sie zu viel auf einmal.

Als sie den Gipfel erreichten, jubelten sie und beglückwünschten sich, aßen Sandwiches mit Gelee und Erdnussbutter. Matt schlang die Arme um Grace und flüsterte ihr »Ich liebe dich« ins Ohr.

Grace trat zurück und sah ihm in die Augen. »Ich liebe dich«, sagte sie ernst.

»Iiihh, eklig«, rief Peter, der das gehört hatte, und

Jake schrie: »Nicht küssen, ich hasse küssen«, und die Kinder witzelten und stießen einander an und rannten weg.

Grace blieb einen Augenblick lang allein auf dem Gipfel sitzen, atmete tief durch und ließ den Blick über den langen Weg schweifen, den sie gekommen waren. Sie wollte nicht an den Abstieg denken – sie wollte hier oben bleiben, auf dem Dach der Welt.

»Und abwärts geht's«, rief Jessa, und alle liefen ihr nach. Grace sah das Wasser, den Wald, den Himmel und dachte: Ich liebe ihn. Das darf ich nicht vergessen.

Und dann kletterten sie wieder hinunter, schneller und voller ungezügelter Energie, sie sangen und lärmten und feuerten einander an. Es war ansteckend, dieses Fieber, und plötzlich überholte Grace Jessa, die Antreiberin, die aus dem Weg gehen musste, um der Freundin Platz zu machen. Sie hüpfte mit Lee, sang mit Roger *I won't grow up* aus Peter Pan, hüpfte über Steine und rutschte Sandhügel hinunter.

Am Fuße des Bergs lag der See, und durch eine Lichtung in den Bäumen konnten sie ihre Blockhütten am anderen Ufer sehen. Einen Augenblick lang standen sie dicht beieinander und waren ganz still.

Dann sagte Jessa: »Lasst uns rüberschwimmen!«

Grace stockte der Atem. Die Luft sammelte sich in ihrer Kehle und blieb dort stecken. »Nein«, dachte sie, doch sie sagte kein Wort.

»Bist du verrückt?«, sagte Roger und dann lachte er. »Wie oft am Tag sage ich das zu meiner Frau?«

»Nein, Mommy«, sagte Rosie und Grace sah, wie sie nach Jessas Arm griff und sich an sie presste.

Da wusste Grace, dass Jessa schwimmen würde. Sie musste durch den See schwimmen, weil jeder nein sagte.

»Vergiss es, Mom«, sagte Lee. »Der Weg führt um den See herum. Kapiert?«

»So geht es schneller«, sagte Jessa und starrte über das eisige blaue Wasser.

»Wir könnten es schaffen«, sagte Matt, und Grace sah ihn an. Endlich konnte sie ausatmen, wieder sprechen: »Nein, könnten wir nicht.«

»Ich kann es«, sagte Jessa.

»Ich auch«, sagte Matt.

»Nackt«, sagte Jessa.

»Nimm meinen Rucksack«, sagte Matt und reichte ihn Roger.

»Nein, Daddy, nein«, jammerte Jake. »Es ist zu weit.«

Matt drehte sich um und beugte sich zu Jake hinunter. »Ich bin ein guter Schwimmer. Es ist nicht zu weit.«

Grace legte ihre Hand auf Jakes Kopf, und Matt sah zu ihr auf.

»In Ordnung?«, fragte er.

Sie wartete auf eine Eingebung, aber ihr fiel nichts ein. Sie konnte nur nicken. Die Achseln zucken. »Nur zu.«

Während die anderen dastanden und zuschauten, fingen sie an, sich auszuziehen. Stiefel, Strümpfe, Halstücher, T-Shirts, Shorts, BH, Unterwäsche. Nebeneinander standen sie auf einem Felsen am Rand des Sees. Jessa war wunderschön, und Grace hasste ihren schlanken Körper, hasste es, wie sie mit einem langen, geschmeidigen Sprung ins Wasser tauchte und wie Matt einen Moment lang wartete, ehe er ihr folgte. Jessa heulte auf und kraulte schnell voran. Nur Matt schaute sich um und winkte, das Gesicht zu einer wilden, waghalsigen Grimasse verzogen.

»Es ist wirklich weit«, sagte Lee schließlich und alle nickten ernst, dann sammelten sie die Kleider auf und stopften sie in ihre Rucksäcke.

Grace legte den Arm um Lees Schultern. »Sie sind beide gute Schwimmer«, versicherte sie ihr. »Na komm, wir werden schon sehen, was schneller ist: der Weg, der um den See herum führt oder der Weg, der über den See führt.«

Sie brachen auf und es war, als hielte das zusätzliche Gewicht sie zurück, denn sie kamen nur langsam und schwerfällig voran und waren viel stiller als beim Aufstieg.

An diesem Nachmittag hatten Jessa und Grace Küchendienst. Jessa putzte das Gemüse. Grace rührte über dem Feuer in der Tomatensauce. Die Kinder waren in ihrer Höhle, und die Männer machten außer Hörweite in den Blockhäusern ein Nickerchen.

»Ich verliere Roger«, sagte Jessa, und Grace hörte auf zu rühren.

»Du bist diejenige, die eine Affäre hat«, sagte sie. »Er verliert dich.«

»Ich dachte, ich könnte das«, sagte Jessa leise. Mit gesenktem Kopf, das Gesicht hinter den Haaren versteckt, schnitt sie wie wütend Karotten. »Ich dachte, nichts würde sich ändern. Aber alles ändert sich.«

Sie sah Grace an, das Gesicht nass von Tränen.

»Natürlich ändert sich alles«, erklärte Grace ihr. »Wie könnte denn alles gleich bleiben?«

»Weil ich Roger liebe. Das ändert sich nicht. Aber wenn ich ihn jetzt anschaue, scheint alles an ihm falsch. Seine Ruhe. Seine Passivität. Seine kurzen Haare. Die Art, wie er sich die Zähne putzt.«

»Schsch«, warnte Grace. Jessas Stimme war laut und schrill.

»Am liebsten würde ich ihn hassen«, sagte Jessa. »Wenn ich ihn hassen könnte, wenn er schrecklich wäre, dann würde ich das, was ich tue, verstehen. Und jedes Mal, wenn ich ihn anschaue, versuche ich, ihn zu dem Monster zu machen, das eigentlich ich bin.«

Sie weinte eine Weile, und Grace fütterte das Feuer mit Holzscheiten. Sie fand einfach keine tröstenden Worte für ihre Freundin.

Schließlich sagte Jessa: »Ich will nicht alles verlieren, Grace. Es bedeutet mir zu viel.« Grace spürte einen Kloß in ihrem Hals. Plötzlich musste sie mit Jessa weinen. Die Wut auf ihre Freundin war verraucht, und sie fühlte nur eine schreckliche Traurigkeit für alle.

»Du brauchst nicht alles zu verlieren«, sagte Grace und ging auf sie zu. Jessa fiel ihr in die Arme, und Grace hielt sie fest. Jessa war größer als Grace, aber schmaler. Grace hatte das Gefühl, ein Kind in den Armen zu halten. Sie strich Jessa über den Kopf und ließ sie weinen.

»Wie putzt Roger sich denn die Zähne?«, fragte sie nach einer Weile. Beide mussten lachen.

»Zwei volle Minuten«, schilderte ihr Jessa. »Nach der Eieruhr.«

Grace rümpfte die Nase. »Ein Scheidungsgrund.«

Jessa lachte traurig. Sie setzten sich nebeneinander auf einen Holzklotz am Feuer.

»Ich tue ihm weh«, sagte Jessa.

»Er weiß es nicht«, beruhigte Grace sie.

»Doch, ich tue ihm weh«, beharrte Jessa. »Auch wenn er es nicht weiß.«

Grace dachte an Matt und seine Cybersexabenteuer. Vertrauen, dachte sie. Das ist das Persönlichste, was es gibt. Und das Zerbrechlichste.

»Wenn du Simon verlässt«, sagte Grace, »und Roger es nie erfährt, kannst du es doch reparieren. Kann dann nicht alles wieder wie früher sein?«

»Ich weiß nicht«, sagte Jessa und sah ihr direkt in die Augen. »Ich denke die ganze Zeit darüber nach. Die Welt kommt mir so verändert vor. Eines Abends gehe ich während eines Abendessens aus dem Haus. Ich bin mir immer noch nicht sicher, ob ich wieder nach Hause will.«

»Weil du tollen Sex hast?«, fragte Grace. Sie stand auf.

»Geh nicht weg«, sagte Jessa und streckte die Hand nach ihr aus. »Sei deswegen nicht wütend auf mich. Ich will dich nicht auch noch verlieren.«

»Vielleicht verlierst du alles, Jessa«, sagte Grace, aber sie ließ zu, dass Jessa ihre Hand nahm und sie auf den Holzklotz zurückzog.

»Hör zu«, sagte Jessa. »Nicht der tolle Sex an sich macht es kompliziert. Kompliziert ist es, nach tollem Sex nach Hause zu kommen, mitten in eine Ehe.«

»Was stimmt nicht in eurer Ehe?«, fragte Grace einfältig.

Sie dachte an Matt und seine verschwitzten Basketballtrikots auf dem Boden im Schlafzimmer. Sie dachte daran, wie es war, wenn sie von der Arbeit nach Hause kam, den Kopf voller Probleme – ein Kind in ihrer

Klasse, ein anderer Lehrer, ein Artikel, den sie gelesen hatte –, und jemanden zum Reden brauchte, daran, wie Matt sie ansah, wenn er ihr beim Essen gegenübersaß, und sie alles vergaß, was sie ihm erzählen wollte.

»Verlust«, sagte Jessa und legte den Arm um Grace, hielt sie fest, zwang sie zum Zuhören. »Ich weiß noch, was Roger und ich hatten – Leidenschaft, Romantik, die Fähigkeit, die ganze Nacht aufzubleiben und alle Probleme der Welt zu lösen –, und es tut weh, all das verloren zu haben.«

»Nein«, sagte Grace. »Leidenschaft, Romantik und Nähe sterben, wenn man sich für ein paar gute Orgasmen davonschleicht.«

»Das glaube ich nicht«, sagte Jessa traurig. »Ich glaube, ich habe Simon gefunden, weil ich ihn finden musste.«

Sie hörten einen Schrei aus einer der Blockhütten und sahen, wie Roger vor die Tür trat, sich auf die nackte Brust schlug und den Mond anheulte.

»Mann tritt aus seiner Hütte«, sagte Jessa.

»Er liebt dich, Jessa«, sagte Grace eindringlich. »Er will dich nicht nur vögeln. Er will ein ganzes Leben mit dir.«

»Das weiß ich, Grace«, antwortete Jessa.

Sie erhob sich und ging auf ihn zu. Grace beobachtete die beiden. Als Jessa bei Roger ankam, legte sie die Arme um ihn und hielt ihn lange so fest.

Irgendwann, mitten in der Nacht, hörten sie Kettensägen. Sie waren meilenweit von jeder Zivilisation entfernt, es gab in Hörweite keine anderen Blockhäuser oder Campingplätze. Doch der Lärm weckte sie, erschreckte Jake, der zu seinen Eltern ins Bett kroch, die murrend versuchten, wieder einzuschlafen. Niemand würde mitten in der Nacht auf die Suche nach Kettensägen gehen.

Am nächsten Morgen war Peter verschwunden. Jake, der zwischen seinen Eltern lag, stieß sie immer wieder rechts und links in die Rippen, bis sie wach waren. »Wo ist Peter? Wo ist mein Pete?«

»Geh und schau nach«, murmelte Grace und Jake wühlte sich, Kissen und Decken hinter sich herziehend, aus dem Bett.

»Folge ihm und töte ihn«, kommandierte Matt, aber Grace holte sich nur die Decke zurück, und kurz darauf waren sie wieder eingeschlafen.

Dann flog die Tür auf und Jessas Stimme ertönte. »Peter und Lee sind weg.«

»Gut«, murmelte Grace unter einem Berg von Decken. »Dann kriege ich mehr Pfannkuchen.«

»Habt ihr heute Nacht die Kettensägen gehört?«, fragte Jessa.

Grace setzte sich auf und blinzelte Jessas Silhouette an der Tür an.

»Wo sind sie?«, fragte sie.

»Komm mit«, sagte Jessa.

Grace schoss aus dem Bett, in ihre Kleider und zur Tür hinaus, während Matt vor sich hinmurmelte: »Ihr braucht doch einen Mann.« Aber alle guten Männer schliefen noch.

»Suchen wir nach unseren Kindern oder nach Axtmördern?«, fragte Grace, als sie irgendeinen Weg in den Wald einschlugen.

»Kettensägenmörder«, korrigierte Jessa.

»Glauben wir, dass sie mitten in der Nacht unsere Kinder geraubt haben?«, fragte Grace. Jessa lief schnell, und Grace gab sich alle Mühe aufzuwachen, mit ihr Schritt zu halten und ruhig zu bleiben.

»Wir glauben, dass unsere Kinder heute Morgen einen Ausflug in die Berge gemacht haben, und wollen nur sicher gehen, dass sie den Kettensägenmördern nicht in die Hände gefallen sind.« Jessa lief einfach zu schnell, und Grace kam sich vor wie ein Kind, das hüpfen muss, um mitzukommen.

»Das klingt vernünftig«, sagte Grace. »Wir wollen doch nicht, dass ein paar Kettensägenmörder unsere schönen Ferien verderben.«

Einen Moment rannten sie schweigend durch den Wald, dann sagte Jessa: »Hast du schöne Ferien?«

»Matt fasst mich nicht an«, sagte Grace, doch da schlug sich Jessa durch ein Gebüsch, und sie standen vor den Kettensägenmördern.

»Mom«, rief Lee mitten aus einer Gruppe irrer Mörder. »Wir haben ein Bier für dich.« Und tatsächlich hielt sie eine offene Flasche Bier in der Hand, stand auf einem Felsen, umringt von Männern, die auf den ersten Blick alle wie Charles Manson aussahen.

»Wo ist Peter?«, schrie Grace.

»Hier, Mom«, antwortete Peter. Grace schaute nach oben. Er hockte auf einem Baum.

»Kommt hierher«, rief Jessa. Lee wirbelte inmitten der Männerrunde im Kreis herum, die Morgensonne fing sich in dem dünnen Stoff ihres Schlafanzugs, man konnte ihre sprießenden Brüste, die langen, dünnen Schenkel erkennen und sah die bloße Haut um ihre Taille, wenn ihr Hemd bei den Drehungen nach oben flog. »Ich tanze«, sang sie, das Bier spritzte aus der hoch erhobenen Flasche und regnete auf sie herab.

Wie der Blitz durchbrach Jessa den Kreis der Männer und hielt Lee fest, die anfing zu schreien. Jessa zog sie aus dem Kreis heraus zu Grace. Lee schlug um sich, trat ihre Mutter, ihre Arme flogen durch die Luft, die Haare hingen ihr wirr ins Gesicht. Die Männer sahen zu.

»Peter«, rief Grace, verblüfft über das Volumen ihrer Stimme. »Komm da runter!«

»Lass mich los«, kreischte Lee. Eine Faust landete auf Graces Rücken, ein Fuß an ihrem Schienbein.

»Hört auf!«, schrie Grace. Plötzlich herrschte Ruhe.

Lee entzog sich ihrer Mutter, und Peter rutschte vom Baum herunter.

»Was geht hier vor?«, fragte Jessa.

Lee schmollte, das Gesicht hinter ihren Haaren versteckt.

»Wir machen eine Show«, sagte sie störrisch.

»Und was für eine«, bekräftigte Jessa.

Grace wandte sich an die Männer, die sie genau beobachteten – jetzt waren die Frauen die Show.

»Was zum Teufel machen Sie hier?«, schrie Jessa sie an.

Einer hob sein Bier. »Auch eins?«

Jessa schnappte sich die Bierflasche aus Lees Hand und warf sie gegen einen Baum – sie zerbrach und das Bier ergoss sich auf den Boden.

»Vergiss es«, sagte der Mann. Die anderen kicherten.

»Ich habe Sie was gefragt«, sagte Jessa.

»Wir sind wegen dem Baum hier«, sagte einer, und Grace nahm erst jetzt den riesigen Baum wahr, der in der Lichtung lag.

Peter fasste nach Graces Hand, etwas, das der Zwölfjährige selten tat. Er hatte Angst – aber Grace wusste nicht, ob er sich vor den Männern oder vor Jessa fürchtete.

»Mom«, sagte er leise. »Sie sind in Ordnung.«

»Sie sind nicht in Ordnung«, sagte Grace. »Schau sie dir doch an!«

Sie hatten wettergegerbte Gesichter, waren dreckig und betrunken. Und sie waren durch die Bank hässlich.

»Sie waren letztes Jahr hier«, sagte Peter mit ruhiger Stimme. »Campen. Mitten in der Nacht ist der Baum umgestürzt. Sie haben beschlossen, dieses Jahr wiederzukommen und das Holz zu holen.«

»Mit Kettensägen«, schnaubte Jessa verächtlich. Die Männer wanden sich, nickten und zuckten die Achseln.

»Ich wollte dir ein Bier holen«, sagte Lee, warf den Kopf zurück und reckte stolz das Kinn.

»Wolltest du nicht«, sagte Jessa. »Du wolltest deinen Körper zur Schau stellen.«

Lees Gesicht verdüsterte sich. Sie funkelte ihre Mutter an. Dann sagte sie: »Du bist diejenige, die hier andauernd ihren Körper zur Schau stellt.« Dann floh sie an Jessa vorbei in den Wald.

Peter ließ Graces Hand los, doch sie flüsterte: »Bleib hier.«

Grace wandte sich an die Männer: »Verschwinden Sie! Sofort. Bevor ich die Waldaufseher hole.«

Sie fasste Peter an den Schultern und schob ihn vor sich her durch den Wald. Jessa war verschwunden. Grace hatte sie nicht gehen hören und wusste nicht, ob sie ihrer Tochter gefolgt oder allein zurückgekehrt war.

»Lass uns heute in die Stadt fahren«, sagte Grace zu Peter, als sie weit genug von den Männern entfernt waren und ruhig nebeneinander gingen. »Nur wir. Du, ich, Daddy und Jake.«

»Okay«, sagte er leise. »Darf ich mir ein paar Kracher für den 4. Juli kaufen?«

»Wenn sie nicht so laut sind wie Kettensägen«, sagte Grace.

»Cool.«

Einen Augenblick später sagte Grace. »Ich hatte Angst, Peter.«

»Ich weiß«, sagte er. »Ich glaube, ich auch. Deswegen bin ich auf den Baum geklettert. Lee fand es lustig.«

Grace nickte. Sie legte ihm beim Gehen die Hand auf die Schulter. Er schüttelte sie nicht ab.

Eine ganze Weile liefen sie schweigend weiter, dann sagte Peter: »Dad mag Jessa sehr gern, oder?«

Grace hielt ihn fest, damit er stehen blieb. Er drehte sich zu ihr um, und sein Gesicht sah so jung aus, wie sie es schon eine lange Zeit nicht mehr gesehen hatte.

»Dad mag Jessa so, wie wir sie alle mögen. Aber dein Vater liebt mich. Und ich liebe ihn. Seine Gefühle für Jessa haben nichts damit zu tun.«

»Das weiß ich«, sagte er, verdrehte die Augen und grinste, wieder ganz der Zwölfjährige.

»Na dann los«, sagte Grace. »Mach, dass du weiterkommst!«

Und er sprintete davon, auf die Lichtung zu, wo es nach dem morgendlichen Lagerfeuer roch.

Als Grace bei der Lichtung ankam, sah sie sich um. Roger und Matt kümmerten sich ums Feuer. Beide versetzten Peter gespielte Tritte, als er neben ihnen im

Dreck ausrutschte. Rosie platzierte ihre Kuscheltiere um den Campingtisch – sie bekamen jeden Morgen als Erste ihr Frühstück.

Dann entdeckte Grace Lee und Jessa bei den Felsen. Sie saßen auf dem höchsten Stein und blickten, Schulter an Schulter, auf den See hinaus. Gerade wandte Lee ihrer Mutter das Gesicht zu und sagte etwas. Jessa legte den Arm um das Mädchen. Es ist noch nicht vorbei, dachte Grace. Es fängt gerade erst an.

Am nächsten Morgen spürte Grace im Schlaf, wie jemand neben ihr ins Bett kroch. Sie drehte sich um, stieß gegen eine ungewohnte Hüfte, machte die Augen auf und sah Jessa vor sich.

»Das muss ja ein heftiger Abend gewesen sein«, sagte sie. »Ich kann mich nicht erinnern, mit dir ins Bett gegangen zu sein.«

»Bist du auch nicht.« Jessa lächelte.

Grace rollte sich unter der Decke zusammen und schaute zu der hellwachen Jessa auf.

»Wo sind die anderen?«, fragte sie.

»Du hast eine Ewigkeit geschlafen. Alle haben schon gegessen und sind unterwegs in der Natur. Naturmensch Matt ist der Anführer.«

»Gut«, sagte Grace und schloss die Augen. Sie spürte Jessas Hand auf ihrem Kopf.

»Ich hab dir Frühstück gebracht«, sagte Jessa sanft.

Grace machte die Augen nicht auf, dachte daran, wie wütend sie auf Jessa war, weil sie Simon liebte. Ein vages, schwaches Gefühl, und Jessas Hand auf ihrem Kopf fühlte sich so leicht an.

»Jessa«, sagte Grace.

»Schsch«, wisperte Jessa. »Es ist zu früh zum Reden. Iss.«

Grace rutschte hoch. Nebeneinander saßen sie im Bett. Jessa hatte die Teller mit lauter Köstlichkeiten gefüllt – Arme Ritter, Müsli, Kaffee, Orangen. Grace stürzte sich gierig auf das Frühstück. Während sie aß, summte Jessa vor sich hin und diesmal erkannte Grace jedes Lied, Rosies Lieder. Beide hatten die Beine unter der Decke ausgestreckt, und Grace spürte Jessas Hüfte, ihren Schenkel, ihren Fuß neben sich.

»Wann habt ihr aufgehört, miteinander zu schlafen?«, fragte Jessa, als Grace die leeren Teller neben sich auf dem Boden gestapelt hatte und an ihrem Kaffee nippte.

Grace schaute sie an, dann widmete sie sich wieder ihrem Kaffeebecher. Sie grunzte und Jessa stupste sie mit der Schulter an.

»Wann?«

»Vor ein paar Wochen«, sagte Grace. »Keine Ahnung.«

»Warum?«

Grace zuckte die Achseln und spürte Jessas Bein an ihrem.

»Komm schon«, sagte Jessa.

»Ehe«, sagte Grace und hob die Schultern.

Jessa schwieg einen Augenblick, dann schüttelte sie den Kopf.

»Nicht deine Ehe«, sagte sie.

»Die Kinder. Die Arbeit. Um elf bin ich hundemüde.«

Wieder schüttelte Jessa den Kopf.

»Das ist es nicht«, sagte sie.

»So gnadenlos bin ich zu dir nicht«, wehrte sich Grace.

»Doch, das bist du«, antwortete Jessa. »Sogar noch schlimmer. Aber jetzt bin ich dran.«

»Gibt es noch eine Orange«, fragte Grace.

»Erst wenn du redest, meine Liebe«, beharrte Jessa.

»Da ist nichts. Er spielt Sexspiele im Internet. Vielleicht spielt er sie auch im richtigen Leben. Mit anderen Leuten. Mit Männern.«

Jessa reichte ihr den Teller mit Orangen, und Grace biss in die saftigen Stückchen.

»Bestrafst du ihn?«, fragte Jessa.

»Nein«, sagte Grace. »Wirklich nicht, das wäre zu einfach.«

»Was ist es dann?«

Grace schwieg einen Augenblick lang. Am liebsten wollte sie für immer so sitzen bleiben, Jessas Körper an ihrem spüren, eine Pyjamaparty, die nie endete.

»Dies hier tun wir nicht«, sagte sie schließlich.

»Niemand bekommt Frühstück im Bett«, sagte Jessa. »Nur meine beste Freundin und mein Geliebter.«

Grace wand sich. »Das meine ich nicht«, erklärte sie. »*Dies hier*.«

Seite an Seite saßen sie da.

Grace fühlte, wie Jessa atmete, konnte ihre eigenen langsamen Atemzüge denen der Freundin anpassen.

»Wir reden nur noch über Fußballspiele und Babysitter. Er schaut mich nie an. Ich habe mir die Haare schneiden lassen. Er hat es nicht einmal bemerkt.«

»Ehe«, sagte Jessa und nickte.

»Dachtest du, wir würden es besser machen?«

Jessa blieb eine Weile stumm. Sie setzte zu einer Antwort an, doch die Worte blieben ihr im Hals stecken. Grace warf ihr einen Blick zu. Jessa weinte geräuschlos.

»Macht es denn niemand richtig?«, fragte Jessa.

Sie ließ den Kopf auf Graces Schulter sinken, und Grace legte den Arm um Jessa.

»Es ist nur der Sex«, sagte Grace. »Das Meiste machen wir richtig.«

»Es ist nicht nur der Sex«, hörte Grace Jessa sagen. »Es ist nie nur Sex.« Aber Grace wusste nicht, welches Ehepaar sie damit meinte, und sie wollte nicht fragen.

An diesem Nachmittag, als die Temperatur schließlich auf 25°C stieg, gingen alle bis auf Grace schwimmen. Sie schob ihren Küchendienst vor und sagte, sie hätte sich geschworen, in den Ferien den Tiefkühlschrank nicht zu betreten. Aber sogar Rosie spielte im Wasser, nah genug, dass Grace ihre süße Stimme hören konnte. Grace schnitt, rührte und probierte und Rosie sang dazu.

»Rosie«, rief Grace, als der Pocahontas-Song zu Ende war. »Weißt du, dass du meine Lieblingssechsjährige auf der ganzen Welt bist?«

»Ich liebe dich, Grace«, rief Rosie, und Grace fühlte sich gesegnet.

»Möchtest du die Bohnen probieren, Rose meines Herzens?«, rief Grace ihr zu.

»Ich hasse Bohnen«, antwortete Rosie einfach.

»Du hasst die meisten Bohnen. Aber du hast meine Bohnen noch nicht probiert«, rief Grace.

»Muss ich?«, fragte Rosie. Ihre Stimme war so klar, so unglaublich süß, dass Grace sich umdrehte. Sie sah ihren Sohn vom Himmel fallen.

Ein Ton kam aus ihrem Mund, sodass auch Rosie sich umdrehte und sah, wie Peter donnernd wie eine Kanonenkugel auf dem Wasser aufschlug.

»Wo kommt der denn her«, fragte Rosie staunend, als handle es sich um Zauberei.

»Verdammt«, murmelte Grace.

Jessa stand auf der Spitze eines Felsen am Ufer. Es war der Fels, in dem die Höhle der zwei Familien für die Ewigkeit lag, und sogar Jake hatte es endlich einmal bis auf die tückische Spitze geschafft. Jake und Lee standen hinter Jessa; in nassen Badesachen versuchten sie vorsichtig das Gleichgewicht auf den Felsen zu halten. Grace schloss den Mund, während sie zusah, wie Jessa Lee auf den Schopf küsste. Und dann demonstrierte sie es – sie hüpfte von Fels zu Fels an den äußersten Rand, ruderte mit den Armen, um Schwung zu holen und sprang mit einem wilden Schrei in den See.

Wieder staunte Rosie mit weit offenem Mund und aufgerissenen Augen. Grace hörte auf zu rühren und stellte sich neben sie. Als sie Jessas Kopf aus dem Wasser auftauchen sah, begann sie wieder zu atmen.

»Ich habe Angst«, sagte Rosie. Grace griff nach ihrer Hand.

Grace wollte sie trösten – es kann nichts passieren, Jessa weiß, was sie tut, die Kinder sind groß genug –, aber nichts klang vernünftig.

Und trotzdem blieb sie stehen. Sie hätte rufen können. Hört auf! Das reicht jetzt. Macht es ihr nicht nach. Sie hätte die Kinder da wegholen und sie alle festhalten können. Stattdessen hielt sie Rosie fest, die Einzige, die es zuließ.

Schließlich musste Grace ausatmen, musste etwas sagen, ehe ihr Kind in die dünne Luft sprang.

»Manchmal ist es gut, so mutig zu sein, Rosie. Wir sind nicht alle so. Aber manchmal ist es sehr wichtig.«

»Tu es«, schrie Jessa aus dem Wasser. »Lauf, Jake! Spring!«

Jake hüpfte von einem Fuß auf den anderen, holte Schwung. Grace war zu weit weg, um seinen Gesichtsausdruck zu sehen, doch sie wußte, wie er aussah. Er biss sich auf die Innenseite seiner Wangen, wie immer, wenn er in Schwierigkeiten war. Er blinzelte, als versuchte er, etwas sehr weit in der Ferne zu erkennen. Und er ballte seine kleinen Finger zu Fäusten, so wie er es immer tat, wenn Peter ihn ärgerte.

Und dann rannte er los, und ehe er auf dem letzten Felsen angekommen war, rutschte er aus, stürzte wie eine leblose Puppe in den Abgrund, sein Körper schlug gegen den Felsen und er krachte ins Wasser. Im flachen Teil des Sees.

Grace raste los, Rosies Schreie im Ohr. Sie sah Jessa wie eine Wilde auf die Stelle zuschwimmen, wo Jake nicht auftauchte.

Grace rannte um den See herum auf die Felsen zu, riss sich auf dem Weg das Hemd vom Leib, warf die Schuhe weg und sprang am Fuße der Felsen in das eiskalte Wasser. Rosie schrie. Grace hörte ihr Herz galoppieren.

Grace sah Jakes Arm in dem klaren Wasser, dann seinen Körper, sie holte ihn an die Oberfläche und zog ihn in ihren Armen an Land. Sie wusste nicht, wie, aber es gelang ihr, Jake durch den Schlamm am Ufer auf den Sand zu zerren, dann schrie sie: »Matt! Matt!«, ehe sie begann, ihr Kind wiederzubeleben.

Als sie auf seine kleine Brust drückte, die so zart und dünn war, dass sie fürchtete, sie mit ihrer ungezügelten Energie zu zerbrechen, begann er bereits zu spucken. Er würgte, erbrach Wasser und Schleim und alles, was sein armer Magen hergab. Endlich lehnte Grace sich zurück und sah ihn an. Er blutete am Kopf, aber seine Augen waren weit geöffnet, und sie war noch nie so glücklich gewesen, ihren Sohn spucken und husten zu sehen.

Sie strich ihm das Haar zurück und sah den Schnitt auf der Stirn. Es war nicht so schlimm, wie sie gedacht hatte. Sie löste ihr Halstuch und wickelte es fest um seinen Kopf. Immer wieder wischte sie ihm den Mund ab, das Kinn, ihre Tränen, seine Haare, die Brust, während er sich in Krämpfen schüttelte.

»Es geht ihm gut«, sagte Jessa, doch Grace schaute sie nicht an. Sie ließ den Kopf auf Jakes Brust sinken und weinte.

»Es geht mir gut, Mommy«, sagte der. Sie nickte und schlang die Arme um ihn.

»Hey, kein Mensch hat gesagt, dass du im Laufen springen sollst«, sagte Jessa.

Grace wirbelte herum und funkelte sie an. »Du bist verflucht«, sagte sie.

»Es geht ihm gut«, sagte Jessa sanft, mit großen Augen.

Grace nickte, starrte sie an und zwang sich, ruhig zu bleiben.

»So haben wir dich doch noch ins Wasser gekriegt. Sogar oben ohne«, sagte Jessa, und Graces Hand schwang vor und sie spürte schockiert den Schlag ihrer Handfläche auf der Wange.

Jessa zuckte nicht mit der Wimper. Grace beobachtete sie keuchend.

»Wir reisen ab«, sagte Grace. »Meine Familie. Wir reisen ab, sobald wir gepackt haben.«

Dann sah Grace Jessas Tränen und den Abdruck, den ihre Hand auf ihrer Wange hinterlassen hatte.

»Nein«, sagte Jessa. »Es war ein Unfall.«

Grace schüttelte den Kopf. »Du willst alles zerstören«, erklärte sie.

Da tauchte endlich Matt hinter ihr auf, legte ihr sein Hemd über die Schultern und Grace merkte, dass sie zitterte, spürte den durchnässten BH, die Shorts, und eine Kälte, die sie nie zuvor erlebt hatte.

»Kommt«, sagte sie und wandte sich von Jessa ab.

Jake war aufgestanden und fiel in ihre Arme. Matt führte sie zurück zum Blockhaus.

Ihre Taschen waren gepackt, die Hütte geputzt. Peter hockte auf der Bettkante, wütend und beleidigt. Jake saß vor dem Spiegel, seine Hand berührte leicht den Verband an seiner Stirn.

Grace sah Matt an. »Ich will abreisen«, beharrte sie, ehe er etwas sagen konnte.

»Morgen –«, setzte er an, doch sie schnitt ihm das Wort ab.

»Morgen sind wir zu Hause. Ich will nach Hause.«

Er nickte ernst.

»Kommt, Jungs«, sagte er. »Jeder muss etwas tragen.«

Sie folgten ihm zur Tür, wo er ihnen half, ihre Rucksäcke festzuzurren. Dann griff er nach seinem eigenen riesigen Rucksack und warf ihn sich über die Schulter auf den Rücken. Er sah sich nach Grace um.

»Wir sagen auf Wiedersehen«, sagte er.

Sie nickte. »Geht schon voraus«, sagte sie. »Ich komme gleich nach.«

Sie marschierten hinaus, gute kleine Soldaten, die ihre Pflicht taten.

Sie blieb in der Hütte stehen und schaute sich um – Betten, Lampen, Stuhl, Schreibtisch – als hätten sie nie hier gewohnt. Ihr Bett, das Doppelbett, hatte zwei Kissen, jedes lag auf seiner Seite, als wären sie in den letzten zwei Wochen nicht benutzt worden.

Sie ging zum Fenster und sah hinaus. Die Männer umarmten sich wortlos. Sie sah, wie Peter Lee schüchtern einen Kuss gab, und lächelte. Wir werden darüber hinwegkommen, dachte sie, alles wird gut. Sie werden erwachsen werden, und Peter wird Lee immer lieben, mehr als alle anderen Mädchen, die er irgendwann begehren wird. Lee zauste Peters Haare. Sein Gesicht verwandelte sich in etwas Wunderschönes.

Grace konnte Jessa nirgends entdecken. Plötzlich klopfte es an der Tür und da stand sie.

Grace wandte den Blick ab und schaute wieder aus dem Fenster.

»Es tut mir leid«, sagte Jessa schließlich.

Grace nickte; sie wollte nicht reden.

»Du hast zugeschaut«, sagte Jessa. »Du hättest ihn aufhalten können.«

Wieder nickte Grace.

»Bitte«, sagte Jessa, und Grace hörte den Schmerz in ihrer Stimme. »Sag etwas, Grace.«

Grace drehte sich um und lehnte sich ans Fenster, den Rücken an die kühle Scheibe gedrückt.

»Ich dachte immer«, sagte Grace, »dass du weißt, was du tust.«

Jessa wartete.

Grace ging auf sie zu.

»Ich glaube nicht, dass du es weißt, Jessa. Ich glaube, du bist an einem sehr gefährlichen Punkt angelangt.«

Jessa legte ihre Hand auf Graces Arm.

»Ich habe Angst«, sagte sie ganz leise. Sie trat auf Grace zu, und Grace legte widerwillig den Arm um sie. Jessas Kopf sank auf ihre Schulter.

»Vielleicht hast du Recht«, hörte Grace Jessa sagen. Sie löste sich nicht. »Vielleicht begreife ich langsam, dass ich dies nicht tun kann, ohne die Konsequenzen zu tragen. Lass mich nicht im Stich, Grace. Ich brauche dich jetzt.«

Grace schlang die Arme um Jessas starken Rücken.

»Ich brauche dich auch«, sagte sie schließlich.

Dann trat Jessa zurück und wollte etwas sagen, doch Grace legte ihr den Finger auf die Lippen.

»Ich fahre trotzdem nach Hause«, erklärte Grace. »Ich brauche Zeit, allein mit meiner Familie.«

Jessa nickte mit Tränen in den Augen. Sie lächelte schief, dann trat sie beiseite, um Grace vorbeizulassen. Auch Grace wischte sich die Augen, dann ging sie aus der Hütte.

Die Männer warteten. Grace umarmte erst Roger, dann Lee.

Rosie saß an der Tür zu ihrem Blockhaus. Grace ging zu ihr.

»Ich liebe dich, meine Süße«, sagte Grace.

»Warum reist ihr dann ab?«, fragte sie. Kluges Kind.

»Deine Familie muss jetzt allein sein«, erklärte Grace ihr. Aber als sie den Blick hob, sah sie Lee, deren Augen finster und wütend schauten. Sie sah Roger allein am Lagerfeuer stehen, sah, wie er Holzscheite nachlegte, damit er nicht zusehen musste. Sie sah, wie Jessa aus dem Blockhaus kam, zu Matt ging und sich in dessen Umarmung vergrub. Er ließ seinen Kopf auf ihren sinken und hielt sie fest.

»Hör nicht auf zu singen, meine Süße«, sagte Grace und küsste Rosie auf die Haare.

Grace nahm ihren Rucksack, schwang ihn auf den Rücken und machte sich auf den Weg. Peter und Jake folgten ihr, und irgendwann hörte sie auch Matts schwere Schritte hinter sich.

»Kommst du, Matt?«, rief Grace über die Schulter, doch er antwortete nicht und sie wiederholte ihre Frage nicht.

»Er kommt, Mommy«, rief Jake und Grace nickte, ohne ihren Schritt zu verlangsamen.

6

Im Bett redete Jessa. Nachdem sie und Simon sich geliebt hatten, redeten sie miteinander. Spät abends kroch sie zu Lee unter die Decke, und sie unterhielten sich. Rosie las sie Geschichten vor. Seite an Seite saßen sie im Bett, bis ihre Tochter einschlief. Nur wenn sie neben Roger lag, blieb sie stumm.

Simon kuschelte sich an Jessa, nachdem sie miteinander geschlafen hatten, und flüsterte ihr sanft ins Ohr: »Rede mit mir!«

»Ich dachte, Männer schlafen danach immer ein.«

»Nur, wenn sie verheiratet sind.«

»Dann heirate mich nie«, sagte Jessa.

»Versprochen. Jetzt rede mit mir!«

»Ich sage dir alles, was du willst.«

»Wir gehen so weit, wenn wir uns lieben, dass ich manchmal deine Stimme hören muss, um mich zu vergewissern, dass ich noch da bin, noch auf dieser Welt«, sagte Simon.

»Mit dir bin ich verloren, egal wo du bist.«

»Jessa –«

»Hmm.«

»Jedesmal wenn wir uns lieben, will ich mehr.«

»Mehr als dies?«

»Mehr davon. Mehr von dir. Mehr als nur ein paar Mal in der Woche. Und wenn wir eine Stunde am Tag hätten, würde ich zwei wollen. Drei, vier.«

»Halt mich fest!«

»Ich halte dich.«

»Fester«, drängte sie.

»Manchmal bin ich so weit weg von dir.«

»Simon.«

»Ja?«

»Manchmal ist es nicht genug, wenn du in mir bist. Ich will dich ganz in mir spüren. Ich will deine Beine, deine Arme, dein Gesicht in mir. Was ist das?«

»Leidenschaft.«

»Ist es verrückt?«

»Kümmert uns das?«, fragte er.

»Ich weiß nicht. Nein. Nicht, solange wir hier sind. Später, wenn ich zu Hause bin, für meine Mädchen das Abendessen zubereite, dann denke ich, ich bin verrückt. Wenn ich mit meinem Mann rede oder bei der Arbeit mit einem Kollegen spreche, sie mich fragen, was ich den ganzen Tag gemacht habe, und ich sage, nicht viel, aber bei mir denke ich: Mein Geliebter und ich haben Löcher in die Laken irgendeines Hotelzimmers gebrannt. Dann glaube ich, dass ich verrückt bin.«

Jessa deckte Lee zu, wie sie es schon viele Male getan hatte, küsste sie auf die Stirn und wandte sich zur Tür.

»Geh noch nicht!«

»Es ist spät, Süße. Du hast morgen Schule.«

»Ich bin nicht müde.«

»Du bist nie müde. Als du noch ganz klein warst, habe ich immer so getan, als würde ich einen Schlüssel in deinem Kopf drehen, wie bei einer Aufziehpuppe, aber es hat nie funktioniert.«

»Als ich klein war, habe ich zu viel nachgedacht.«

»Und heute?«

»Ich denke immer noch zu viel nach«, sagte Lee

»Als du acht Jahre alt warst, hast du mich einmal, eine halbe Stunde nachdem ich dich ins Bett gebracht hatte, in dein Zimmer gerufen und mich gefragt, was du tun sollst, wenn du auf Gott böse bist.«

»Was hast du gesagt?«

»Ich habe gesagt, dass wir am nächsten Morgen darüber reden werden.«

»Und haben wir am nächsten Morgen darüber geredet?«

»Nein. Ich hatte Angst, dass du mich eines Tages in die Ecke treiben und mir all die Fragen, die man nicht beantworten kann, bei Tageslicht stellen würdest.«

»Stellt Rosie auch solche Fragen?«

»Rosie singt.«

»Ich kann nicht schlafen«, sagte Lee. »Leg dich neben mich und rede mit mir.«

»Rutsch zur Seite, mein verrücktes Mädchen.«

»Schau, meine Beine sind fast so lang wie deine.«

»Aber du riechst immer noch wie mein kleines Baby. Du hast so einen süßen Geruch. Lee.«

»Es gibt da einen Jungen, der mir gefällt«, erzählte Lee Jessa.

»Wirklich?«

»Ja.«

»Wer ist es?«

»Zack. Du kennst ihn nicht. Er ist älter.«

»Wie viel älter?«

»Sprich nicht in diesem Ton!«

»Ich spreche nicht in diesem Ton.«

»Er ist drei Jahre älter als ich.«

»Das ist zu alt.«

»Du warst mit einem Einundzwanzigjährigen zusammen, als du vierzehn warst.«

»Ich war kein vernünftiger Mensch. Du dagegen warst bis jetzt vernünftig. Bis du vierzehn wurdest.«

»Er ist echt cool.«

»Mag er dich auch?«, fragte Jessa.

»Ich weiß nicht. Vielleicht. Er hat zu Eliza gesagt, dass ich einen Versuch wert wäre, wenn ich älter wäre.«

»Schlaues Kerlchen.«

»Aber er unterhält sich nach der Schule immer mit mir.«

»Hast du ein Glück.«

»Ist das okay?«

»Natürlich ist das okay. Du bist alt genug für einen Freund.«

»*Mom*.«

»Nennt man das nicht mehr so?«

»Er redet nur mit mir.«

»Warum magst du ihn so?«

»Er ist sexy.«

»Sexy?«

»Du weißt schon.«

»Was macht ihn sexy?«, fragte Jessa.

»Er hat meine Haare hinten zu einem Pferdeschwanz zusammengenommen und mich dann auf den Hals geküßt.«

»Das nenne ich nicht reden, Lee.«

»Das war, als wir mit dem Reden fertig waren.«

»So was wie ein Abschiedskuss?«

»Wahrscheinlich.«

»Oder ein Warte-bis-ich-weiter-mache-Kuss?«

»*Mom.*«

»Das ist sehr sexy«, gab Jessa zu.

»Ich weiß. Kein vierzehnjähriger Junge würde so was je tun.«

»Nur sehr wenig vierzigjährige Männer tun das. Du hast wirklich Glück, meine Süße. Wenn du es richtig machst, ist das das Beste an der Sache.«

»Und wenn ich es falsch mache? Wenn ich nicht weiß, wie man es richtig macht?«

»Du wirst es richtig machen. Ich kenne dich.«

Jessa saß mit einem Buch auf dem Schoß an Rosies Bett. Schläfrig und glücklich kuschelte sich Rosie an ihre Mutter und betrachtete die Bilder.

»Drei Seiten und dann wird geschlafen.«

»Versprochen«, sagte Rosie.

»Hast du genügend Kuscheltiere im Bett?«

»Ich glaube schon.«

»Hast du sie in letzter Zeit mal gezählt?«

»Dreiundzwanzig.«

»Das klingt, als wären es genug.«

»Leg dich hier hin, Mommy.« Sie rutschte ein Stück zur Seite und klopfte neben sich aufs Kissen.

»Da ist kein Platz.«

»Ich mache dir Platz. Warte. Gut. Hierhin.« Rosie schob alle Kuscheltiere auf ihre Seite, und Jessa schlüpfte unter die Decke neben ihre Tochter. »Kannst du die Bilder sehen, wenn ich das Buch über unsere Köpfe halte?«, fragte sie.

»Können wir nicht das Licht ausmachen und du erzählst mir eine Geschichte? Wie beim Camping. Das mag ich am liebsten.«

»Ein Märchen?«

»Ein Märchen mit einer Prinzessin.«

»Kennst du das Märchen von den zertanzten Schuhen?« Jessa griff hinter sich, knipste die Nachtischlampe aus, legte das Buch auf den Fußboden und machte es sich neben Rosie gemütlich.

»Nein. Erzähl es mir!«

»Ich erzähle dir den Anfang. Das Märchen ist sehr lang. Und dann wird geschlafen.«

»Ich mag es, wenn du im Dunkeln neben mir liegst. Ich wünschte, du könntest hier schlafen, Mommy.«

»Das geht nicht, Rosie. Das weißt du doch. Du bist ein großes Mädchen.«

»Ich weiß. Erzähl mir das Märchen!«

»Es war einmal –«

»Rutsch näher.«

»Ich bin so nah, wie es geht, Süße.«

»Weiter.«

»Es war einmal ein König, der hatte zwölf Töchter. Sie waren alle wunderwunderschön. Die Älteste sah aus wie Lee und die Jüngste genau wie du. Und sie hieß Rose.«

»Das denkst du dir aus.«

»Es stimmt. Jedes Wort. Der König liebte seine wunderschönen Töchter, doch sie waren ein Geheimnis für ihn. Jeden Abend gab er ihnen einen Gutenachtkuss und schloss die Tür zu ihrem großen Zimmer ab. Aber am nächsten Morgen, wenn er die Tür wieder aufschloss und ihnen einen Gutenmorgenkuss gab, entdeckte er, dass die Schuhe, die an ihren Betten standen, bis auf die Sohle durchgetanzt waren. Wie konnte das sein? Schlafende Prinzessinnen können doch ihre Schuhe nicht kaputtmachen. Sie mussten getanzt haben. Aber wo? Und mit wem? Der König hatte schreckliche Angst, dass seine Töchter ein geheimes Leben führten, und war entschlossen, das Geheimnis herauszufinden.«

»Hat er sie gefragt, was sie nachts machen?«

»Bestimmt.«

»Und sie haben gelogen?«

»Sie erzählten ihm, dass sie schlafen. Sie haben ihr Geheimnis für sich behalten.«

»Ich würde Daddy nicht anlügen.«

»Das weiß ich, Süße. Es war keine richtige Lüge. Es war ein Geheimnis. Sie hatten ein wunderbares Geheimnis und wollten nicht, dass er es erfährt.«

»Was hat er dann gemacht? Hat er sie bestraft?«

»Nein. Aber er ließ im ganzen Königreich verkünden, dass der Mann, der das Geheimnis der zertanzten Schuhe lüftet, eine Prinzessin seiner Wahl heiraten und das Land regieren darf.«

»Wow.«

»Genau das haben sie auch gesagt. Und ein Prinz nach dem anderen reiste an, sie kamen aus dem ganzen Land, um sich die Hand einer wunderschönen Prinzessin zu verdienen und das Königreich zu bekommen. Der erste Prinz sagte: ›Ich werde herausfinden, wo sie tanzen, und ich werde Rose heiraten.‹«

»Mich?«

»Du warst so schön. Natürlich wollte er dich heiraten.«

»War er hübsch?«

»Hübsch, aber dumm. Denn der König sagte: ›Wenn es dir nicht gelingt, das Geheimnis zu lüften, musst du sterben.‹ Und der Prinz antwortete: ›Für Rosie riskiere ich mein Leben.‹«

»Mochte ich ihn?«

»Er war nicht klug genug für dich. Der König gab ihm das Zimmer neben dem großen Saal, in dem die Prinzessinnen schliefen. Sein Plan war es, die ganze Nacht wach zu bleiben, um herauszufinden, wohin sie gingen. Aber kurz vor dem Schlafengehen brachte ihm die süße Rose ein Glas mit einem besonderen Wein. Er trank den Wein mit Roses Zaubermittel und schlief sofort ein. Als er am nächsten Morgen erwachte, schliefen die Prinzessinnen noch. Aber er sah voller Schreck, dass die nagelneuen Schuhe neben ihren Betten völlig durchgetanzt waren.«

»Sie sind wieder tanzen gegangen?«

»So ist es. Und als der König kam, um den armen Prinzen zu fragen, wo seine Mädchen waren, schüttelte der Prinz verschlafen den Kopf und sagte: ›Ich weiß es nicht.‹«

»Musste er sterben?«

»Ab mit dem Kopf.«

»Igitt.«

»So ist das in Märchen.«

»Ich mag nur die Geschichte mit den Prinzessinnen.«

»Morgen Abend erzähle ich dir mehr von den zwölf Prinzessinnen. Jetzt ist Schlafenszeit.«

»Woher willst du wissen, dass ich nicht tanzen gehe?«

»Gute Nacht, meine Süße. Ich liebe dich.«

»Ich werde die ganze Nacht tanzen.«

»Viel Spaß. Vergiss nur nicht, dass morgen Schule ist.«

»Wo ist Daddy?«

»Arbeiten. Er kommt bald nach Hause. Ich sage ihm, er soll dir einen Kuss geben, wenn er kommt.«

»Ich werde nicht hier sein. Er wird mich nie finden.«

Glücklich und erschöpft lagen Jessa und Simon im Bett. Sie hatte den Kopf auf seine Brust gelegt, und er strich ihr über die Haare.

»Wenn wir zusammenlebten, würden wir nie aus dem Bett kommen«, sagte Jessa.

»Ich muss bald gehen.«

»Deine Frau –«

»Ja.«

»Schon gut. Mein Mann. Meine Kinder. Mein Leben.«

»Schsch.«

»Simon.«

»Hmm.«

»Warum kann das hier nicht wirklich sein? Warum kann das nicht unser Leben sein anstatt eine Flucht aus unserem Leben?«

»Jessa.«

»Ich weiß. Antworte mir einfach. Einmal. Damit ich es verstehe.«

»Wir haben am Anfang gesagt, dass wir unser Leben nicht ändern können.«

»Ich erinnere mich. Das war vor langer Zeit.«

»Es ist immer noch so.«

»Warum?«

»Zum einen würden wir in der Welt nie überleben. Wir würden vergessen zu essen oder zu schlafen. Wir würden vergessen, zur Arbeit zu gehen.«

»Ich würde meine Kinder vergessen.«

»Du würdest deine Kinder niemals vergessen. Und ich will keine Kinder. Das habe ich schon vor langer Zeit beschlossen.«

»Ich verstehe.«

»Wir müssen gehen.«

»Deine Frau. Mein Mann.«

Eine Stunde nachdem Lee ins Bett gegangen war, steckte Jessa den Kopf zur Tür herein, um nachzusehen, ob sie schlief.

»Mom?« kam Lees Stimme aus der Dunkelheit.

»Schlafenszeit, Lee.«

»Ich weiß.«

»Was ist?«, fragte Jessa. Sie trat ins Zimmer. Ihre Augen gewöhnten sich an die Dunkelheit, und sie sah, dass Lee hellwach im Bett lag.

»Komm her!«

»Du meinst: Leg dich neben mich und rede die ganze Nacht mit mir?«

»Fünf Minuten.«

»Du wirst morgen müde sein.«

»Bitte.«

»Rutsch zur Seite.« Jessa streifte die Schuhe ab und legte sich neben ihre Tochter.

»Mom?«

»Hmm.«

»Als du vierzehn warst –«

»Nein, ich werde dir nicht von meinem einundzwanzigjährigen Freund erzählen. Es tut mir Leid, dass ich es überhaupt erwähnt habe.«

»Hast du ihn geliebt?«

»Ich wusste nichts von der Liebe.«

»Hast du ihn geküsst?«

»Ich habe ihn geküsst. Willst du mir von Zack erzählen?«

»Nein. Vielleicht.«

»Ich bin hier.«

»Darüber redet ein Mädchen nicht mit seiner Mutter.«

»Wer sagt das?«

»Meine Freundinnen. Sie würden es ihren Müttern nie erzählen.«

»Ich finde auch, dass du es ihren Müttern nicht erzählen sollst.«

»Versprich, dass du –«

»Kein Sterbenswörtchen. Wenn du und ich nachts im Bett liegen und reden, sind wir für mich die einzigen Menschen auf der ganzen Welt. Alles andere verschwindet.«

»Mom?«

»Erzähl es mir.«

»Erinnerst du dich an letzten Samstag?«

»Als du bei Eliza geschlafen hast?«

»Ja. Wir waren auf einer Party bei diesem Mädchen.«

»Welchem Mädchen?«

»Du kennst sie nicht. Sie ist schon älter.«

»Hat Zack dich eingeladen?«

»So ungefähr. Er hat gesagt, dass er hingeht. Also sind wir auch hingegangen, um zu sehen, ob es stimmt.«

»Aha.«

»Es war okay. Elizas Eltern wussten Bescheid.«

»Und was ist passiert?«

»Eine Zeit lang war es ganz lustig. Es waren jede Menge Leute da, und es hat niemanden gestört, dass wir erst in der Neunten sind. Die Musik war cool und alle waren gut drauf.«

»Und Zack?«

»Zack kam zu mir und fing an, mit mir zu reden. Eliza war draußen und hat mit ein paar Leuten gequatscht, die sie kennt. Kann sein, dass Zack schon was getrunken hatte, weil er zuerst so komisch war, er hat mich abgeschleckt wie ein Hündchen und war albern, aber es war schön, ich hab gelacht und ihn die ganze Zeit weggeschoben, dann hat er mich geküsst, auf den Mund, wir haben uns eine ganze Weile geküsst und es war unglaublich, ich meine, ihm so nah zu sein, ihn zu riechen und zu schmecken, und ich mochte sogar seine Zunge. Ich dachte immer, dass das eklig ist, obwohl es alle tun.«

»Es ist nicht eklig.«

»Es ist Wahnsinn! Es ist, als wäre mein Herz in meinem Mund. Ist es okay, dass ich dir so was erzähle?«

»Es ist wunderbar, dass du mir so was erzählst.«

»Müssen Mütter nicht sagen: Tu das nie wieder?«

»Mir hat nie jemand die Mutter-Regeln beigebracht, du bist also in Sicherheit.«

»Na ja, also, das war nur der gute Teil.«

»Und was ist der schlechte?«

»Ich mochte es, wirklich, ich meine, ich finde den Typ so cool und so nett, da waren all die Leute auf der Party, er küsst mich und ich bin irre glücklich. Und dann stößt er mich aufs Sofa – wir waren im Wohnzimmer – und fängt an, meine Hose runterzuziehen, und ich drehe durch. Ich bin total ausgerastet. Ich wollte das nicht und gleichzeitig wollte ich es doch. Plötzlich hatte ich solche Angst, dass ich ihn von mir runterstieß und er auf den Boden fiel. Und dann war er richtig gemein. »Du willst es doch«, hat er gesagt und da hab ich ihn getreten. Fest. Und bin gegangen. Er sagte: »Ich hasse dich!« Ich hab's gehört, aber ich hab mich nicht umgedreht, bin nicht zurückgegangen, und dann hab ich angefangen zu weinen und Eliza gesucht. Alle haben gesehen, dass ich weine. Ich kam mir vor wie eine richtig blöde Neuntklässlerin und Eliza war sauer, weil sie mit mir nach Hause gehen musste und alle gesehen haben, dass sie mit dieser blöden heulenden Neuntklässlerin befreundet ist.«

»Schsch. Jetzt kannst du weinen«, sagte Jessa und strich ihrer Tochter über den Kopf.

»Ich hasse ihn!«

»Es ist gut, Süße. Du hast alles richtig gemacht.«

»Ich hab alles falsch gemacht.«

»Nein. Stimmt nicht. Du warst wunderbar.«

»Er schaut mich in der Schule nicht mal mehr an.«

»Er wird darüber hinwegkommen.«

»Es war ja nicht so, dass ich nicht mehr wollte. Ich wollte schon. Ich konnte einfach nicht. Es war zu viel.«

»Zu schnell.«

»Ja, zu schnell. Als könnte ich nicht mehr atmen.«

»Mein kluges Mädchen.«

»Ich hab mich lächerlich gemacht, Mom. Eliza sagt das auch.«

»Eliza hat keine Ahnung. Ich weiß, wie klug du bist.«

»Woher weißt du das?«

»Ich weiß es, mein Kind. Und ich weiß, was passiert, wenn man nicht mehr atmen kann.«

Jessa kletterte zu Rosie ins Bett, knipste das Licht aus und erzählte das Märchen von den zertanzten Schuhen weiter.

»Eines Tages kam ein Soldat zum König und erklärte, dass er sein Leben riskieren wollte, um die Hand einer Prinzessin zu bekommen. Also brachte ihn der König in das Zimmer neben dem Saal der Prinzessinnen und wünschte ihm viel Glück. Bald darauf kam Prinzessin Rose zu ihm und bot ihm ein Glas Wein an, doch der Soldat tat nur so, als würde er trinken, tat so, als würde er einschlafen, und als er laut schnarchte, standen die Prinzessinnen auf und ihr Abenteuer begann.

Prinzessin Lee öffnete eine geheime Tür unter ihrem Bett, und die Prinzessinnen stiegen eine nach der anderen durch die Öffnung hinunter. Der Soldat sah alles durch die halb geschlossenen Augen und kroch aus dem Bett, um der jüngsten, Prinzessin Rose, durch das Loch im Fußboden zu folgen. Er trug einen Zauberumhang, der ihn unsichtbar machte.

Er ging den Prinzessinnen nach, bis sie zu einem

herrlichen See kamen, wo zwölf hübsche Prinzen sie in zwölf kleinen Booten erwarteten. Jede Prinzessin stieg zu einem Prinzen ein, um über den See zu rudern, und der unsichtbare Soldat setzte sich neben Prinzessin Rose.

Auf der anderen Seite des Sees lag ein verwunschenes Schloss, in dem die Prinzessinnen und die Prinzen die ganze Nacht tanzten, und der Soldat tanzte voller Freude mit ihnen.«

»Mommy?«

»Was ist, mein Herz?«

»Wird er dem König von ihrer geheimen Welt erzählen?«

»Das erfährst du morgen.«

»Nein, erzähl es mir jetzt.«

»Es ist zu spät. Schlaf und morgen erzähle ich die Geschichte zu Ende.«

»Findest du, er sollte es erzählen?«

»Wenn er es dem König nicht erzählt, muss er sterben.«

»Aber es ist so eine schöne Welt. Die Prinzessinnen sind so glücklich.«

»Glaubst du, dass die Prinzessinnen nicht mehr tanzen gehen dürfen, wenn er es ihm erzählt?«

»Ihr Vater wird es ihnen verbieten.«

»Warum?«

»Sie sollen doch schlafen, Mommy.«

»Du hast Recht – du sollst auch schlafen, Rosie.«

»Vielleicht. Vielleicht auch nicht.«

Simon zog Jessa in seine Arme, nachdem sie sich geliebt hatten. »Rede mit mir.«

»Ich will nicht nach Hause, Simon.«

»Ich weiß.«

»Wirklich?«

»Wenn wir zusammen waren, fällt es mir immer schwer, dich zu verlassen«, erklärte er ihr.

»Manchmal habe ich Angst.«

»Wovor?«

»Dass ich nicht zurückgehen kann. Nach Hause. Zu meinem Mann.«

»Aber wir gehen immer wieder zurück, Jessa.«

»Für einen Tag. Oder zwei. Und dann fallen wir uns wieder in die Arme, und ich kann wieder atmen.«

»Ich weiß, Liebste.«

»Gestern hat mir mein Mann ein Nachthemd gekauft, ein wunderschönes seidenes Nachthemd.«

»Komm näher. Bitte.« Er zog sie an sich.

»Ich liebe ihn immer noch.«

»Ich weiß.«

»Nein. Du kannst es nicht wissen. Es ist so sinnlos.«

»Warum? Das hier ist etwas anderes.«

»Du kannst jemanden lieben und ihm das antun?«, fragte Jessa.

»Du tust ihm nichts an. Er weiß es nicht.«

»Das glaube ich nicht.«

»Du hast es verdient, Jessa.«

»Aber er hat etwas Besseres verdient. Und deine Frau auch. Weiß sie es? Hat sie einen Verdacht?«

»Schsch. Lass sie nicht zu uns ins Bett kommen.«

»Sie sind immer mit uns im Bett. Vielleicht müssen wir deshalb so weit gehen – wir versuchen, ihnen zu entkommen.«

Jessa gab Lee einen Gutenachtkuss und ging zur Tür.

»Mom?«, rief Lee ihr nach.

»Heute nicht, Süße. Ich habe morgen einen Termin. Ich muss heute Abend arbeiten.«

»Fünf Minuten.«

»Aus fünf Minuten werden immer fünfundvierzig Minuten.«

»Ich hab was Schlimmes gemacht.«

»Fünf Minuten.« Jessa drehte sich um und trat ans Bett ihrer Tochter.

»Kannst du dich herlegen?«

»Ich kann mich zu dir legen, das Licht ausmachen und im Dunkeln flüstern. Wer hat sich diese verrückte Sitte ausgedacht?«

»Du.«

»Sieht so aus. Rutsch rüber.« Jessa kletterte zu Lee ins Bett.

»Ich habe Eliza erzählt, dass wir das machen, und sie sagt, ich bin ein Baby.«

»Sag Eliza, wenn alle Erwachsenen der Welt im Dunkeln im Bett miteinander reden würden, wäre die Welt viel schöner.«

»Redet ihr, du und Daddy, im Dunkeln im Bett miteinander?«

»Erzähl mir, worüber du reden willst.«

»Es ist schlimm.«

»Ich weiß schon gar nicht mehr, was das heißt.«

»Zack –«

»Zack, der so traumhaft küsst?«

»Er hat eine Freundin. Aus der Elften. Eine richtige Nutte.

»Eine Nutte. Was macht ein Mädchen zu einer Nutte?«

»Sie ist widerlich. Sie trägt pfundweise Make-up und Schuhe mit Plateausohlen.«

»Kapiert. Er wollte Taten. Du standest nicht zur Verfügung. Also hat er sich eine Nutte gesucht.«

»Woher weißt du das?«

»Ich war auch mal vierzehn.«

»Ich hab sie gesehen. Ich war unterwegs zu Geschichte und musste die Abkürzung über den Schulhof nehmen, weil ich spät dran war. Da habe ich sie gesehen.«

»Was hast du gesehen?«

»Sie lehnten an der Wand, und er hatte den Arm um ihre Taille gelegt, und als er merkte, dass ich sie beobachte, ließ er seine Hand auf ihren Hintern rutschen. Und während er ihren Hintern rieb, sah er mich an. Es war schrecklich. Sie hing an ihm und wühlte mit dem Kopf an seiner Brust rum, und er betatschte sie überall und beobachtete mich dabei.«

»Was hast du getan?«

»Ich hätte weggehen sollen. Ich hätte weiterlaufen und sie keines Blickes würdigen sollen.«

»Aber das hast du nicht gemacht.«

»Ich stand da. Stand da und sah zu. Er fing an zu lächeln, und ich glotzte nur. Er bewegte seine Hand unter ihrem T-Shirt und sah mich dabei die ganze Zeit an.

»Lee.«

»Das ist nicht der schlimme Teil.«

»Was ist der schlimme Teil?«

»Ich blieb einfach stehen; ich war nicht sauer oder so was. Ich habe ihn zu mir gewinkt. Und er kam. Er hat das Mädchen weggestoßen und ist zu mir gekommen. Sie lehnte an der Wand und hat ihn gerufen, aber er hat sich nicht umgedreht. Er hat mich einfach die ganze Zeit angeschaut. Ich wusste gar nicht, was ich tat. Ich hab überhaupt nicht nachgedacht. Ich hab ihm einfach befohlen zu kommen, und er ist gekommen. Als er ganz nah war, hab ich mich vorgebeugt, als wollte ich ihm was ins Ohr flüstern oder ihn küssen. Und dann habe ich ihn in den Hals gebissen. Richtig fest. Ich wusste nicht, dass ich das tun würde. Ich konnte es selbst kaum glauben. Aber ich habe ihn gebissen.«

»Was ist dann passiert?«

»Er ist zurückgewichen und hat so gegrunzt, und als er sich an den Hals fasste, blutete es. Dann hat er den Kopf geschüttelt und ganz ruhig gesagt: ›Du bist verrückt, du bist total verrückt.‹«

»Bist du nicht.«

»Ich bin weggegangen. Ich bin in die Geschichtsstunde gegangen und musste die ganze Zeit daran denken. Dass ich nicht wusste, was ich tun würde, und ihn dann gebissen habe. Ich konnte sogar sein Blut in meinem Mund schmecken. Und dass er gesagt hatte: ›Du bist total verrückt.‹«

»Nicht weinen, Süße.«

»Er hasst mich.«

»Vielleicht nicht.«

»Ich hab ihn gebissen. Wie ein Tier. Vielleicht bin ich verrückt. Vielleicht bin ich total verrückt.«

»Du bist nicht verrückt.«

»Woher willst du das wissen?«

»Schsch.«

»Sag schon! Woher weißt du das? Woher willst du wissen, dass ich nicht verrückt bin?«

»Schrei nicht so. Rosie schläft.«

»Antworte mir! Woher weißt du, dass ich nicht verrückt bin?«

Seite an Seite im Bett, die Decke bis unter das Kinn gezogen, fuhr Jessa fort, das Märchen zu erzählen, und Rosie presste ihr Gesicht an Jessas Schulter und hörte aufmerksam zu.

»Der König rief den Soldaten zu sich und fragte, was er herausgefunden hatte, und der Soldat berichtete ihm von der Reise in das verzauberte Königreich. Die Töchter hörten es und waren voller Furcht, dass ihnen nun, da ihr Geheimnis entdeckt worden war, alles genommen würde.

›Welche meiner lieblichen Töchter möchtest du heiraten?‹ fragte der König.

›Prinzessin Rose‹, antwortete der Soldat sofort. ›Doch ich heirate sie nur, wenn sie mir verspricht, dass wir jede Nacht zusammen in das verzauberte Königreich fahren und tanzen.‹

Prinzessin Rose trat vor, ergriff die Hand des klugen Soldaten und lächelte ihn an. ›Ich würde furchtbar gern mit dir tanzen‹, sagte sie.

›Also werdet ihr heiraten‹, sagte der König, und alle Prinzessinnen freuten sich mit ihnen.«

»Die Geschichte gefällt mir, Mommy.«

»Ja, es ist eine hübsche Geschichte.«

»Ich dachte, die Prinzessinnen würden Ärger bekommen.«

»Warum sollten sie Ärger bekommen?«

»Weil sie böse Mädchen waren.«

»Was ist böse daran, in einem verzauberten Schloss zu tanzen?«

»Du wärst ganz schön sauer auf mich, wenn ich jede Nacht tanzen würde, anstatt zu schlafen.«

»Da hast du Recht. Ich würde all deine Tanzschuhe verstecken.«

»Dann würde ich barfuß tanzen.«

»Ich würde dich ans Bett ketten.«

»Dann würde ich einen Zauberschlüssel finden und die Kette aufschließen.«

»Ich würde neben dir schlafen, damit du dich nicht davonschleichen kannst.«

»Aber du sagst immer, dass du nicht bei mir schlafen kannst.«

»Das stimmt. Ich glaube, du musst allein schlafen. Und ich werde mich jede Nacht fragen, ob mein kleines Mädchen irgendwo mit einem hübschen Prinzen tanzt.«

Jessa und Simon lagen Arm in Arm im Bett und redeten.

»Simon«, sagte Jessa.

»Hmm.«

»Kannst du mir von –«

»Wenn du hier bei mir bleibst. Wenn ich dich ganz lange in den Armen halten darf.«

»– deiner Frau erzählen.«

»Jessa.«

»Ich will nur wissen –«

»Jessa.«

»– was passiert, wenn du nach Hause gehst. Wenn du mich verlässt.«

»Lass mich noch ein bisschen hier bei dir bleiben, ohne das.«

»Bitte!«

»Warum?«

»Weil ich nicht nach Hause gehen kann«, sagte Jessa. »Ich weiß nicht, wie ich nach Hause gehen soll.«

»Was soll ich dir sagen? Ich gehe nach Hause und fange an zu kochen. Sie kommt spät heim, gegen sieben, lässt ihre Tasche an der Tür fallen und erzählt mir, wie müde sie ist. Ich schenke ihr ein Glas Wein ein –«

»Und hast du dir bereits ein Glas Wein eingeschenkt?«, fragte Jessa.

»Ja. Wenn ich anfange zu kochen, gönne ich mir ein Glas Wein. Rotwein. Das solltest du wissen.«

»Nein. Wahrscheinlich muss ich das nicht wissen.«

»Und dann setzt sie sich auf den Hocker am Tresen, während ich koche, und wir unterhalten uns über unseren Tag.«

»Und du liebst sie.«

»Ich liebe sie.«

»Ich hasse sie.«

»Warum, Jessa? Du hast mich. Du hast dies und sie hat es nicht.«

»Sie geht am Abend mit dir ins Bett. Sie wacht morgens mit dir auf.«

»Wir werden ein Wochenende zusammen verbringen und uns die ganze Nacht in den Armen halten, wenn wir schlafen.«

»Nein, das werden wir nicht tun. Wir werden uns die ganze Nacht lieben. Wir werden überhaupt nicht schlafen.

»Du hast Recht.«

»Und manchmal wünschte ich, wir könnten einfach schlafen, ganz ruhig, Seite an Seite.«

Jessa öffnete die Tür zu Lees Zimmer und flüsterte in die Dunkelheit: »Lee?«

»Hmm.«

»Schläfst du schon?«

»Fast. Nein.«

»Willst du mit mir reden?«

»Ich bin müde.«

»Ich will mit dir reden.«

»Was denn?«

»Darf ich mich neben dich legen?«

»Ich bin kein Baby mehr, Mom.«

»Stimmt. Ich setze mich hierhin. Ist das in Ordnung?«

»Wenn du willst.«

Jessa setzte sich auf die Bettkante. »Ich will wissen, ob es dir gut geht«, sagte sie.

»Ja. Ich bin nur müde. Wir haben diese Woche Prüfungen.«

»Mit Zack, meine ich. Du redest nicht mehr mit mir, und ich weiß nicht, was passiert ist.«

»Nichts ist passiert.«

»Nichts?«

»Es ist keine große Geschichte.«

»Was ist keine große Geschichte?«

»Er mag mich. Er will die ganze Zeit mit mir zusammen sein und so.«

»Was ist aus der Nutte geworden?«

»Er hat Schluss gemacht.«

»Gut.«

»Ich weiß nicht.«

»Was weißt du nicht?«

»Ich meine, ist schon in Ordnung so.«

»Was ist so in Ordnung?«, fragte Jessa.

»Wenn man einen Freund hat und so.«

»Was ist los, Lee?«

»Nichts. Hab ich dir doch gesagt. Ich bin nur müde.«

»Er war nicht sauer, weil du ihn gebissen hast?«

»Ich hab ihn nicht gebissen.«

»Oh.«

»Du hast gesagt, es wäre cool, wenn ich einen Freund hätte.«

»Findest du es cool?«

»*Mom.*«

»Ich kenne dich, Lee. Ich merke, wenn etwas nicht in Ordnung ist.«

»Du kennst mich überhaupt nicht. Du glaubst, ich bin ein Baby.«

»Nein, das glaube ich nicht.«

»Bin ich auch nicht.«

»Da bin ich aber froh.«

»Also muss ich mit meiner Mutter nicht über jede Kleinigkeit sprechen.«

»Stimmt.«

»Ich komme schon allein klar. Okay?«

»Womit kommst du klar?«

»Mit meinen Gefühlen. Was ich will. Was er will.«

»Aha.«

»Ich hasse es, wenn du das sagst.«

»Ich habe nichts gesagt, Lee, ich habe zugehört.«

»Du kennst doch den Pullover, den ich immer trage, oder.«

»Jeden Tag?«

»Ja, Jeden Tag. Er gehört ihm. Ich mag den Geruch.«

»Das ist völlig in Ordnung, meine Süße.«

»Ich glaube, mit mir stimmt was nicht.«

»Mit dir stimmt alles.«

»Manchmal hasse ich dich«, sagte Lee.

»Warum?«

»Weil du glaubst, ich kann alles. Aber vielleicht kann ich es ja nicht.«

»Wenn ich dir sagen würde, dass du nicht alles kannst, wenn ich dich nachts in dein Zimmer sperren würde, würdest du dich trotzdem rausschleichen.«

»Eliza klettert nachts heimlich aus ihrem Schlafzimmerfenster. Sie trifft sich unten am Fluss mit ihrem Freund.«

»Lee?«

»Hmm.«

»Es ist so schwer, frei zu sein. Viel schwerer, als in seinem Zimmer eingesperrt zu sein.«

»Manchmal wünsche ich mir, ich wäre Rosie. Ich wünschte, du würdest mir abends vorlesen, und meine einzige Sorge wäre, ob die Prinzessin den Prinzen kennen lernt.«

»Die Prinzessin hat den Prinz gebissen und ihn verzaubert, damit er ihr überall hin folgt.«

»Ich habe ihn nicht gebissen.«

»Es ist nur ein Märchen.«

Jessa kam in Rosies Zimmer, um sie ins Bett zu bringen. Einen Moment lang konnte sie sie nicht finden, dann entdeckte sie ihre Tochter unter dem Bett.

»Rosie?«

»Ja, Mommy.«

»Was machst du unter dem Bett, mein Herzblatt?«

»Ich bin in meinem verzauberten Königreich.«

»Oh.«

»Du kannst nicht reinkommen.«

»Weil ich zu groß bin und nicht unter dein Bett passe?«

»Nein, weil du keine Prinzessin bist.«

»Würdest du jetzt bitte herauskommen? Es ist Schlafenszeit.«

»Ich bin beschäftigt.«

»Willst du eine Geschichte? Wenn du rauskommst, erzähle ich dir eine Geschichte.«

»Ich will keine Geschichte. Ich bin schon in einem verzauberten Königreich.«

»Jetzt klettere in dein Bett!«

»Ich will nicht.«

»Du musst. Es ist spät und morgen ist Schule.«

»Mir egal. Ich schlafe hier.«

»Prinzessinnen schlafen im Bett. Nicht unter dem Bett.«

»Ich bin nicht unter dem Bett. Ich bin in meinem verzauberten Königreich.«

»Rosie, ich werde langsam sauer.«

»Das ist mir egal.«

»Wenn du da unten schläfst, bist du morgen früh müde, schlecht gelaunt und dir tut alles weh.«

»Woher weißt du das? Du warst doch noch nie in meinem verzauberten Königreich.«

»Gut. Schlaf dort. Aber fang morgen früh nicht an, mit mir zu streiten, wenn du nicht aufwachen kannst.«

»Mommy?«

»Was ist, Rosie?«

»Ich liebe dich.«

»Dann geh ins Bett, Süße.«

»Ich bin im Bett.«

»Rosie. Wenn dein Bett mitten in der Nacht kalt und dunkel wird, dann kommst du raus, ja?«

»Es wird nicht kalt, Mommy. Bestimmt nicht.«

7

So stirbt eine Ehe: Am Anfang kehrte ihm Jessa den Rücken zu, wenn sie miteinander schliefen, nahm seinen Schwanz und ließ ihn von hinten in sich hineingleiten. Das ist in Ordnung, dachte Roger. Ich bin abends todmüde und schließlich sind wir seit einer Ewigkeit zusammen. Ab und zu ein Quickie – was soll daran verkehrt sein?

Dann wollte sie überhaupt nicht mehr mit ihm schlafen. Sie nahm ihn in den Mund, befriedigte ihn mit der Hand, alles, nur damit er kam und einschlief. Alles, nur damit er sie nicht anfasste.

Schließlich hörte sie ganz auf, ihn zu berühren. Sie lagen nebeneinander im Bett und schliefen. Manchmal wachte Roger mitten in der Nacht auf, betrachtete sie und dachte an die Leidenschaft, die sie füreinander empfunden hatten. Und er spürte eine Wut, die so stark war, dass er sie kaum unterdrücken konnte.

Roger erzählte Matt nichts von all dem. Er erzählte Matt sowieso nicht viel. Er sagte: »Alles in Ordnung.

Mir geht's gut. Geh mir nicht auf die Nerven! Ich quetsche dich ja auch nicht wegen deiner Ehe aus.«

»Nein«, sagte Matt. »Vergiss es, Junge. Ich hatte nur das Gefühl, dass ihr in letzter Zeit ein bisschen daneben seid.«

»Nun, da liegst du völlig daneben«, erklärte Roger ihm und schoss an ihm vorbei, um den Ball im Korb zu versenken. Das war nicht weiter schwer, weil Matt den Korb tiefer gehängt hatte, damit seine Söhne glaubten, sie könnten richtig gut Basketball spielen.

»Dein Spiel«, sagte Matt. »Ich spendiere das Bier.«

»Wie großzügig.«

Sie holten sich aus dem Haus zwei Flaschen Bier und nahmen sie mit in den Garten. Rosie war mit Peter und Jake im Baumhaus – sie hörten, wie die Jungen schrien und Rosie sich die Seele aus dem Leib kicherte.

»Wo ist Jessa?«, fragte Matt.

»Mit deiner Frau unterwegs«, sagte Roger. »Keine Ahnung, wo sie dienstagabends hingehen. Weißt du, wo sie sind?«

Als Matt nicht antwortete, warf Roger ihm einen Blick zu. Matt konzentrierte sich ganz auf seine Flasche; als er merkte, dass Roger ihn ansah, stand er auf und ging ins Haus.

»Setz dich zwei Sekunden hin«, rief Roger ihm nach. »Was ist bloß mit dir los?«

Matt blieb an der Tür stehen, und Roger beobachtete ihn. Sein Gesicht war düster und ernst. Roger sah Lee hinter ihm kommen, doch Matt hörte sie nicht.

»Meine Frau ist bei einer Konferenz in der Schule. Ich weiß nicht, wo deine Frau ist.«

Roger schaute Lee an, dann bemerkte Matt sie auch,

und Lee drehte sich um und floh. Das ist alles, was meine Vierzehnjährige zur Zeit macht, dachte Roger. Ein falsches Wort und sie ist weg.

»Scheiße«, sagte Matt.

Roger stand auf und rannte an ihm vorbei, seiner Tochter nach.

»Lee«, rief er und dann knallte die Haustür zu.

Er folgte ihr, zu müde zum Laufen, doch viel zu erschrocken, um sie gehen zu lassen.

Als er auf die Straße trat, sah er sie weggehen, vorbei an der langen Reihe mit Häusern und Bäumen. Er ging ihr nach, und weil er nicht so schnell war, blieb er einen halben Block hinter ihr, und so liefen sie Straße um Straße durch die Gegend, bogen um Ecken, überquerten Kreuzungen – ein Vater und seine Tochter bei einem Abendspaziergang. Nur dass drei oder vier Häuser zwischen ihnen lagen.

Sie musste wissen, dass er hinter ihr war, doch sie drehte sich nicht ein Mal um. Mütter riefen ihre Kinder herein, Fahrräder fielen klappernd auf den Boden, Väter kamen spät nach Hause, müde und erschöpft. Jalousien wurden heruntergelassen, Lichter ausgemacht. Nach einer Weile wurde es sehr still in den Straßen.

Roger hatte aufgehört, sich zu merken, wo sie waren, welchen Weg sie gegangen waren. Er dachte überhaupt nichts mehr; er folgte seiner Tochter – mehr schaffte er nicht. Und er fühlte sich seltsam glücklich, als würde die kühle Abendluft, das Geräusch ihrer Turnschuhe auf dem Pflaster, der Duft nach Blumen, ihn betäuben. Am liebsten wollte er für immer so laufen.

Lee und ich gehen die ganze Nacht durch die Straßen, wie Schlafwandler, dachte Roger. Grace würde nach Hause kommen, Rosie in Jakes Etagenbett zum Schlafen legen und wenn Jessa anrief, auf der Suche nach ihrer Familie, würde Matt sagen, Lee und Roger sind weg. Einfach verschwunden. Erst Lee, dann Roger. Sie sind aus dem Haus gegangen und immer weiter gelaufen, würde er sagen. Sie laufen immer noch. Sie werden nie mehr aufhören. Sie gehen an Häusern vorbei, die sie noch nie gesehen haben, biegen um Ecken, laufen durch die Straßen von San Francisco. Hinter all den Türen und Fenstern der Häuser leben Familien, die zu Abend essen, Zeitung lesen, Fernsehen schauen, ins Bett gehen. Wir nicht. Wir sind einfach verschwunden. Laufen gegangen.

Roger war überrascht, als er Lee in eine Auffahrt zu einem Haus einbiegen sah, und dann war er noch mehr überrascht, als er realisierte, dass es Matts Haus war, dass das Licht noch brannte, sein Auto davor stand. Wie haben wir den Weg zurück gefunden, fragte er sich verwundert. Hat Lee die ganze Zeit gewusst, wo wir sind? Sind wir immer im Kreis gegangen, immer wieder an denselben Häusern vorbei?

Lee setzte sich auf die Stufen zur Haustür. Die Augen hinter einem Vorhang aus Haaren versteckt, beobachtete sie, wie Roger auf sie zukam.

Er setzte sich neben sie.

Eine Weile schwiegen sie. Er hörte Matt rufen: »Schlafenszeit, ihr Nervensägen«, und plötzlich schrien die Jungen einander an. Irgendwo im Haus fing Rosie an zu weinen, doch er rührte sich immer noch nicht vom Fleck.

Als Graces Wagen in die Einfahrt bog, wusste Roger, dass es das war, worauf sie gewartet hatten, deswegen waren sie gelaufen und deswegen saßen sie hier so lange schweigend in der Dunkelheit. Er war so erleichtert, dass er glaubte, weinen zu müssen, und er war froh, dass es vor dem Haus dunkel war. Wenn Grace zu Hause gewesen wäre, hätte sie das Licht angemacht. Matt dachte über so etwas nicht nach.

Grace stieg aus und sah sie an. Sie schien nicht überrascht zu sein, sie hier zu finden. Vielleicht hatte Matt sie in der Schule angerufen, hatte gesagt: Komm nach Hause, Roger und Lee haben sich verlaufen.

Sie kam näher, setzte sich zwischen sie, Lee auf der einen Seite, Roger auf der anderen. Roger lehnte sich an sie. Die ganze Zeit hatte er Lee nicht berührt.

Lee begann zu weinen, und Grace legte den Arm um sie. Rogers Tränen waren verschwunden, nirgends zu finden. Er fühlte sich so leer wie nie zuvor in seinem Leben.

»Wo ist meine Mom?«, brachte Lee schließlich unter Tränen heraus.

»Sie kommt zurück«, sagte Grace, ihre Stimme so undurchschaubar wie die Dunkelheit um sie herum.

Roger sah sie an und sie nickte. Sie legte ihre Hand auf sein Knie, und er bedeckte die Hand mit seiner eigenen.

Am nächsten Morgen packte Roger für eine Geschäftsreise – drei Tage Los Angeles. Zwei Kunden und bei Sonnenuntergang irgendwo am Strand eine Margarita. Er ging in die Küche, auf der Suche nach Jessa.

Hinter ihm schlug die Tür zu; Lee ging in die Schule, ohne sich zu verabschieden.

»Redet sie mit dir?«, fragte er Jessa.

»Nicht, dass ich wüsste«, sagte Jessa. »Willst du Gelee auf dein Sandwich?«

»Ich hasse Gelee«, sagte Roger.

»Ich rede mit Rosie«, erklärte Jessa.

Hinter ihm kletterte Rosie auf ihren Stuhl am Tisch.

»Wie war der Woody-Allen-Film gestern Abend?«, fragte Roger.

Jessa sah ihn kurz an, dann widmete sie sich wieder der Erdbeermarmelade auf dem Sandwich.

»Wir waren nicht im Kino«, sagte sie. »Wir sind was trinken gegangen.«

»Gut«, sagte er. »Ich will den Film auch sehen. Wir können zusammen gehen.«

Sie nickte, während sie das Brot schnitt, es einpackte und Rosies Brotdose füllte.

»Wie lange bist du weg?«, fragte sie und sah ihm das erste Mal richtig in die Augen. Am liebsten hätte er sie in den Arm genommen. Halt mich fest, wollte er sagen. Lass mich nicht los.

»Drei Tage«, sagte er. »Hast du meine Hemden aus der Reinigung geholt?«

»Sie liegen in deinem Schrank«, antwortete sie. »Rosie, starr deine Cornflakes nicht an – iss!«

»Ich gehe meine Sachen fertig packen«, sagte er, doch sie war bereits wieder mit Saft, Toast und Vitaminen beschäftigt und schaute nicht mehr auf.

Ein paar Minuten später kam das Taxi. Er umarmte Rosie. Er legte eine Hand auf Jessas Hüfte, zog sie an sich, sie hauchte einen Kuss auf seine Wange, entwand sich ihm und sagte: »Geh schon, das Taxi wartet. Rosie, nicht mit dem Essen spielen!«

»Hast du es eilig?«, fragte Roger.

»Nein, aber du«, sagte sie, ging um ihn herum, öffnete den Kühlschrank und stellte Milch, Orangensaft und Butter zurück.

Und dann schloss sie die Tür, lehnte sich an den Kühlschrank und schaute ihn an. Sie sah schrecklich traurig aus, seufzte tief und sackte in sich zusammen. Endlich lächelte sie ein wenig schief und sagte: »Du wirst es denen da draußen schon zeigen.« Ein Witz, den sie seit einer Ewigkeit, seit den ersten Tagen ihrer Ehe, machten. Damals waren sie gerade nach Kalifornien gezogen und ihr Onkel, ein Schlitzohr, hatte Roger auf die Schulter geklopft und gesagt: »Du wirst es denen da draußen schon zeigen.« Jessa beugte sich vor und tätschelte Rogers Rücken.

Er nickte. Er küsste noch einmal Rosie auf die Haare und wisperte: »Ich liebe dich, Süße.«

»Ich dich auch«, sagte sie, den Mund voller Cornflakes.

Er wollte nicht gehen. Er wollte sich hinsetzen, eine Schüssel Cornflakes essen und mit Rosie über das Leben reden. Setz dich zu uns, würde er zu seiner Frau sagen. Spiel eine Weile mit deinen Cornflakes.

»Ich rufe heute Abend an«, sagte er, und Rosie verkündete: »Ich bin fertig«, und Jessa sagte: »Du bist spät dran, und ich habe deiner Lehrerin versprochen, dafür zu sorgen, dass du jeden Morgen pünktlich zur Schule kommst, und zwar für den Rest deines Lebens«, und Rosie weinte: »Ich will nicht zur Schule.«

»Ich hasse das«, sagte Jessa. »Warum muss jeder Morgen so sein?« Doch Roger war bereits auf dem Weg zur Tür und antwortete ihr nicht mehr.

Los Angeles kam Roger immer irgendwie unwirklich vor, und an diesem Oktobertag, bei einer Temperatur von 22° Celsius, hatte er das Gefühl, als wäre die ganze Welt eine Filmkulisse. Er machte ein Geschäft mit einem Filmstudio, brachte Silicon-Valley-Technologie für die Zeichentrickfilmbranche – nichts wirklich Neues, aber nach ein paar erfolgreichen Filmen wollte jeder in L. A. die neuen Techniken aus dem Norden. Als er den Small Talk hinter sich hatte – in L. A. war alles wunderbar, einfach wunderbar –, ging er an den Strand.

Er parkte den Leihwagen auf einer Hauptstraße in Venice und ging zu Fuß weiter. Er sah keine Kameras, keine Scheinwerfer, aber jeder, der ihm begegnete, musste ein Schauspieler oder eine Schauspielerin sein, jede Unterhaltung, die er mitbekam, war hoch dramatisch, und die schicken Boutiquen, In-Restaurants, gemütlichen Cafés waren die perfekte Kulisse für jeden Film, auch wenn er nicht gedreht wurde. Er ging durch die Straßen, als wäre er Filmteam und Publikum zugleich.

Die Kostümbildnerin muss mich verpasst haben, dachte er. Der Rest der Welt trug nur Haut – er hatte viel zu viel an. Um ihn herum gab es nur nackte Arme, Beine, viel versprechende Brüste. Er hatte seinen Trenchcoat im Wagen gelassen, und jetzt rollte er seine Ärmel hoch, lockerte die Krawatte. Trotzdem war ihm noch heiß und er sah aus, als gehörte er in die Wall Street und nicht nach Venice. Ihm fehlten Tattoos, Ohrringe, ein Pferdeschwanz. Er brauchte einen Dreitagebart, ein wenig Sonnenbräune.

Und er brauchte einen Drink, etwas, das ihm erlaubte, seinen Körper hinter sich zu lassen. Er kehrte in eines der Restaurants ein, um sich die ersehnte Margarita zu gönnen.

Er ging an die Bar, einen langen Tresen aus Chrom, der sich in einem Bogen über die ganze Front des Lokals zog. Es war rappelvoll – erst als jemand ging, fand er einen Platz. Er bestellte eine Margarita und bemerkte, dass sogar dieses Requisit nicht stimmte – man trank Martini.

Etwas rollte klingend gegen sein Glas, als der Barkeeper es vor ihn stellte. Er hob eine Glaskugel auf, die wie ein Auge aussah. Dann hörte er andere Gläser klingen. Zwei oder drei solcher Augen rollten die lang gestreckte Theke hinunter, stießen gegen Gläser, prallten von der seitlichen Kante des Tresens ab und kugelten zurück. Niemand schenkte dem Ganzen besondere Aufmerksamkeit, doch wenn eines der Kugelaugen an einem Glas oder an der Kante zum Stillstand kam, griff der Nächstbeste danach und setzte es wieder in Bewegung.

Eine Frau am anderen Ende der Theke beobachtete ihn. Bestimmt hatte sie die Kugel zu ihm gerollt und er wünschte, jemand hätte ihm das Drehbuch gezeigt. Er improvisierte nicht gerne. Er schickte das Kugelauge in ihre Richtung und sie lächelte. Offensichtlich hatte er das Richtige getan.

Als die Margarita alle war, beherrschte er die Kunst, das Kugelauge wie zufällig in Bewegung zu setzen. Und als sein Nachbar zum Essen ging, setzte sich die Frau auf den Hocker neben ihn. Ihr Drink war blau.

»Was ist das?«, fragte er.

»Ein Night Sky«, erklärte sie ihm. »Probieren Sie!«

Er schüttelte den Kopf. »Vor Sonnenuntergang trinke ich nie einen Night Sky.«

Das gefiel ihr und er fand es auch ganz gelungen – vielleicht hatte er sich, kaum in L. A., in einen wunderbaren Schauspieler verwandelt, einfach wunderbar.

»Draußen ist es dunkel«, sagte sie. Sie war viel jünger als er, Ende zwanzig vielleicht, und viel hübscher als die Frauen, die er sich in seiner Phantasie erlaubte.

»Ich glaube, wenn wir hinausgehen, sind überall Scheinwerfer, und wir werden gar nicht wissen, ob es richtig dunkel ist.«

»Sie sind Schauspieler«, sagte sie.

»Stimmt«, bestätigte er. »Aber Sie kennen mich nicht. Niemand kennt mich.«

»Ihre Frau kennt Sie«, sagte sie und zeigte auf seinen Ring.

»Die Frau erfährt es immer als Letzte«, sagte er.

»Ich fange nichts mit verheirateten Männern an«, erklärte sie ihm.

»Gut«, sagte er, »weil ich nämlich nichts anfangen will.«

Das Kugelauge stieß mit einem Klingen gegen ihr Glas, sie nahm es und ließ es in sein leeres Glas fallen.

»Bestellen Sie sich noch einen«, sagte sie.

»Wenn ich verspreche, der bravste Mann der Welt zu sein, machen Sie dann mit mir einen Spaziergang am Strand?«, fragte er.

»Nein«, sagte sie. »Es gib keine braven Männer auf der Welt.«

»Ich will wirklich nur mit Ihnen am Strand spazieren gehen. Ich werde Sie nicht anfassen. Ich will einfach neben ihnen herlaufen und mit Ihnen reden.«

»Warum?«, fragte sie.

»Sie sind schön«, sagte er.

»Sie werden jeden Augenblick gefährlicher.«

»Nein«, sagte er. »Glauben Sie mir. Ich habe noch nie einer Frau wehgetan.«

»Sie würden Ihrer Frau wehtun, oder?«

»Wenn ich mit Ihnen spazieren gehe?«

»Würden Sie ihr davon erzählen?«

»Nein. Es wäre einzig meine Sache. Ich würde es keiner Menschenseele erzählen.«

»Sie haben keine Ahnung von allein stehenden Frauen.«

»Klären Sie mich auf!«

»Ich kann mir nichts Schmerzlicheres vorstellen«, sagte sie, wandte den Blick von ihm ab, nahm ihren blauen Drink, trank einen Schluck und stellte das Glas wieder hin, »als mit einem netten Mann am Strand spazieren zu gehen.«

Sie stand auf und berührte seinen Arm; ganz leicht fuhren ihre Finger über die Härchen auf seinem Unterarm. Dann ging sie und verschwand sofort in der Menge.

»Noch eine Margarita?«, fragte der Barkeeper. Roger schüttelte den Kopf.

Ein Mann setzte sich neben Roger auf den leeren Hocker. Als ein Kugelauge gegen sein Glas stieß, nahm er es in die Hand, murmelte: »Ich hasse diese verdammten Dinger«, und warf es auf den Fußboden. Roger wartete auf den Aufprall, doch das Geräusch wurde vom Lärm im Restaurant verschluckt. Er bezahlte seinen Drink und ging.

Draußen war es dunkel, dunkel genug für einen Night Sky, dachte er. Er lief zum nahe gelegenen Strand.

Der Wind war stärker geworden. Er rollte seine Ärmel hinunter. Er presste den Stoff seines Hemdes an seinen Unterarm, da, wo die schöne Frau ihn berührt hatte. Schon jetzt war sie nur noch eine blasse Erinnerung, wie ein Film, den er vor langer Zeit gesehen hatte.

Er lief am Wasser entlang. Es war Ebbe und der Sand unter seinen Füßen war fest und hart. Ein paar Jogger waren am Strand unterwegs, ein Obdachloser sammelte Müll, ein Fischer wartete immer noch auf einen Fang. Die Luft war schwül und drückend. Das Atmen fiel ihm schwer, als bekäme er die Luft nicht in seine Lungen. Er lief langsam gegen den Wind an.

Vor einer halben Stunde war ich noch ein Mann, der eine Frau bezaubert hat, dachte Roger. Jetzt bin ich vierundvierzig, mir tut vom Basketballspielen das Knie weh und ich habe gerade ein Geschäft abgeschlossen, das mir nichts bedeutet. Gestern Abend hat mir meine Frau Lügen darüber aufgetischt, wo sie war, mit wem und was sie getan hat.

Mit wem und was hat sie getan?

Du hast keine Ahnung von allein stehenden Frauen.

Ich habe nie einer Frau wehgetan.

Würdest du es deiner Frau erzählen?

Roger schloss die Augen und lief in den Wind. Als Wasser seine Knöchel umspülte, öffnete er die Augen. Die Nacht war schwarz, nicht blau wie der Drink der schönen Frau, und es waren keine Sterne am Nachthimmel. Nirgends. Nicht hier und nicht zu Hause, wo seine Frau ihm Lügen erzählte. Der Himmel war schwarz.

Um Mitternacht gab Roger den Gedanken an Schlaf auf und zog die Zeitung heraus, die er in Venice erstanden hatte. Er hatte immer gedacht, dass er irgendwann einmal zu einer Prostituierten gehen würde, weil er wilde Dingen tun wollte, die er mit seiner Frau nicht tun konnte. Statt dessen rief er eine Prostituierte an, damit er schlafen konnte, wenn sie ging. Er ertrug es nicht mehr, wach zu sein.

Er rief einen Begleitservice an und sagte, er wolle ein Date für heute Nacht. Er gab den Namen des Hotels in Santa Monica an. Eine Frau fragte ihn, was für einen Typ er bevorzuge, und er sagte: »Ich mag schlanke, dunkle Frauen mit großen Brüsten«, dann dachte er an Jessa und sagte: »Nein, schicken Sie mir eine Blonde.« Doch er ärgerte sich sofort über sich selbst, darüber, dass er angerufen hatte, dass jemand kam, dass er eine einfache Frage nicht beantworten konnte: Was für einen Typ bevorzugen Sie?

Ich mag eine Frau, die mich liebt.

Er duschte, verbrannte sich beinahe an dem heißen Wasser. Und dann konnte er sich nicht entscheiden, ob er sich anziehen sollte, was er anziehen sollte und wozu.

Plötzlich bin ich ein Mann, der eine Prostituierte anruft, dachte Roger. Daran war nichts erotisch. Erotisch war ein Spaziergang mit einer schönen Frau am Strand. Ich kann mir nichts Schmerzlicheres vorstellen, hatte sie gesagt. Eine Prostituierte war unverwundbar. Einer

Prostituierten war es egal, ob er einen Ehering trug oder nett war. Er zog eine Khakihose und ein T-Shirt an. Er schaltete CNN im Fernsehen ein. Sogar in den Nachrichten spazierten Models mit schwingenden Hüften und Schmollmündern in durchsichtigen T-Shirts auf und ab. Es klingelte.

Vor der Tür stand ein Mädchen, eine Zwanzigjährige. Roger dachte an Lee, dieselben braunen Haare, die ihr über ein Auge hingen, derselbe verdrießliche Blick, und er hätte ihr am liebsten die Tür vor der Nase zugeschlagen. Dann dachte er: Das ist nicht meine Tochter, es ist eine Hure, ein Mädchen, das für Geld mit Männern schläft. Dafür könnte ich sie hassen. Allein dafür könnte ich sie vögeln.

»Ich habe gesagt, ich will eine Blonde«, sagte er.

»Ja, also, ich habe sie mir gerade gefärbt«, erklärte sie und ging an ihm vorbei ins Zimmer. »Gestern war ich noch blond. Reicht das?«

»Ich werde meine Phantasie bemühen«, sagte er.

Er schloss die Tür. Sie ließ ihre Tasche auf den Tisch fallen und setzte sich auf die Bettkante, schlug ein Bein über das andere und wippte mit dem Fuß in der Luft.

»Alle tun das«, sagte sie.

Sie war nicht besonders hübsch, ein Mädchen, nach dem sich niemand umdrehen würde, aber nicht hässlich. Sie trug ein rotes Lycra-Top, das über ihren kleinen Brüsten spannte, und einen schwarzen Minirock. Ihre Beine waren nackt. Und überraschend weiß. Sie kickte ihre Sandalen von den Füßen.

»Ich habe das noch nie gemacht«, sagte er und stellte sich vor sie.

»Sex?«, fragte sie.

Er schüttelte den Kopf. »Das schon.«

»Was genau hast du noch nie gemacht?«, fragte sie.

Er berührte ihre Wange und sie zuckte zurück.

»Ich tue dir nicht weh«, sagte er.

»Kannst du aber«, sagte sie. »Kostet bloß mehr.«

»Mein Gott«, sagte er und setzte sich neben sie aufs Bett.

»Soll ich mich ausziehen?«, fragte sie.

Er schüttelte den Kopf.

Einen Augenblick lang schwiegen sie beide. Sie wippte immer noch mit dem Fuß in der Luft auf und ab. Dann fing sie an mit ihren Haaren zu spielen, sie um den Finger zu wickeln und um ihr kleines Gesicht zu drapieren.

»Glaubst du, ich sehe als Blondine besser aus?«, fragte sie.

»Du bist eine Blondine«, erklärte er.

»Ach ja, richtig«, sagte sie. »Du bist komisch.«

»Ich bin nicht komisch«, sagte er.

»Egal.« Sie stand auf und ging zum Fernseher. »Kann ich umschalten?« Es lief eine Sendung über irgendeinen Krieg.«

»Bitte«, sagte er.

Sie zappte auf MTV und war offensichtlich zufrieden mit dem, was sie hörte, denn sie lächelte, als sie zu ihm zurückkam.

»Ich mache alles, was du willst«, sagte sie und stellte sich vor ihn.

Er beobachtete sie und verdrängte das Bild von Lee in seinem Kopf. Lee, in einem Hemd, das über ihren sprießenden Brüsten spannte. Lee, mit Lippenstift und einem Schmollmund. Jessa, die ihm im Bett den Rücken zukehrte. Die Kurve ihres Hinterns. Ihr Geruch. Wir waren nicht im Kino. Wir waren etwas trinken.

»Ich will mit dir schlafen«, sagte er.

»Normal?«, fragte sie.

Er antwortete nicht. Ihm fiel einfach nichts ein.

»In Ordnung. Das macht hundertfünfzig. Und du musst ein Kondom benutzen.«

»Leg dich hin«, befahl er ihr.

»Erst die Kohle«, sagte sie.

Er ging zum Schreibtisch, zog die Scheine aus seiner Brieftasche und gab sie ihr. Sie stopfte sie in ihre Handtasche.

»Das sind hundertsechzig«, sagte sie.

»Du schuldest mir was«, sagte er.

»Ich schulde niemandem was«, sagte sie.

»Das glaub ich dir sofort. Leg dich hin«, wiederholte er.

Sie legte sich angezogen aufs Bett.

Er schob ihren Rock hoch. Sie trug keinen Slip, und ihr Busch war dicht und dunkel. Er schaute darauf und versenkte sein Gesicht darin. Und in der nächsten Sekunde weinte er, leckte sie, rieb sein nasses Gesicht an all dem Haar. Er schob ihre Beine auseinander und stieß sein Gesicht tiefer in sie hinein, wollte von ihr verschlungen werden, wollte mehr, als er je gewollt hatte, ohne zu wissen, was es war, das er wollte.

Er sah zu ihr hoch, sein Gesicht war ihm egal, die Tränen – er musste schrecklich aussehen. Sie lag flach auf dem Rücken, starrte die Decke an und summte den verdammten Song mit, der aus dem Fernseher plärrte.

»Ich will, dass du kommst«, sagte er mit einer Stimme, die nicht seine war, sondern dunkel und schwer.

»Oh, gut«, sagte sie leichthin.

Er spürte eine Welle von Macht, ein neues Gefühl, das dem, was er auf einem Basketballplatz empfand, ähnelte. Er war voller Energie, die an seiner Haut zerrte, als wollte sie aus ihm herausplatzen. Er saugte an ihr, warf seine Hände hoch, griff nach ihren Brüsten und zog dran.

Er hörte ein Geräusch und sah hoch. Sie keuchte und stieß kleine Os aus, O, O, O, mein Gott, und warf den Kopf auf dem Kissen hin und her. Er zog sich zurück, setzte sich auf und rang nach Luft, als hätte er einen Schlag in die Magengrube bekommen.

»Du sollst es nicht spielen, verdammt noch mal.«

Sie schaute ihn schockiert an und verstummte. Er legte eine Hand auf ihren Busch und begann zu reiben. Verängstigt und mit weit aufgerissenen Augen beobachtete sie ihn.

»Ich werde dafür sorgen, dass du kommst, verdammte Scheiße!«

Er beobachtete sie, rieb sie und Tränen liefen ihm über das Gesicht.

»Bitte«, flehte er mit gebrochener Stimme. »Lass mich –«

Und dann vergrub er sein Gesicht wieder in ihrem Busch und aus seinem Mund kamen Laute, die er nie zuvor gehört hatte. Er hörte einen Schrei, spitz und höher als seinen eigenen, und blickte auf, sah die Hure nach Luft schnappen und schaudern. Zitternd lag ihr Körper unter seinem.

Seine Hände fielen auf ihre Brust und blieben da liegen.

»Mach, dass du hier rauskommst«, sagte er.

Sie schob sich unter ihm heraus, ordnete ihre Kleider und wischte sich mit dem Handrücken die Nase ab.

Er rollte sich auf den Rücken und blieb so liegen, bis er die Tür zuschlagen hörte.

Und wartete auf den Schlaf.

Am nächsten Morgen ging er am Strand joggen. Santa Monica lag im Nebel, doch das war ihm nur recht. Er wollte nichts sehen, und mit dem nassen, feuchten Nebel auf dem Gesicht hatte er das Gefühl, kalt und betäubt zu sein.

Er duschte, zog seinen Anzug an und band die Krawatte für den Termin um elf. Er fuhr nach Venice, um in einem der gemütlichen Cafés zu frühstücken.

Er aß einen schweren Muffin und trank einen schwachen Kaffee. Dann machte er einen Spaziergang. Es war zehn Uhr morgens. Die meisten Geschäfte öffneten gerade. Er ging in ein Geschäft, das wie ein Hippie-Schmuckladen aussah – vielleicht fand er ja etwas für Lee und Rosie.

Eine blasse, spindeldürre Frau mit schwarzen Haaren bis zur Taille fragte, ob sie ihm helfen konnte. Sie sah bekifft aus, und er überlegte, wie es wohl war, gleich nach dem Aufwachen einen Joint zu rauchen und den Tag schwebend und nicht untergehend zu verbringen.

»Ich suche Ohrringe für meine Töchter. Das Friedenszeichen oder so was«, sagte er.

»Haben sie Löcher in den Ohren?«, fragte sie.

»Sogar unser Hund hat Löcher in den Ohren«, erwiderte er. Die Frau lächelte nicht. Vielleicht machen sie das ja wirklich, dachte er, ihre Hunde piercen, und nur er hatte von der allerneuesten Verrücktheit noch nichts mitgekriegt.

»Sie haben keine Löcher in den Ohren«, sagte sie.

»Das sollte ich aber«, sagte er. »Ich sollte wirklich ein Loch im Ohr haben.«

»Ich kann das machen«, sagte sie, und er dachte an die Hure. Ich mache alles, was du willst. Bitte, hatte er gesagt, bitte lass mich – und plötzlich wusste er, wie er den Satz hatte vollenden wollen. *Lass mich dich lieben.*

»Jetzt gleich?«, fragte er. »Es müsste sofort sein.«

»Cool«, sagte sie und verschwand hinter einem Perlenvorhang. Er wusste nicht, ob er ihr folgen sollte, und kaum war er allein, konnte er sich nicht mehr erinnern, worauf er wartete, und bekam plötzlich Angst.

Dann kehrte sie mit einer Pistole zurück.

In diesem verwirrenden Augenblick war er völlig ruhig. Sie wird mich umbringen, dachte er und seufzte, als wäre es unabdingbar. Ein bekiffter Hippie und eine Pistole. Ein Mann in einem Anzug.

»Setz dich hierher«, sagte sie.

Er tat es. Der mit Samt bezogene Sessel war lächerlich weich und tief und verschluckte ihn beinahe. Ich kann nie wieder aufstehen, dachte er.

»Welches Ohr?«, fragte sie. Sie schießt mir ins Ohr, dachte er töricht – so machen sie es immer –, aber es ist doch egal, welches sie nimmt. Tot ist tot.

»Welches ist schwul?«, fragte er.

»Häh?«

»Welches bedeutet, dass man schwul ist?«

»Keins. Heute bedeutet gar nichts mehr etwas.«

»Verkaufen Sie Gras?«, fragte er.

Sie legte die Pistole hin. »Bist du ein Bulle?«, fragte sie.

Er schüttelte den Kopf. »Schon gut«, sagte er. »Mir gefällt einfach Ihre Philosophie. Nichts bedeutet etwas. Man braucht eine Menge Gras, um diesen Bewusstseinszustand zu erreichen.«

»Und welches Ohr soll's jetzt sein?«

»Das linke«, sagte er.

»Ich nehme einen Brillanten«, sagte sie.

»Warum?«, fragte er.

»Alle Männer wollen Brillanten«, erklärte sie.

Sie beugte sich ganz nah an sein Ohr, und ihr erdiger Geruch stieg ihm in die Nase. Er dachte daran, sie zu küssen. Dann legte sie die Pistole auf sein Ohrläppchen, er schloss die Augen, und sie durchlöcherte ihn mit Brillanten. Es ist bemerkenswert, dachte er. Es kam plötzlich, ging schnell und er spürte nichts. Wenn doch alles im Leben so liefe. Vielleicht war sie ein Engel und würde ihm überallhin folgen.

Er berührte sein Ohr.

»Nicht anfassen«, sagte sie.

Seine Hand schwebte zurück zur Erde.

»War ich gut?«, fragte er.

»Du warst klasse«, sagte sie. »Das macht vierundachtzig Dollar.«

»Kann ich noch eine Weile sitzen bleiben?«

»Alles in Ordnung?«, fragte sie. Ihre Haare schwangen vor ihm hin und her, er roch Blumen, es duftete nach Blumen aus allen Gärten der Welt.

»Ich fühle mich wunderbar«, erklärte er. »Ich muss nur ein bisschen schlafen.«

Er schloss die Augen.

»Männer«, murmelte sie, und der Geruch war verschwunden. Mein Engel ist weitergegangen, dachte er. Er schlief so lange, dass er seinen Termin verpasste und von der Pistole träumte, die wieder und wieder in seinem Ohr explodierte. Und wieder und wieder spürte er nichts.

»Tunte«, sagte Matt und schmetterte ihm den Ball an die Brust.

»Was soll das?«, fragte Roger und warf zurück. Matt fing den Ball, schlängelte sich an Roger vorbei und warf einen Korb.

»Der Ohrring, du Arschloch«, sagte Matt.

Roger fasste sich ans Ohr. Es war rot und heiß. Seit zwei Tagen berührte er es immer wieder, wollte den Schmerz fühlen, der so physisch und wirklich war.

»Hübscher Wurf«, sagte er.

»Warum hast du das getan?«, fragte Matt.

Roger dribbelte den Ball und umrundete Matt. Ein paar Mal schoss Matts Arm vor, doch Roger war schnell mit den Händen.

»Es war einfacher als ein Tattoo«, erklärte er.

»Das klingt logisch«, sagte Matt.

»Nichts bedeutet mehr etwas«, sagte Roger und warf einen Korb von der Drei-Punkte-Linie.

»Du hast das Geschäft vermasselt«, sagte Matt.

»Ich habe das Geschäft vermasselt«, bestätigte Roger. »Acht zu zwei. Ich mach dich fertig.«

»Du machst dich selber fertig«, sagte Matt. »Wieso hast du das verdammte Geschäft vermasselt, Roger? Ich dachte, es war eine sichere Sache.«

»War es auch«, sagte Roger, schnappte Matt den

Ball weg und versuchte einen Korbleger von links, der jedoch sein Ziel verfehlte. »Ich bin eingeschlafen«, erklärte er.

Matt hielt den Ball in den Armen. »Häh?«

»Spiel weiter«, sagte Roger.

»Rede«, sagte Matt.

»Ich will nicht reden. Ich will spielen.«

»Du bist bei dem Termin eingeschlafen?«

»Ich bin in einem samtenen Sessel eingeschlafen. Das würde jedem passieren. Ich sage dir, das war der irrste Sessel, den ich je gesehen habe. Ein Engel hat diesen Sessel gemacht. Jetzt spiel den verdammten Ball endlich!«

Matt begann zu dribbeln und rannte direkt auf Roger zu. Roger blockte und Matt rammte ihn.

»Was, zum Teufel, ist mit dir los?«, rief Roger und stieß ihn zurück.

»Mit mir ist gar nichts los«, sagte Matt und starrte ihn an. »Du bist derjenige, der spinnt. Was, zum Teufel, ist mit dir los?«

Roger griff nach dem Ball, doch Matt zog ihn weg.

»Rede, verdammt noch mal«, sagte Matt.

»Ich will nicht reden«, erklärte Roger. »Ich bin zum Basketballspielen gekommen. Mann, wenn ich reden wollte, würde ich einen Psychiater anrufen.«

»Vielleicht solltest du das tun, Roger.« Matt hatte den Ball unter den Arm geklemmt und sah Roger nur an.

»Es geht mir gut, Matt«, sagte Roger, versuchte, ruhig zu atmen und seine Stimme fest klingen zu lassen.

»Wie läuft's mit Jessa?«, fragte Matt.

»Es läuft«, sagte Roger, doch seine Stimme wurde lauter, »alles bestens, danke der Nachfrage.«

»Neulich Abend –«, setzte Matt an, aber Rogers Hand schoss vor und schlug gegen Matts Arm, sodass der Ball auf den Boden fiel.

»Spiel«, sagte Roger, schnappte sich den Ball, dribbelte und warf ungehindert einen Korb.

Matt kam ihm nicht nach. Er rieb sich den Arm und beobachtete Roger.

»Jessa ist nicht mit –«, setzte er wieder an, doch Roger warf ihm den Ball zu, und Matt wich zur Seite aus, sodass ihn der Ball an der Schulter traf und weghüpfte.

»Sag mir eins«, sagte Roger mit dunkler, tiefer Stimme und kam auf ihn zu. »Was tust du, wenn du im Begriff bist, alles zu verlieren?«

»Ich bitte um Hilfe«, sagte Matt ruhig und besonnen und ließ Roger nicht aus den Augen.

»Ich brauche keine Hilfe«, sagte Roger.

»Warum nicht?«, fragte Matt.

»Weil ich allein auf mich aufpassen kann.«

»Was wirst du als Nächstes piercen lassen?«

Roger fasste sich ans Ohr. Sein Herz schlug wild, und er wollte Matt noch einmal treffen, ihn auf den Arm, die Brust, ins Gesicht schlagen. Stattdessen packte er den Brillantohrring, zerrte daran und riss ihn sich aus dem Ohrläppchen.

»Hier hast du den verdammten Ohrring«, sagte er und warf ihn Matt vor die Füße.

Dann spürte er den Schmerz, ein Brennen, das ihm den Kopf zu zerreißen schien. Er wusste, dass Blut aus seinem Ohr tropfte, hörte Matt irgendwas rufen, sah Grace an die Tür kommen, sah, wie ihr Gesicht weiß wurde. Er fiel zu Boden.

Er lag zusammengerollt auf einem Bett. Als er etwas Kaltes an seinem Ohr spürte, öffnete er ein Auge. Dann erfasste ihn eine Welle von Schmerz.

»Tut mir Leid«, flüsterte Grace und strich ihm über die Wange. Nie hatte er so etwas Sanftes gespürt.

»Ich glaube, wir sollten ins Krankenhaus fahren. Könnte sein, das es genäht werden muss.«

»Nein. Beweg dich nicht«, sagte er, als sie ihre Hand wegnahm.

»Roger«, sagte sie sanft.

»Ich bin ohnmächtig geworden«, erinnerte er sich.

Sie strich ihm über die Wange, er legte seine Hand auf ihre, hielt sie fest.

»Warum habe ich nicht dich geheiratet?«, fragte er.

»Du wärst todunglücklich geworden«, sagte sie liebevoll.

»Unmöglich«, sagte er.

»Menschen wie wir«, begann sie, »können einander nicht heiraten. Wir heiraten die Wilden und dann versuchen wir, sie zu zähmen.«

»Warum?«, fragte er und glaubte fest daran, dass alles, was sie ihm sagte, die absolute Wahrheit war. Plötzlich waren überall Engel.

»Ich weiß es nicht«, sagte sie traurig.

»Nein, sag's mir«, drängte er sie.

»Wir heiraten sie«, erklärte sie, und er dachte, sie würde weinen, doch ihre Stimme war ungebrochen. »Weil wir etwas suchen – wir wollen etwas, das wir nicht haben.«

Sie streichelte sein Gesicht, seine Haare, und er wartete darauf, dass sie fortfuhr, wollte, dass sie die ganze

Nacht mit ihm redete. Aber sie blieb stumm. Er sah sie an, und jetzt weinte sie.

»Und warum versuchen wir dann, sie zu zähmen?«, fragte er.

Sie wandte den Blick ab, schaute zum Fenster, während sie sprach. »Weil wir uns selbst nicht ändern können. Wir können sie heiraten, aber wir werden nie ihre Lebenslust, ihre Leidenschaft haben. Wir können sie nicht erreichen. Und dafür hassen wir sie.«

»Lass uns weglaufen«, schlug Roger vor.

»Eine gute Idee«, sagte sie. Sie nahm die Eispackung von seinem Ohr, und wieder durchzuckte ihn der Schmerz. »Gleich nachdem wir im Krankenhaus waren.«

»Nein«, widersprach er. »Es geht mir gut. Solange du nicht aufhörst, mich zu streicheln.«

»Es geht dir gar nicht gut«, sagte sie und verschloss seinen Mund mit ihrer Hand.

Er dachte an seine Mutter, die seit vielen Jahren tot war, an ihre Hände auf seinem Gesicht, wie sie ihm die Haare aus den Augen strich, ihm den Mund trocknete, den Abdruck ihres Lippenstifts von seiner Wange wischte. Er überließ sich Graces Hand und dachte: Sorge für mich. Liebe mich.

»Schlaf mit mir«, sagte er, als sie ihre Hand wegnahm.

»Nein, nicht.« Grace sah ihm direkt in die Augen.

»Bitte«, flehte er.

Als sie aufstand, hatte er das Gefühl, die Erde bebte.

»Ich will dich«, sagte er.

Sie wandte sich um und sah ihn mit verschlossener Mine an. »Du willst nicht mich«, sagte sie.

»Doch«, sagte er.

»Du willst Jessa.«

»Ich verliere Jessa«, sagte er. Er sprach so leise, dass er sich selbst kaum hörte.

»Nein«, sagte Grace.

»Sag mir«, bat er und streckte die Hand nach ihr aus. Sie ergriff sie und er zog sie zu sich. »Sag mir, was ich tun soll.«

Sie setzte sich wieder zu ihm. Einen Augenblick lang schwieg sie.

»Zuerst«, sagte sie mit fester, klarer Stimme, »kümmern wir uns um dein Ohr.«

»Und dann?«, fragte er.

»Und dann geben wir nicht auf«, erklärte sie.

Er antwortete darauf nicht – wohl wissend, dass ihm der Schmerz die Worte rauben würde.

»Und wir hoffen, dass sie uns genauso brauchen, wie wir sie«, fügte sie hinzu.

Er legte ihre Hand auf seine Wange und hielt sie fest.

Es war spät, als Roger nach Hause kam. Irgendwann hatte er Jessa angerufen und ihr gesagt, dass er sich beim Basketballspielen das Ohr verletzt hatte und bei Matt bleiben würde, bis es ihm besser ging. Sie schaute mit Rosie einen Film an – Lee war bei einer Freundin und lernte dort für eine Arbeit. Jessa hatte gesagt, sie würde früh ins Bett gehen, vielleicht gleich nachdem sie Rosie ins Bett gebracht hatte. Er sollte sie nicht wecken, wenn er nach Hause kam.

Als er um elf vor dem Haus hielt, war alles dunkel – sie hatte vergessen, ein Licht für ihn anzulassen. Und am Ende der Straße, wo keine Häuser mehr waren, wo sonst nie Autos standen, parkte ein Wagen. Er stand in der Dunkelheit und starrte das unbekannte Auto an, dachte, ich sollte langsam erwachsen werden, überlegte, ob echte Erwachsene so etwas überhaupt dachten, wollte nur noch ins Bett.

Er beugte sich vor und holte die Taschenlampe aus dem Handschuhfach. Ein merkwürdiger Gedanke ging ihm durch den Kopf: Ich kann sie als Waffe benutzen. Als hätte sich etwas in seiner Welt verändert, als wäre jeder Augenblick seines Lebens in Zukunft ein Kampf. Er ging auf den Wagen zu.

Dann hörte er ein Geräusch, ein Murmeln, einen erstickten Schrei. Da wird jemand umgebracht, dachte er. Er hatte keine Angst, nur eine vage Erkenntnis: Und ich werde auch umgebracht. Er leuchtete mit der Taschenlampe in den Wagen.

Er sah eine Brust, einen nackten Bauch, ein Knäuel aus Armen und Beinen und Kleidern. Er hörte: »Scheiße«, und »geh runter.« Er starrte in das Auto. Nichts ergab einen Sinn, als wirbelten Puzzleteile wie ein Tornado durch das Innere des Wagens.

Und dann ging die Tür auf und Lee flog heraus. Sie richtete sich vor ihm auf. Erst da kapierte er es. Er bringt sie nicht um – er vögelt sie.

»Dad«, sagte sie.

»Geh ins Haus«, sagte er. Jetzt wirbelten die Puzzleteile in seinem Kopf durcheinander: eine Vierzehnjährige, die Prostituierte, ihre Brust, die Taschenlampe, die keine Waffe war, der pulsierende Schmerz im Ohr.

»Wir haben nur rumgeknutscht –«

»Geh ins Haus«, sagte er. Seine Stimme klang flach. Wut, dachte er. Ich müsste wütend sein. Ein Vater, der seine Tochter halb nackt in einem Auto findet, sollte rot vor Wut sein. Er dachte an all die Freunde, die immer sagten: »Du hast eine Tochter – warte nur, bis irgendein Typ sie anfasst.« Er wartete. Alle möglichen Gefühle wallten in ihm auf, aber Wut war nicht dabei. Er fühlte sich schwer und müde und unerträglich traurig.

»Geh«, sagte er, und seine Stimme war ganz sanft. »Ich komme gleich nach.«

»Wirst du es Mom sagen?«, fragte sie. Plötzlich wirkte sie so unbeschreiblich jung, so klein, dass er sie am liebsten auf den Arm genommen und ins Haus getragen hätte.

Er schaute auf ihren Hals, der rot und geschwollen war. Er erinnerte sich daran, Hälse geküsst zu haben, als wären Hälse das Allerschönste auf der Welt. Jessas Hals hatte er seit einer Ewigkeit nicht mehr geküsst.

»Stell mich deinem Freund vor und dann verschwinde hier, zum Teufel noch mal!«

Sie öffnete die Autotür und nickte. Der Junge kroch heraus. Er war groß, haarig und ungefähr fünf Jahre zu alt für Rogers Baby.

»Das ist Zack.«

»Zack«, sagte er. »Sag Lee gute Nacht!«

Zack schaute erst Lee, dann Roger an. Er ließ die Taschenlampe nicht aus den Augen. Roger dachte: Ich werde den Rest meines Lebens eine Taschenlampe bei mir tragen.

»Warte in der Küche auf mich«, befahl er Lee.

Er hörte, wie sie langsam wegging. Sie wollte das Blutbad sehen. Sie wartete auf irgendwas. Zack wartete auf irgendwas. Roger wartete auf irgendwas.

»Wie alt bist du?«, fragte er Zack.

»Siebzehn«, sagte Zack, wobei er Roger nicht ansah und mit dem Stiefel in den Steinen auf dem Bürgersteig scharrte.

»Meine Tochter ist vierzehn«, sagte Roger.

»Ja, also –«

»Also, warum rufst du sie nicht einfach in drei Jahren wieder an? Das scheint mir angemessener, findest du nicht?«

Zack nickte heftig. Ich müsste ihn hassen, dachte Roger. Ich müsste ihm eine reinhauen.

»Fahr nach Hause«, sagte er.

»Ja, Sir«, sagte Zack. Roger konnte sich nicht daran erinnern, je »Sir« genannt worden zu sein. Hatte er das nicht selbst gestern noch zu allen erwachsenen Männern auf der Welt gesagt?

Zack stieg hastig ein und fummelte mit dem Schlüssel herum. Roger wandte sich ab.

Ganz langsam ging er aufs Haus zu, in der Hoffnung, auf dem Weg in die Küche und zu seiner Tochter seine Wut wiederzufinden, eine Möglichkeit auszurasten.

Lee lehnte mit einem Glas Milch in der Hand am Kühlschrank. Sie sah verängstigt aus, als hätte Roger sie gejagt, und jetzt saß sie in der Falle. Er setzte sich an den Küchentisch und bedeutete ihr, sich ihm gegenüber zu setzen.

»Sag es nicht Mom«, wiederholte sie.

»Bitte setz dich«, bat er sie. »Kann ich einen Schluck von deiner Milch haben?«

Sie setzte sich und schob das Glas über den Tisch. Roger trank es in einem Zug leer. Die Milch lief wie Schnee seine Kehle hinunter.

»Wirst du es ihr sagen?«, fragte sie wieder.

Er schüttelte müde den Kopf. Lee wusste, dass Jessa wissen würde, wie man reagiert, was man tut und wie man es tut.

»Baby –«, sagte Roger.

»Ich bin kein Baby«, erklärte sie ihm.

Er nickte. »Offensichtlich.«

»*Oh, bitte*«, sagte sie.

»Du bist zu jung«, sagte er.

»Wir haben uns nur geküsst«, sagte sie. »Das macht jeder.«

»Natürlich. Jeder«, sagte er dumpf.

»Was ist mit deinem Ohr?«, fragte sie.

Er berührte vorsichtig den Verband, den Grace ihm angelegt hatte. Er fühlte sich riesig an, wie es dem Schmerz gebührte.

»Der Ohrring hat mein Ohrläppchen durchgerissen«, sagte er.

»Oh mein Gott«, sagte sie, »das ist ja furchtbar.«

Er nickte. Sie wussten, was furchtbar war.

»Geh ins Bett«, sagte er.

»Du bist nicht sauer?«, fragte sie ungläubig.

Er wollte ihr sagen, dass er stinksauer war, dass er das Schwein am liebsten umbringen würde, dass er sie für den Rest ihrer Teenagerzeit in ihr Zimmer sperren würde.

»Zieh morgen einen Rollkragenpullover an«, warnte er sie.

Sie legte die Hand an ihren Hals, auf dem sich die Knutschflecken immer deutlicher abzeichneten. Roger dachte an Graces Hand auf seinem Ohr.

»*Dad*«, stöhnte sie.

Als sie auf dem Weg in ihr Zimmer an ihm vorbeiging, drückte sie ihm einen Kuss auf den Kopf, und er hatte das Gefühl, als würde er dafür gesegnet, dass er versagt hatte.

Roger zog sich aus und stieg ins Bett. Jessa schlief mit dem Rücken zu ihm. Er legte die Arme um sie.

»Ich schlafe«, murmelte sie und rückte von ihm ab.

»Wach auf«, sagte er drängend.

»Was ist?«, fragte sie, setzte sich plötzlich auf und rutschte noch weiter weg. Sie sah erschreckt aus, wie Lee, wie alle Frauen auf dieser Welt, die er versuchte, an sich zu ziehen.

»Ich hab sie erwischt …«

»Nein«, sagte sie und schüttelte den Kopf. »Was? Wen hast du erwischt?«

»Beim Sex. Nein, beim Knutschen.«

»Halt«, sagte sie, und ihre Stimme wurde schrecklich laut in der Dunkelheit. »Was redest du da?«

Roger schaute sie an, sah die Furcht in ihren Augen. Er konnte nicht sprechen.

»Was ist passiert?«, fragte sie und streckte die Hand nach seinem bandagierten Ohr aus. Er zuckte zusammen und wich zurück. Ihre Hand fiel vor ihm auf die Decke. Sie merkte, wie er sie anschaute, und zog die Decke enger um sich. »Ich habe geträumt«, sagte sie ruhig. »Ich war nackt und wusste nicht, wer du bist, was du hier machst.«

Sie atmete schwer, schloss für einen Augenblick die Augen, und als sie sie wieder öffnete, war ihr Gesicht weicher.

»Du hast mich erschreckt«, sagte sie.

»Ich habe Lee mit einem Jungen erwischt«, sagte er mit brechender Stimme. »Im Auto.«

»Oh«, sagte sie, rutschte tiefer unter die Decke und lehnte den Kopf gegen die Rückwand. »Ach so«, sagte sie und seufzte.

»Ach so?«, fragte er.

»Ich wusste nicht, wovon du redest.«

»Ich rede über Sex«, sagte Roger. »Und unsere vierzehnjährige Tochter.«

»Sie hat einen Freund«, sagte Jessa lächelnd.

»Ihr Freund mag ihren Busen«, sagte er.

»Das überrascht mich nicht«, sagte Jessa.

»Ich hasse dich«, sagte er.

Ihr Lächeln erstarb. Sie berührte sein Ohr, umfasste seinen Hinterkopf und zog ihn an sich. Er legte den Kopf auf ihre Brust.

»Nicht«, flüsterte sie.

Eine Weile lagen sie so da und bewegten sich nicht, obwohl Roger spürte, wie sich ihre Brust sanft hob und senkte. Er atmete ihren Schlafgeruch ein – sie roch nach würzigem Holz. Er hörte, wie sie durch den Mund die Luft ausstieß, und konnte sich den Geschmack vorstellen.

»Ich habe ihn getötet«, sagte er schließlich.

Sie antwortete nicht gleich.

»Sollen wir ihn im Garten begraben?«, fragte sie.

»Du glaubst mir nicht«, sagte er.

»Ich glaube dir«, versicherte sie ihm.

»Ich könnte ihn umbringen«, sagte er. »Ich könnte dich umbringen.«

»Schsch«, murmelte sie, beugte sich hinunter und küsste ihn. Er öffnete den Mund und nahm sie auf.

8

Sie waren jetzt seit sechs Monaten zusammen – trafen sich in Hotelzimmern, Dutzenden von Motels, ja allen Motels in San Francisco. Nicht im Fairmont oder im Ritz, sondern im Motel 6, dem Noe Valley Motor Lodge, dem Best Western. Motels, in denen einer von ihnen mit irgendeinem Namen unterschrieb und bar bezahlte. Schließlich gab Jessa nach – sie würde zu ihm nach Hause kommen, in seinem Bett mit ihm schlafen.

Wenn sie sich liebten, hörte Jessa oft ein Knarzen in den Dielen, ein Rascheln in einem Schrank, ein Geräusch auf dem Dachboden. »Hausgeräusche«, sagte Simon dann und meinte, nein, das ist nicht meine Frau oder dein Mann, es sind nicht deine Kinder, es ist nicht die Sittenpolizei, bitte hör nicht auf, denk nicht daran, denk nur an uns, an das hier. Also fügte sie sich. Sie presste ihre Hüften an seine, hob ihren Hintern in die Luft, spürte seinen Schwanz tief in sich. Außer ihrem Stöhnen, Murmeln und Seufzen war kein Geräusch zu hören.

Eines Tages machte Simon ein Frühstück für Jessa, nachdem sie sich geliebt hatten. Lachs mit Eiern und

Zwiebeln, perfekt zubereitet. Jessa stand in der Küche, die Assistentin des Zauberers, reichte ihm Kochlöffel, Eier, Teller. Sie betrachtete die Kühlschranktür, an der unter einem Magneten ein Zettel klemmte. Brot, Orangensaft, Zucker, Tampax, las sie. Es waren die Tampax, die sie erstarren ließen. Seine Frau braucht Tampax. Plötzlich war sie so wirklich wie Grace, diese Frau, die sie nicht kannte, die mit ihrem Liebhaber zusammenlebte. Eine Frau, die Tampax benutzt, die eine neue Packung braucht.

»Tampax«, sagte sie zu Simon oder vielleicht mehr zu sich selbst, verblüfft, wie gegenwärtig die andere Welt war.

»Was?«, murmelte er und rührte weiter.

»Nichts«, sagte sie, schlang die Arme um ihn, suchte sich einen Weg unter seinen Bademantel. »Schsch«, beschwichtigte sie ihn, doch ihre Ohren waren voller Geräusche. Hausgeräusche.

An einem heißen, feuchten Tag ging Jessa während ihrer Mittagspause zu Simon nach Hause. Sie hatte angerufen – nein, seine Frau war nicht da, würde erst in Stunden kommen, ja, er würde eine Pause machen, natürlich würde er eine Pause machen – bitte, komm zu mir.

Sie klingelte, doch niemand öffnete. Die Tür stand einen Spalt offen, also ging sie hinein, immer wieder seinen Namen rufend. Keine Antwort. Sie fing an sich auszuziehen und verstreute ihre Kleider überall im Haus – die Bluse im Flur, den Rock in der Küche, wo sie sich ein Glas Wasser holte, den BH auf dem Fußboden im Schlafzimmer, die Unterhose am Fußende des Bettes.

Sie schaltete den Ventilator ein, richtete ihn aufs Bett, stellte sich vor den Luftstrom und nippte an ihrem Wasser.

Das Telefon klingelte. Der Anrufbeantworter sprang an – »Jessa, wenn du da bist, geh ran, hier ist Simon.«

Sie hob ab.

»Wo bist du?«

»Ich wollte uns etwas zum Mittagessen einkaufen und mein Auto ist kaputtgegangen.«

»Ich hole dich ab.«

»Nein«, sagte er. Seine Stimme klang verärgert, scharf. »Ich habe den Abschleppdienst angerufen. Er kommt. Irgendwann im nächsten Jahrhundert.«

»Mist«, murmelte sie.

»Was hast du an?«, fragte er, und plötzlich war seine Stimme süß und sanft.

»Ich habe auf dem Weg hierher meine Kleider verloren.«

»Kannst du bleiben?«

»Nein«, sagte sie. »Ich habe einen Termin.«

»Lass deinen Geruch da.«

Sie lächelte, hob die Haare im Nacken und kühlte ihre feuchte Haut in dem wirbelnden Luftstrom.

»Kauf einen neuen Ventilator«, sagte sie. »Der hier ist völlig außer Kontrolle.«

»Woher weißt du das?«, fragte er.

»Ich liebe dich«, sagte sie.

»Es tut mir so Leid«, sagte er. »Ich will bei dir sein.«

»Ich weiß«, sagte sie. »Hier ist es heiß. Unerträglich heiß.«

»Das bist du«, sagte er. »Habe ich heute Morgen in

der Zeitung gelesen. Wissenschaftler finden die Frau, die den Treibhauseffekt auslöst.«

»Sie irren sich«, sagte sie. »Dafür sind wir beide verantwortlich.«

»Lösch das Band«, wies er sie an, dann legte er auf.

Sie löschte das Band und ging zum Bett, spürte die heiße Luft, die der Ventilator aufwirbelte, auf dem Rücken. Sie bewegte sich langsam und schwerfällig und dachte an Schneewittchen, die sich ins Bett legt und in einen tiefen Schlaf fällt, bis die Zwerge am Abend nach Hause kommen. Ruby, Simons Frau, die sie nicht kannte. »Wer hat in meinem Bettchen geschlafen?«

Sie wanderte zur Kommode und betrachtete die Fotos. Ruby. Am Strand, den Blick aufs Meer gerichtet. Der Wind bläst die langen Haare aus ihrem Gesicht. Eine gerade Nase, große Augen. Nachdenklich. Ich würde lächeln, dachte Jessa.

Ein anderes Foto. Ruby und Simon. Nebeneinander. Simons Hand an Ruby Schläfe. Zieht er sie an sich? Er schaut sie an, ein leichtes Lächeln auf den Lippen. Jessa kannte dieses Lächeln nicht, konnte es nicht deuten. Ruby sieht den Fotografen an, ihr Mund formt ein kleines »a«, als würde sie nein sagen. Nein. Zu wem? Dem Fotografen oder Simon?

Jessa nahm eine Kette von der Kommode, winzige schwarze Perlen und silberne Sterne. Eine Kette, die man sich doppelt oder dreifach um den Hals wickelte. Jessa legte sie an, ließ sie ganz lang, sodass sie zwischen ihren Brüsten hing. Sie betrachtete wieder das Foto. Ruby trug einen dicken Pullover, der ihre Brüste versteckte. Jessa trug nie Pullover, nicht einmal im Winter. Sie schaute in den Spiegel und wickelte sich die

Kette um den Hals, bis sich die winzigen Sterne in ihre Haut gruben. Sie sah auf ihre Brüste und bemerkte, dass ihre Brustwarzen hart waren. Sie nahm die Kette ab und ließ sie wieder auf die Kommode fallen.

Parfum: Tresor. Sie besprühte sich den Hals. Zu süß. Sie sprühte noch mehr auf ihre Handgelenke, hielt die Hand unter die Nase und atmete ein. Das riecht er.

Sie zog die oberste Schublade heraus. Unterwäsche. Weiße BHs, Größe 75 B. Aus Baumwolle, ohne Spitze. Unterhosen. Ein weißes Unterhemd. Weiße Boxershorts. Diese Sachen zieht er ihr spät nachts aus, lässt sie auf den Boden fallen, wenn er sie ins Bett führt.

In der nächsten Schublade lagen Schals. Eine Frau, die Schals trägt. Jessa zog einen langen, roten Schal heraus und drapierte ihn um ihren Hals. Seide. Seine Frau trägt einfache Baumwollunterwäsche und seidene Schals. Jessa wickelte den Schal um ihren Körper. Sie roch Rubys Parfum. Tresor. Dann hielt sie sich den Schal wieder an den Hals, band ihn sich um die Taille und betrachtete sich im Spiegel. Der Schal teilte sie in zwei Hälften.

Ich werde ihn behalten, dachte sie und wandte dem Spiegel den Rücken zu.

Plötzlich wollte sie gehen, hatte nur noch das Bedürfnis zu fliehen. Sie schlüpfte in ihren Slip, zog Rock und Bluse an, nahm den Schal und schlang ihn sich um den Hals. Im Büro werden sie denken: Wie siehst du aus? Wie riechst du? Wer bist du?

In der folgenden Woche gingen sie an einem Nachmittag in ein Motel. Obwohl die Fenster geschlossen waren und die Klimaanlage summte, konnten sie laute südamerikanische Musik aus dem Nachbarzimmer hören. Es roch nach Tortillas, sie hörten ein Paar streiten. Sie sanken sich in die Arme, und die Geräusche fielen von ihnen ab.

Alles fiel von ihnen ab. Partner, Arbeit, Kinder, Termine, das Bedürfnis, innezuhalten, zu atmen und zu denken.

Nachdem sie sich geliebt hatten, lag Jessa mit dem Kopf in seiner Armbeuge und atmete seinen Geruch ein. Sie spielte mit den dichten Brusthaaren, presste die Handfläche auf seine feuchte Haut.

»Wenn du mit deiner Frau schläfst«, sagte Jessa, »geht ihr –«

»Nicht«, unterbrach Simon sie. »Nicht!«

Sie sah zu ihm auf. Er schüttelte den Kopf.

»Nicht«, wiederholte er.

»Geht ihr so weit?«, fragte Jessa

»Ich will nicht über sie reden«, sagte er.

»Sag mir nur das«, beharrte sie.

»Nein«, erklärte er.

Sie nickte und spürte seine Hand auf ihrem Kopf, ließ sich eine Weile von ihm streicheln. Sie dachte an weiße BHs, Unterhosen, einen roten Schal.

»Warum?«, fragte sie. »Warum ist es anders?«

»Ich weiß es nicht«, sagte er. »Ich hungere nur nach dir.«

Plötzlich hörte sie ein Baby schreien, hörte den dumpfen Rhythmus eines Rap-Songs aus dem Zimmer nebenan und roch ihren eigenen Schweiß nicht mehr, weil irgendwo jemand mit Knoblauch kochte.

»Wir müssen gehen«, sagte sie.

Er seufzte, ließ seine Hand über ihren Rücken wandern und zog sie an sich.

»Ich weiß«, sagte er ruhig.

Sie beugte sich vor und küsste ihn, ließ ihre Lippen einen Augenblick lang auf seinen liegen und beobachtete ihn mit weit offenen Augen. Als sie sich löste, lächelte er.

»Du bist wunderschön«, sagte er.

»Jede, die mit dir Liebe macht, wird wunderschön«, erklärte sie.

»Nein«, sagte er. »Du bist wunderschön.«

Dann duschten sie, zogen sich an, sammelten ihre Sachen zusammen. Ihre Ohrringe, sein Jackett, ihre Tasche, seine Autoschlüssel. Sie ließen ein Trinkgeld für das Zimmermädchen liegen. Das war ihre Art, sich zu verabschieden.

Im Auto fragte er: »Brauchst du für heute Abend etwas zu essen?«

»Ich muss die Kinder abholen«, sagte sie.

»Essen«, sagte er. »Wir können bei einem Laden halten.«

Auf diese Weise brauchten sie nicht auf Wiedersehen zu sagen – sie rasten durch den Supermarkt, warfen ihre Einkäufe in einen gemeinsamen Wagen. Roastbeef, Wein, Erdbeeren, grüne Bohnen für ihn, Seebarsch, Avocado, Reis und Tomaten für sie.

An der Kasse teilten sie ihre Einkäufe. Wie ein bekiffter Teenager starrte Jessa auf den steten Fluss der Lebensmittel auf dem Laufband, die geschickten Hände der Kassiererin, die beiden festen, braunen Papiertüten. Die Welt rückte wieder ins Bild. Er würde heute Abend Roastbeef für seine Frau braten. Sie würde für ihre Familie Fisch grillen.

Sie zahlten, klemmten sich jeder seine Tüte unter den Arm, gingen zum Auto.

»Geh nicht«, sagte er.

Aber sie war bereit. Sie würde Fisch grillen, er Roastbeef braten.

Sie träumte von einem Erdbeben, einem gewaltigen, donnernden Erdbeben. Sie musste die Kinder holen. Vor allem Rosie – Rosie, deren unzählige Ängste in den Armen ihrer Mutter verschwinden. Jessa musste ihre Mädchen finden und sie halten, solange die Welt zitterte.

Und irgendwie waren sie auf einmal beide da. Die mutige Lee drückte sich an ihre eine Seite, und Rosie vergrub das Gesicht auf der anderen Seite in ihrer Schulter, und plötzlich waren Jessas Ängste verschwunden – na und, ist doch nur ein Erdbeben. Sie hatten an der Tür zu einem Gebäude Schutz gesucht, wie man es bei Erdbebenübungen in Kalifornien lernte, und schaute hinauf in den Himmel. Ein Gleitschirmflieger schwebte mit Leichtigkeit und Anmut zur Erde. Er weiß gar nicht, dass hier unten die Erde bebt, dachte sie.

Am Morgen wollte sie Simon. Sie schickte die Mädchen zur Schule, küsste Roger zum Abschied und sagte, sie wollte früh im Büro sein. Sie rief Simon nicht an. Sie würde bei ihm vorbeifahren, sehen, ob das Auto seiner Frau in der Einfahrt stand, kurz hineinschlüpfen, um einmal in den Arm genommen zu werden. Mehr wollte sie nicht – nur Simons Arme um ihren Körper spüren.

Als sie in seine Straße einbog, sah sie Rubys Wagen aus der Einfahrt fahren. Und anstatt zu warten, bis sie weg war, und dann ihren Geliebten zu überraschen, fuhr Jessa weiter, holte Rubys Toyota ein, bog rechts ab, als Ruby rechts abbog, fuhr links, als sie links fuhr, und beschloss, ohne auch nur einen Augenblick darüber nachzudenken, ihr zu folgen.

Sie vergaß ihr Bedürfnis, Simon in den Armen zu halten, vergaß ihren Termin eine halbe Stunde später, vergaß alles und konnte nur noch eines denken: Sie musste hinter ihr bleiben, ihr folgen, sie sehen.

Ruby fand einen Parkplatz in einer Straße im Mission District. Jessa überholte sie, parkte ein Stück weiter die Straße hinunter, stieg hastig aus, rannte auf den Bürgersteig und atmete tief ein, als hätte sie die ganze Zeit im Wagen die Luft angehalten.

Ruby. Sie war größer, als Jessa sie sich vorgestellt hatte, sogar größer als Simon. Sie trug einen ihrer riesigen Pullover, schwarze Leggings, und ihr Haar lockte sich offen auf ihrem Rücken. Blondes Haar. Jessa hatte sich nie blondes Haar vorgestellt. Die Fotos waren zu dunkel und irreführend. Ihr Haar war erstaunlich, Haare, denen man durch die Straßen der ganzen Stadt folgen könnte.

Simon und eine blonde Frau. Jessa hatte dunkle Haare, genau wie Simon – diese Frau kam von einem anderen Planeten. Simon im Bett mit all diesem Haar. Jessa lief schnell, blieb der Frau ihres Liebhabers auf den Fersen.

Sie dachte nicht darüber nach, warum sie ihr folgte.

Ruby betrat ein Haus, und als Jessa näher kam, sah sie, dass es eine Kunstakademie war, eine angesehene Kunstakademie. Simon hatte gesagt, Ruby sei Grafikerin. Wahrscheinlich nimmt sie hier Stunden, dachte Jessa, als sie die Tür aufstieß.

Ruby verschwand hinter einer Tür am Ende eines langen Gangs. Jessa blieb stehen, atmete, dachte, sie kennt mich nicht. Ich kann da reingehen. Ich kann sie anschauen. Ich kann Simons Frau beobachten.

Sie ging an der Rezeption vorbei, als würde sie regelmäßig herkommen. Als sie am Ende des Gangs die Tür öffnete, sah sie, dass sie Recht gehabt hatte. Studenten standen an Staffeleien und unterhielten sich leise, in der hinteren Ecke redete jemand, der wie ein Lehrer aussah, mit ein paar Studenten. Jessa trat ein und schloss die Tür hinter sich. Niemand beachtete sie. Sie lehnte sich gegen die Wand und atmete wieder tief durch.

Suchend sah sie sich unter den Studenten, die ihre Staffeleien aufstellten, Stifte, Kohle und Pastellfarben ordneten, nach Ruby um. Sie suchte nur nach ihren Haaren.

Und dann sah sie vor der Klasse auf einer leicht erhöhten Plattform etwas Goldenes aufblitzen, sah, wie Rubys Haare in ihrem dunkelgrünen Pullover verschwanden, sie ihn sich über den Kopf zog, und dann war sie nackt, mit kleinen, festen Brüsten, und niemand schaute hin, keiner der Studenten schenkte ihr die geringste Aufmerksamkeit, und die blonden Haare fielen über ihre bloßen Schultern, über die weißen Brüste. Sie beugte sich hinunter und schälte sich aus den schwarzen Leggings, als wäre sie zu Hause, allein in ihrem Schlafzimmer. In Simons Schlafzimmer. Jessa schaute sich völlig verwirrt um, doch immer noch nahm niemand Notiz von der großen, blonden Frau, die sich vor der Klasse auszog.

Schließlich formte sich in dem Wirrwarr ihrer Gefühle – Rubys Brüste, so viel blondes Haar, Beine, die unendlich lang waren, Simons Schlafzimmer, weiße Boxershorts – ein Gedanke in ihrem Kopf: Ruby war das Modell.

Nackt bis auf die Boxershorts, erhob sich Ruby. Sie warf ihre Mähne hinter sich und schaute sich um. Sah Jessa an. Die Einzige, die sie beobachtete. Einen Augenblick lang wurde ihr Blick hart, dann schaute sie weg. Die Frau meines Geliebten, dachte Jessa.

Und floh. Sie hastete durch die Tür auf den Gang, rang nach Luft. Sie war rot, erregt, als hätte sie sich vor einer Klasse mit Männern und Frauen ausgezogen. Schnell lief sie zur Rezeption zurück. Sie musste handeln, ehe sie anfing nachzudenken.

»Entschuldigung«, sagte Jessa mit rauer Stimme. Sie räusperte sich und versuchte es noch einmal. »Der Unterricht, in dem Raum am Ende des Gangs –«

Sie zeigte den Gang hinunter. Die Frau folgte ihrem ausgestreckten Arm. Sie sah gelangweilt aus, wie im Halbschlaf, und Jessa kämpfte gegen den lächerlichen Drang an, ihren blassen Arm zu packen und zu schütteln.

»Was ist das? Ich meine, was ist das für eine Klasse?«

»107?«, fragte die Frau. Kurz glaubte Jessa, die Frau spräche eine andere Sprache, dachte, es handle sich um einen Geheimcode oder einen Trick. Dann begriff sie: die Zimmernummer. Ja. Sie nickte.

»Aktzeichnen.«

»Kann da jeder rein?«

Die junge Frau musterte Jessa von oben bis unten und Jessa dachte, die falschen Kleider, das falsche Benehmen, du blöde Kuh.

»Ich bin Anfängerin«, sagte Jessa. »Nach so etwas suche ich.«

Die junge Frau zuckte die Achseln.

»Der Kurs hat letzte Woche angefangen.«

»Das ist in Ordnung«, sagte Jessa mit aufgeregter Stimme. »Das Modell – ist es immer dasselbe Modell?«

»Ja«, bestätigte die Frau. »Die Leute mögen sie.«

Jessa beugte sich über den Tresen.

»Jessa Cook. So heiße ich. Ich fange nächste Woche an.«

Die Frau schrieb ihren Namen auf einen Zettel.

»Das macht zwei fünfundsiebzig«, sagte sie.

Wieder so ein Geheimcode. Jessa schüttelte den Kopf.

»Haben Sie eine Kreditkarte?« fragte die Frau.

»Ja, natürlich.« Und sie bezahlte zweihundertfünfundsiebzig Dollar, damit sie nächste Woche wiederkommen konnte, um die Frau ihres Liebhabers zu beobachten.

»Ich habe seine Frau gesehen«, erzählte Jessa Grace, als sie eines Morgens am Strand entlang liefen. Es war kalt; sie kämpften sich durch den Nebel, atmeten feuchte Luft ein und konnten nicht einmal den Ozean an ihrer Seite sehen.

»Wessen Frau?«, fragte Grace schwer atmend, um mit Jessa Schritt zu halten.

»Simons. Ich habe Ruby gesehen.«

»Hat sie euch nachmittags Gesellschaft geleistet? Hat sie dir die Tür aufgemacht und ist mit euch ins Bett gestiegen?«

»Ich bin ihr gefolgt.«

Grace blieb stehen. Jessa drehte sich um und lief einen Moment lang rückwärts, das Vergnügen stand ihr förmlich ins Gesicht geschrieben. »Nicht stehen bleiben«, schrie sie. »In dem Nebel verliere ich dich sonst.«

Grace lief neben ihr weiter. »Bitte sag, dass es nicht wahr ist.«

»Es ist wahr. Sie ist klasse.«

»Jessa, halt an.«

»Nein. Mir ist zu kalt. Du kannst mich belehren, während wir laufen.«

»Ich will dich nicht belehren. Ich will deine Freundin sein, und du verwandelst dich in eine Irre.«

»Ich werde dir nichts erzählen«, sagte Jessa immer noch lächelnd.

»Erzähl schon.«

»Es gibt nichts zu erzählen«, sagte Jessa und lief schneller. »Ich bin ihr einfach eines Tages gefolgt. Von nahem habe ich sie eigentlich nicht gesehen.«

»Nicht so schnell«, rief Grace.

Jessa rannte davon, immer schneller, bis sie sprintete und dabei wild mit Armen und Beinen ruderte. Sie rannte, bis ihre Lunge brannte, und wurde noch schneller. Als sie mit dem Fuß gegen ein im Sand verborgenes Stück Holz stieß, flog sie vornüber, schlug auf dem Sand auf und rutschte noch etwas weiter, als könnte sie nicht einmal jetzt, in der Horizontalen, mit dem Gesicht nach unten, aufhören, sich zu bewegen. Doch ihr Körper war ruhig, leer, bis auf ihr wild schlagendes Herz.

»Alles in Ordnung?«, rief Grace und lief zu ihr.

Jessa wedelte mit dem Finger im Sand, rührte sich jedoch nicht. »Ich glaube schon.«

Grace sank neben ihr auf den Boden. Jessa spürte ihre Hand im Nacken.

»Kannst du dich bewegen?«, fragte Grace sanft.

»Ich will mich gar nicht bewegen«, sagte Jessa.

»Trainierst du für den Marathon der Verrückten?«, fragte Grace. Sie hob Jessas Haare an.

»Du weißt doch, wie mein Leben zur Zeit ist«, sagte Jessa. Sie hatte sich nicht bewegt, und langsam kroch die Kälte, die vom Sand aufstieg, durch die Kleider bis auf ihre Haut.

»Erzähl es mir«, sagte Grace.

»Wie jetzt zum Beispiel. Ich renne blind, bis ich falle. Niemand kann so schnell rennen. Wenn ich renne, denke ich nicht – ich fliege.«

»Und wenn du fällst?«

Jessa holte tief Luft, dann stand sie auf, als koste sie die Bewegung aus der Horizontalen in die aufrechte Haltung nur ein Augenzwinkern. »Dann stehe ich wieder auf«, sagte sie. Sie wischte sich den Sand aus dem Gesicht. »Was wird es kosten, Grace? Was, zum Teufel, tue ich nur.«

»Du kannst aufhören«, sagte Grace.

Jessa schüttelte den Kopf. »Ich will nicht aufhören. Ich entscheide mich immer wieder dafür, weißt du. Er ruft an, und ich entscheide mich, zu ihm zu gehen. Ich sehe seine Frau und entscheide mich, ihr zu folgen. Und wenn ich nach Hause komme und mit meinem Mann im Bett liege, schwöre ich mir, mich nie wieder dafür zu entscheiden. Bis er anruft.«

Grace ging weiter und Jessa schloss sich ihr an, die Arme um sich geschlungen. Plötzlich fror sie und klapperte vor Kälte mit den Zähnen.

»Wie geht es dir und Matt?«, fragte Jessa.

Grace warf ihr einen Blick zu, hob die Augenbrauen

und schaute weg. »Es ist Arbeit«, sagte sie. »Die Ehe, meine ich.«

»Früher war es keine Arbeit. Es war das Leichteste auf der ganzen Welt.«

»Das ist eine Ewigkeit her.«

»Spielt er immer noch Sexspiele im Internet?«, fragte Jessa und legte die Hand auf Graces Arm.

»Nein«, antwortete Grace. »Das sagt er jedenfalls.«

»Schlaft ihr manchmal miteinander?«

»Manchmal.«

»Rede mit mir, Grace!«

Grace blieb stehen und sah Jessa an. Ihre Augen füllten sich mit Tränen. »Ich weiß nicht, was mich wütender macht«, sagte sie. »Die Tatsache, dass ich so hart daran arbeite, dass unsere Ehe funktioniert, während du in jedem Hotelzimmer der Stadt bis zur Besinnungslosigkeit vögelst, oder die Tatsache, dass nicht ich es bin, die bis zur Besinnungslosigkeit vögelt.«

Jessa zog Grace in ihre Arme.

»Was ist mit uns geschehen? Vor zehn Jahren waren unsere Ehen wie Festungen. Unbezwingbar.«

»Kinder. Arbeit. Wir werden älter.« Grace löste sich aus Jessas Armen und lächelte sie an. »Zu viele Jahre mit demselben Mann im Bett.«

»Würdest du jemals eine Affäre anfangen?«, fragte Jessa, als sie über den Strand zu ihren Autos zurückgingen.

»Nicht, wenn ich dann so verrückt werde wie du«, erwiderte Grace.

»Ich wette, du würdest es tun«, sagte Jessa, knuffte Grace in den Arm und verzog das Gesicht zu einem breiten Lächeln.

»Ist es das wert?«, fragte Grace, wehrte Jessas Hand ab und sah ihr direkt in die Augen.

Jessas Lächeln erstarb. Sie dachte einen Moment lang nach. Bilder von Simon mischten sich mit Bildern von Roger, ihren Töchtern, ja sogar Ruby, der Frau ihres Geliebten. Sie schüttelte den Kopf und sagte weinend: »Es ist das, was ich will, alles, was ich will.«

Jessa und Simon waren auf Fahrrädern in den Straßen ihres Viertels unterwegs. Das ist verrückt, dachte sie, jeder kann uns sehen. Und dann realisierte sie, dass es nichts zu sehen gab. Ein Mann und eine Frau fuhren nebeneinander auf dem Fahrrad durch die Straßen ihres Viertels.

»Ich habe mich in einen Zeichenkurs eingeschrieben. Aktzeichnen mit einem echten Modell«, sagte Jessa und beobachtete ihn, sah, dass sich sein Ausdruck nicht veränderte, er fuhr einfach weiter, lächelte und antwortete ihr, als redeten sie über irgendetwas Belangloses und nicht über seine Frau.

»Männlich oder weiblich?«, fragte Simon.

»Weiblich«, erzählte sie.

»Oh, gut«, sagte er.

»Kennst du die Kunstakademie?«, fragte sie.

»Nein«, sagte er. »Das ist großartig, Jessa. Es ist gut für dich.«

Sie lächelte. Sie beobachtete das Spiel seiner muskulösen Oberschenkel, während er in die Pedale trat.

»Liebst du deine Frau noch?«, fragte sie.

Er drosselte das Tempo, was gar nicht zu ihm passte. Jessa schaute in sein Gesicht, aber er sah sie nicht an. Er konzentrierte sich auf die Straße, sein Blick war irgendwo auf den Asphalt vor den Rädern gerichtet. Sie blieb an seiner Seite, doch ihre Augen rasten von seinem Gesicht zu seinen Oberschenkeln zu seinen Schultern, während er über den Lenker gebeugt weiterradelte.

»Gestern beim Abendessen hat sie mich nach meinem Tag gefragt«, sagte er.

Jessa fuhr näher heran, um besser hören zu können.

»Ich habe ihr erzählt, dass ich viel arbeite. Sie war sehr süß zu mir, schrecklich süß, weil ich so schwer arbeiten muss. Sie will, dass wir dieses Wochenende ans Meer fahren, damit ich mich ausruhe, lange Spaziergänge am Strand mache. Ich lag die ganze Nacht im Bett wach neben ihr und habe ihr beim Schlafen zugesehen, als wäre Schlaf die einfachste Sache der Welt.

Er sprach leise, und sie fuhr noch näher heran, um alles verstehen zu können, obwohl sie viel lieber davongestürmt wäre – wie ein Rennfahrer, der einen Adrenalinstoß bekommt, wollte sie weg von ihm, weg von der Frau, die sich so rührend um ihn kümmerte, weg von der Liebe, die ihn nicht schlafen ließ.

Gerade wollte sie etwas sagen – irgendwas –, als plötzlich die Bordsteinkante vor ihr auftauchte. Sie riss den Lenker herum, einen Moment lang rutschte ihr Fahrrad an der Kante entlang, dann kippte es um und sie warf sich aufs Gras, um nicht auf dem Asphalt aufzuschlagen. Simon rief ihren Namen.

Schnell stand sie auf und zog ihr Fahrrad hoch. Sie hatte sich das Knie aufgeschlagen, doch sie wischte die Steinchen ab, bog ihr Fahrrad zurecht und lächelte schief.

Mit hängenden Armen stand er einfach da. Auf der

Straße waren Menschen, in ihren Gärten, ihren Autos – plötzlich war die Gegend voller Menschen.

»Alles in Ordnung«, versicherte sie, obwohl niemand gefragt hatte.

»Wirklich?«, fragte Simon.

Er stand bei seinem Fahrrad. Jessa schob ihr Rad zu ihm. Sie zitterte ein wenig, stieg aber schnell wieder auf und hielt sich am Lenker fest. Er streckte die Hand aus, dann schwang er sich ebenfalls auf sein Rad, und sie fuhren weiter.

Eine Weile radelten sie schweigend nebeneinander her. Jessa sah sich um. Niemand beachtete sie; jeder war wieder an seine Arbeit zurückgekehrt.

»Sie wissen es«, sagte sie.

Simon schaute sie unsicher an.

»Sie wissen, dass wir ein Liebespaar sind«, sagte sie. Sie hatte ihr Gleichgewicht wieder gefunden und radelte, den Blick auf die Straße vor sich gerichtet, wie eine Wahnsinnige gegen den Wind.

»Woher sollen sie es denn wissen?«, fragte er und passte sich ihrer Geschwindigkeit an.

»Weil du mich in den Arm genommen hättest, wenn du nicht mein Liebhaber wärst«, erklärte sie.

»Halt an«, sagte er.

»Was?«, rief sie – ihr Herz klopfte laut und ein Schulbus fuhr an ihnen vorbei, sodass sie ihn kaum verstehen konnte.

»Halt an!«, rief er wieder. Sie blieb stehen. Und dann nahm er sie in die Arme, und plötzlich weinte sie. Wenn es ein Ziel gegeben hätte, hätte sie jetzt aufgegeben. Sie blieb mit ihrem Geliebten mitten auf der Straße stehen und weinte.

Sie kaufte einen Skizzenblock und Zeichenkohle. Sie sagte ihrem Chef, dass sie zu Hause arbeiten würde. Sie sagte ihrem Mann, dass sie zur Arbeit ging. Ihrem Liebhaber sagte sie, dass sie ihn zum Mittagessen in der Bucht treffen wollte, er solle ein Picknick mitbringen.

Als sie den Klassenraum betrat, war Ruby nicht da. Verwirrt sah sie sich um. Und wenn nun ein anderes Modell kam? Wenn Ruby gar nicht kam? Und plötzlich schien die Woche des Wartens in ihrem Kopf zu explodieren – eine Woche mit noch mehr Geheimnissen, als betröge sie jetzt auch ihren Liebhaber, eine Woche des Wartens auf etwas, das sie sich weder vorstellen konnte noch verstand.

Dann betrat Ruby den Raum, und während die anderen Studenten ihre Skizzenblöcke auf den Staffeleien anordneten, stand Jessa ganz still, das Skizzenbuch unter den Arm geklemmt, unfähig zu atmen. Sie beobachtete, wie Ruby durch die Gruppe von Männern und Frauen eilte, niemanden beachtete, als wäre sie allein im Raum. Und Ruby zog sich aus, als wäre sie in ihrem Schlafzimmer, stand auf dem Podest vor der Klasse, warf ihr Hemd auf einen Hocker, öffnete ihren weißen BH und ließ ihn auf den Boden fallen. Auf den Boden! Jessa stellte sich vor, wie Simon ihn aufhob und durch seine Finger gleiten ließ.

Ruby hielt inne und schaute sich um, als bemerke sie die Menschen erst jetzt. Wieder begegnete sie Jessas Blick. Sie sah nicht weg. Aufrecht stand sie da, die Brüste nackt, in engen Jeans, nahm ihre lockige Mähne vor dem Körper zusammen und begann, sie zu flechten, ohne die Augen von Jessa zu nehmen, bis Jessa sich abwandte, ihr Skizzenbuch aufschlug und nach der

Zeichenkohle griff, ehe sie sich wieder einen Blick erlaubte – der Zopf war fertig. Er hing über einer Brust.

Ruby streifte die Schuhe ab, schlängelte sich aus der Hose. Sie trug einen weißen Bikinislip, der an ihrem langen Körper unglaublich klein wirkte. Wieder und wieder hatte Simon Jessa versichert, dass er ihre Größe liebte. Jessa versuchte sich Simon neben einer so großen Frau im Bett vorzustellen. Einer so großen blonden Frau. Ruby schlüpfte aus ihrer Unterhose.

Jessa sah sich um. Der Lehrer beobachtete Ruby. Er lehnte an einem Fenster und rauchte eine Zigarette, als stünde er an einer Straßenecke unter einer Laterne. Wir sollten ihn zeichnen, dachte Jessa. Der Lehrer wandte den Blick nicht von Ruby, während alle anderen mit ihren Utensilien hantierten und sich unterhielten. Ruby schaute ihn an – der Lehrer trat seine Zigarette auf dem Boden aus. Er ging auf sie zu.

Ruby lächelte ihn an, ein langsames, träges Lächeln. Er ging direkt auf sie zu, als wären sie im Schlafzimmer und nichts anderes auf der Welt existierte. Ohne ein Wort griff er nach ihrem Zopf. Seine Hände mussten ihre Brust berührt haben, dachte Jessa, sie mussten die Hitze ihrer Haut gespürt haben, während er das Gummiband abzog und den Zopf löste, und Jessa stellte sich seine Hände in ihren Haaren vor, als er sie auf ihrem Rücken locker schüttelte.

»Wir brauchen die Haare«, sagte er so leise, dass Jessa ihn kaum hören konnte, doch als sie sich umsah, war es plötzlich still in der Klasse und jeder beobachtete die beiden. »Wer kann mir sagen«, fragte der Lehrer, ohne Ruby aus den Augen zu lassen, »warum wir die Haare brauchen?«

»Struktur«, schlug jemand vor.

»Farbe«, sagte ein anderer.

»Raum«, rief eine Stimme.

Ruby beobachtete den Lehrer. Sie lächelte. Schüttelte den Kopf. Wie ein Nebel schwebten ihre Haare herab. »Es gefällt ihm einfach«, sagte sie.

Alle lachten.

Der Lehrer drehte sich lächelnd um und sah die Klasse an. »Wer hat Farbe gesagt?«, fragte er.

Ein junges Mädchen hob die Hand.

»Gut. Ich will, dass ihr heute mit Schwarz und Weiß arbeitet. Alle. Mit Bleistift, Zeichenkohle oder Tinte. Und ich will die Farbe der Haare sehen.«

Ruby wandte sich um, als wollte sie gehen. Ihre Haare flatterten hinter ihr her. Sie zog einen Hocker in die Mitte des Podests und rückte ihn zurecht. Ihr Schamhaar war dicht und dunkel, viel dunkler als die blonden Locken. Sie legte eine Hand aufs Knie und drehte den Kopf, so dass sie in eine Ecke des Raumes schaute. Hier. Hier ist mein Körper. Er gehört euch.

Die Haare fielen auf ihre Schultern, ihren Oberkörper, füllten den leeren Raum um ihre Taille.

»Gut«, sagte der Lehrer. Jessa schaute zu ihm hinüber, sah sein Lächeln, seinen Blick. »Fünf Minuten«, sagte er und riss sich von seinem Modell los.

Jeder arbeitete. Jessa nahm ein Stück Kohle und dachte, ich kann das. Ich sehe besser als alle anderen. Ich sehe sie durch viele Augen.

Und sie begann zu skizzieren, zeichnete die Umrisse ihrer Schultern, Hüften, Schenkel. Den zur Seite gewandten Kopf. Der Körper gehört euch, doch der Kopf nicht. Wilde Haare. Jessa ließ sie aus dem Kopf schießen, aus dem Körper, ließ sie wie Schlangen durch das Bild kriechen.

»Du bist neu«, sagte jemand neben ihr. Sie sah auf. Der Lehrer.

»Allerdings«, sagte Jessa und schaute zum ersten Mal ihr Bild an. »Ich glaube, ich habe mich von ihren Haaren hinreißen lassen«, sagte sie entschuldigend.

»Das geht uns allen so«, sagte der Lehrer und legte eine Hand auf ihre Schulter.

»Nächste Pose!«, rief er. Jessa schreckte auf. Seine Hand hüpfte von ihrer Schulter. Ruby erhob sich, beugte sich vor und legte die Ellbogen auf den Hocker, so dass überall Winkel waren. Die langen Beine, die abgewinkelt in den Hintern übergingen, der Oberkörper, flach und endlos lang bis zu den Schultern, die in die Arme übergingen, zu den Ellbogen und wieder zurück. Das Gesicht in den Haaren vergraben.

Jessa warf dem Lehrer einen Blick zu.

»Neue Seite«, sagte er. »Neue Zeichnung.«

»Schon?«, fragte Jessa.

»Lass dich nicht von den Einzelheiten ablenken. Du musst das Ganze erfassen.«

Jessa blätterte um und sah den Lehrer an. Er lächelte.

»Schau sie an«, sagte er und Jessa schaute.

»Was siehst du?«

»Sie hat einen klasse Hintern«, sagte Jessa.

Er lachte. »Stimmt. Aber du lässt dich schon wieder von den Einzelheiten ablenken. Schau sie an! Ganz.«

Jessa schaute. Seit Monaten zeichnete sie Körperteile. Jetzt musste sie einen ganzen Körper zeichnen. Den Körper der Frau ihres Liebhabers. Ganz.

Sie sah eine Linie, die vom Knöchel ihr Bein hinauf, über den Rücken um die Schulter herum und den Arm hinunter verlief. »Ich hab's«, sagte sie.

Und sie zeichnete diese Linie.

Er legte ihr wieder die Hand auf die Schulter. »Ja«, sagte er.

Er nahm sie in seine Arme. Sie atmete ihn ein. Sie schloss die Augen. »Wir sind in der Öffentlichkeit«, flüsterte sie ihm schließlich ins Ohr.

»Hier ist niemand«, sagte er und presste sie an sich. »Und ich habe dich einen ganzen Tag lang nicht gesehen.«

Sie löste sich so weit, dass sie ihn ansehen, ihm durchs Haar streichen konnte.

»Ich hasse das hier«, sagte sie. »Warum gibt es andere Menschen auf der Welt?«

»Hier ist kein Mensch«, sagte er wieder. »Schau!«

Sie waren allein am Rande der Bucht. In der Ferne glitten ein paar Windsurfer über das Wasser. Ein Mann joggte am Strand entlang, doch er war weit weg von ihnen und lief in die andere Richtung.

»Wo willst du essen?«, fragte Simon. »Ich habe Sandwiches und Bier dabei.«

Jessa ließ den Blick von der Weite des Meers zu den umliegenden Wiesen schweifen.

»Ich will mitten auf der Wiese da drüben essen«, sagte sie. »Unter dem Ahorn.«

»Da drüben gibt es Picknicktische«, sagte er und ging darauf zu.

Sie rührte sich nicht vom Fleck.

»Ich will unter dem Baum essen«, wiederholte sie.

Er blieb stehen und sah sich nach ihr um.

»Komm«, sagte er und streckte die Hand aus.

Sie schüttelte lächelnd den Kopf.

»Du siehst aus wie eine Zehnjährige«, sagte er. »Ich wette, als Kind warst du die Hölle.«

»Ich bin jetzt noch die Hölle«, sagte sie.

»Nein, bist du nicht«, widersprach er, kam auf sie zu und flüsterte ihr ins Ohr. »Du gehörst mir.«

Sie presste ihren Hals an seinen heißen Mund.

»… in der Öffentlichkeit«, murmelte sie.

»Essen«, sagte er und löste seine Zunge von ihrem Ohr. »Komm.«

Er ging auf die Picknicktische zu. Sie wandte sich zur Wiese. Sie sah sich nicht um, lief einfach immer weiter auf den Baum in der Mitte der riesigen Wiese zu. Sie hatte das Gefühl, als würde die Welt still stehen – der Baum stand starr, das Gras bewegte sich nicht, alle Geräusche waren verstummt.

Als sie bei dem Baum ankam, hörte sie den Wind, sah, wie sich die Zweige bogen, spürte die Last in ihrem Herzen. Sie drehte sich nach Simon um.

Er kam auf sie zu, beobachtete sie, sein Schritt langsam und bedächtig.

Sie setzte sich ins Gras, lehnte sich zurück, stützte sich auf die Ellbogen und wartete auf ihn.

Dann stand er über ihr, ließ die Tasche mit dem Essen fallen. Er lächelte nicht.

»Setz dich neben mich«, sagte sie.

Er schob ihre Beine auseinander und stellte sich zwischen sie.

Dann kniete er zwischen ihren Beinen nieder, stützte sich mit den Armen rechts und links von ihr ab und beugte sich vor. »Ich werde dich verlieren«, sagte er.

»Wie solltest du mich verlieren?«, neckte ihn Jessa. »An einen anderen Liebhaber?«

»Tu mir das nicht an«, sagte Simon. »Ich kann dich mit niemandem teilen.«

»Ich weiß«, sagte Jessa und strich ihm über die Wange. »Aber du tust es. Ich habe eine Familie. Ich muss noch ein anderes Leben führen.«

Er sah sie an. Sie glaubte, er würde anfangen zu weinen, und lehnte sich vor, um ihn zu küssen. Als sie sich löste, sah sie, dass in seinen Augen Tränen standen.

»Eines Tages wirst du mich verlassen«, sagte er.

Sie schüttelte den Kopf. »Nein«, sagte sie. »Ich kann nicht.«

»Ich habe nie jemanden so sehr geliebt wie dich«, sagte er.

»Was ist mit Ruby?«, fragte sie.

»Nein«, sagte er.

»Erzähl mir von Ruby«, sagte sie.

Er rollte ins Gras. »Leg dich auf mich«, sagte er.

»Nicht hier, Simon«, sagte Jessa.

»Bitte! Leg dich nur auf mich.«

Sie drehte sich um und legte sich auf ihn. Ihr Körper passte sich seinem an und eine lange Zeit lagen sie da, ohne sich zu bewegen.

Schließlich rollte Jessa hinunter und sah, dass er weinte.

»Ich hatte einen Traum«, sagte er. Während er redete, liefen ihm die Tränen über die Wangen in die Haare. »Letzte Nacht habe ich geträumt, dass du mit einem anderen Mann schläfst. Und ich musste zuschauen. Ich konnte nicht gehen. Es gab keine Tür. Ich konnte mich nicht einmal verstecken. Ich musste dir zuschauen.«

Jessa legte die Hand auf seine Brust, auf sein Herz.

Sie schwiegen eine Weile, dann setzte er sich auf und nahm sie in die Arme.

»Ich bin so hungrig«, wisperte sie in sein Hemd. »Wenn du mich nicht bald fütterst, fange ich an, dein Fleisch zu essen.«

»Das tust du doch schon«, sagte er, küsste sie und wischte sich die Tränen aus dem Gesicht, während sie nach den Sandwiches griff.

Ruby bewegte sich von einer Pose in die nächste, als wäre sie im Wasser. Ihre Glieder flossen schwerelos dahin. Sie war nicht hübsch – ihre Nase war zu lang, ihre Augen zu groß –, aber Jessa konnte den Blick nicht von ihr lassen. Manchmal, wenn der Lehrer eine neue Pose anordnete, merkte sie, dass sie keinen Strich gezeichnet hatte, dass sie fünf Minuten lang in Gedanken über Rubys Körper versunken gewesen war.

»Ich studiere ihren Körper«, erklärte sie dem Lehrer einmal, als er vorbeikam und ihr leeres Blatt sah.

»Nein«, sagte er. »Es muss von hier kommen«, erklärte er ihr und legte seine Hand auf ihre Brust. »Nicht von hier.« Er berührte ihre Stirn und beide Stellen brannten danach.

Aber sie arbeitete nicht mit dem Kopf – sie dachte gar nichts –, sie nahm Ruby in sich auf, als wäre es zu viel auf einmal, sie anzusehen und zu zeichnen.

Als sie endlich anfing, tat sie es mit Wut, Seite um Seite füllte sich mit Ruby. Sie begann mit den Konturen ihres Körpers, dann füllte sie die Fläche, dann kam die Bewegung – selbst auf dem Papier war zu viel Energie.

»Gut«, sagte der Lehrer. »Du siehst etwas, das die anderen nicht sehen.« Er lächelte und berührte ihren Arm.

Einmal kam Jessa in die Klasse und Ruby war nicht da. Sie verbrachte zwei Stunden mit dem Versuch, eine wunderbare junge Frau, wohl gerundet und mit vollen Brüsten, zu zeichnen, doch ihre Versuche blieben flach und unansehnlich.

»Du siehst sie nicht«, stellte der Lehrer fest und Jessa nickte. Sie sah überhaupt nichts, außer dass Ruby abwesend war.

Als Ruby wiederkam, brachte sie einen Schal mit. Einen roten Seidenschal. Sie drapierte ihn um den Hals, über ihr Bein, sie knotete ihn in ihr Haar. Und dann schlang sie ihn um die Taille. Und Jessa zeichnete die geteilte Frau, und der Lehrer nahm ihr Bild mit nach vorne und zeigte es der ganzen Klasse.

»Seht euch das an«, sagte er. »Wer kann mir sagen, was Jessa hier gemacht hat?«

Leise murmelnd schauten sie hin.

»Sie hat Ruby gefesselt«, sagte jemand und alle lachten leise. Verlegen.

»Niemand kann Ruby fesseln«, sagte eine andere, männliche Stimme und wieder lachten alle unsicher.

Und da erkannte Jessa, was sie an Rubys nacktem Körper so gefangen nahm: Niemand kann Ruby fesseln. Ruby schwebt frei.

»Schaut euch das Rot des Schals an«, sagte der Lehrer, zeigte auf Jessas Bild und alle starrten es gebannt an. »Es ist ein roter Schnitt. Das ist kein Schal. Das ist der Strich des Künstlers. Ein blutroter Schnitt durch einen nackten Körper.«

»Ruby ist weggefahren. Komm vorbei!«

Jessas erster Gedanke war: Dann wird sie morgen nicht in der Kunstakademie sein. »Es ist Mitternacht«, flüsterte sie ins Telefon.

»Schläft deine Familie?«

»Ja.«

»Dann komm vorbei! Für eine Stunde.«

Jessa öffnete die Haustür und schloss sie ohne einen Laut, ließ das Auto die Einfahrt hinunter rollen, bevor sie den Motor anließ, fuhr ohne Musik, als fürchtete sie, beim geringsten Geräusch umzudrehen und nach Hause zurückzufahren, um sich neben ihrem Mann im Bett zu verstecken.

Als sie vor Simons Haus hielt, sah sie, dass ihr Skizzenbuch auf dem Beifahrersitz lag. Sie griff danach, klemmte es sich unter den Arm und nahm es mit ins Haus. Er hatte die Haustür nicht abgeschlossen, es brannte kein Licht, und sie suchte sich im Dunkeln den Weg ins Schlafzimmer, aus dem langsame Jazzmusik klang.

Er lag im Bett und wartete auf sie.

»Was ist das?«, fragte er.

»Ich habe mein Skizzenbuch mitgebracht«, sagte sie.

»Ich wette, das sagst du zu allen Männern.«

Sie zog die Decke zurück – er war nackt, hatte eine Erektion und sie lächelte ihn an.

»Ich zeige dir meine Skizzen«, sagte sie.

»Später«, sagte er.

»Nein«, sagte sie, von ihrer eigenen Dreistigkeit überrascht. »Jetzt.«

»Ich kann nicht warten«, sagte er und streckte die Hand nach ihr aus.

»Warte«, sagte sie. »Ich will, dass du mich noch mehr begehrst.«

»Das ist unmöglich«, sagte er. Sie stieß ihn aufs Bett zurück und setzte sich rittlings auf seine Brust.

»Ich schaue mir die Skizzen nur an, wenn die Künstlerin nackt ist«, sagte er lächelnd.

Jessa schüttelte den Kopf. »Das Modell ist nackt. Eine nackte Frau reicht.«

»Woher willst du das wissen?«, fragte er. »Küss mich!«

Wieder wollte er sie an sich ziehen, doch sie schlug seine Hand weg.

»Ich bin nicht sicher, ob mir das gefällt«, sagte er.

»Gut.«

Mit offenem Mund lag er keuchend da, unter ihr, seine Brust hob und senkte sich schwer.

Sie griff nach ihrem Skizzenbuch. Schlug die erste Seite auf. Ruby. Ihre Haare füllten das Blatt.

»Hübsch«, sagte Simon.

Jessa beobachtete ihn, wartete auf das Erkennen. Deine Frau. Aber er schaute ihre Zeichnung von einer Frau an – es konnte jede sein. Er weiß nicht, dass seine Frau Modell steht, dachte sie. Er weiß nicht, dass diese Frau seine Frau ist.

Jessa blätterte um.

Ruby, die Konturen ihres langen Körpers, als sie sich auf den Hocker stützt.

»Nicht schlecht«, sagte Simon.

Sie blätterte weiter. Ruby, auf einem Sessel sitzend, die Beine baumeln über der Lehne. Weiter. Ruby, zusammengerollt wie ein Ball. Ruby, einen Fuß auf dem Hocker, die Hände in die Taille gestemmt.

Jessa beobachtete Simon, während sie umblätterte. Er betrachtete die Bilder, nickte, sagte nichts. Sie kam zu der Zeichnung von Ruby mit dem roten Schal und hielt inne.

Er sah sie an. »Du bist gut«, sagte er. »Richtig gut.«

»Sie ist gut«, erklärte Jessa.

»Wer?«, fragte Simon.

»Das Modell«, sagte Jessa.

»Ist es immer dasselbe Modell?«, fragte Simon.

»Einmal war ein anderes da. Ich habe die Seiten rausgerissen.«

»Warum findest du das da so gut?«, fragte Simon.

»Gefällt sie dir?«, fragte Jessa. Deine Frau, dachte sie.

Simon warf einen Blick auf die Zeichnung. Er nickte. Dann schaute er Jessa an.

»Fühlst du dich zu ihr hingezogen?«, fragte er.

Jessa überlegte einen Augenblick. »Ich bin mir nicht sicher«, antwortete sie.

Simon lächelte. »Das gefällt mir.«

»Es gefällt dir, wenn ich mich zu einer Frau hingezogen fühle?«, fragte Jessa.

Er zog sie an sich und Jessa ließ es zu. »Wir könnten sie einladen«, flüsterte er ihr ins Ohr.

Jessa sah ihn an. Sie lächelte. »Vielleicht«, sagte sie.

»Würdest du mir erlauben zuzuschauen, wenn ihr euch liebt?«, fragte Simon.

»Vielleicht«, antwortete Jessa.

»Gefällt dir die Idee?«

Jessa nickte, dann schob sie ihr Skizzenbuch zur Seite und zog sich die Bluse aus. »Jetzt sollst du mich lieben«, sagte sie.

»Wenn ich dich liebe«, sagte Simon und zog sie hinunter, »gibt es nur dich auf der Welt.«

Jessa drehte sich um und zog Simon mit sich. Und sie liebte ihn mit dem Kopf auf Rubys Kissen, dem Duft von Rubys Parfum in der Nase, mit Rubys Namen auf den Lippen.

Als sie Stunden später nach Hause kam, brannte Licht.

Sie öffnete die Haustür, und da stand Rosie im Schlafanzug, den Stoffaffen in der Hand. Hinter ihr stand Roger, eine Hand auf Rosies Schulter.

»Wo warst du?«, fragte er. »Es ist drei Uhr morgens.«

»Was machst du denn hier, mein Herz?«, fragte Jessa Rosie, nahm sie auf den Arm und trug sie zurück in ihr Bett.

»Ich bin aufgewacht und konnte dich nicht finden«, sagte Rosie und vergrub ihren Kopf an Jessas Brust.

»Ich habe einen Spaziergang gemacht, mehr nicht. Ich konnte nicht schlafen und bin spazieren gegangen.«

»Ich hatte Angst«, sagte Rosie mit zittriger Stimme. »Ich habe Daddy aufgeweckt und wir haben dich überall gesucht.«

»Habt ihr auch im Kühlschrank geguckt?«, fragte Jessa. Rosie schaute sie überrascht an. Jessa legte sie sanft in ihr Bett und deckte sie zu. »Manchmal verstecke ich mich nämlich im Kühlschrank.«

Rosie lächelte, ein süßes, schelmisches Lächeln. »Hast du dich hinter der Erdnussbutter versteckt?«, fragte sie.

»Woher weißt du das?«, sagte Jessa. »Jetzt schlaf, meine Süße. Ich liebe dich.«

»Ich liebe dich auch, Mommy.«

Jessa küsste sie auf die Nase, den Mund, die Stirn. Rosie fielen die Augen zu, und Jessa schlich auf Zehenspitzen aus dem Zimmer.

Roger war nirgends zu sehen. Jessa schaute nach Lee, die schlief, dann noch einmal nach Rosie, die ebenfalls wieder fest eingeschlafen war.

Sie knipste alle Lichter aus und ging schließlich in ihr Schlafzimmer.

Roger lag mit dem Rücken zu ihr im Bett.

»Ich war spazieren«, sagte sie. »Ich konnte nicht schlafen.«

»Ich habe dich gehört«, murmelte er.

»War mit Rosie alles in Ordnung?«, fragte sie.

»Nein«, sagte Roger, »sie hatte Angst. Und dein Auto war nicht da.«

Jessa nickte. Sie zog sich aus und schlüpfte in ein altes Nachthemd. Als sie ins Bett stieg, kehrte Roger ihr wieder den Rücken zu.

Sie dachte an Rosie, an den Stoffaffen in ihrer Hand, daran, dass sie mitten in der Nacht ihre Mommy nicht finden konnte.

Jessa weinte, während Roger neben ihr lag und sich nicht bewegte.

Eines Nachts rief sie sehr spät bei Simon an – es war Mitternacht –, sie konnte nicht schlafen, und er blieb oft bis zwei oder drei auf und arbeitete, während Ruby schlief.

»Wie war deine Malstunde?«, fragte Simon.

»Gut. Glaube ich. Ich weiß eigentlich nicht, was ich tue.«

»Doch, das weißt du«, sagte er.

»Pst, ich höre jemanden.« Jessa stand auf und ging zur Tür. Sie hörte nichts.

»Willst du später noch mal anrufen?«, fragte er.

»Nein. Alle schlafen«, sagte sie.

»War das Modell da? Das du so magst?«

»Ja, sie war da.«

»Du lächelst. Ich höre es.«

»Du bringst mich zum Lächeln«, sagte Jessa.

»Erzähl mir von ihr«, bat Simon.

Jessa lehnte sich gegen die Wand in ihrem Arbeitszimmer. Das ist mein Zimmer, dachte sie und betrachtete die Regale, in denen ihre Bücher standen, keine Kinderbücher oder Sachbücher. Bücher über Kunst, die sie mochte – dunkel, abstrakt, kompliziert. Ein grüner Ledersessel, in dem nur sie sitzen durfte, ohne Kinder auf dem Schoß oder einen Mann an der Seite. Sie öffnete die Tür, ging hinaus und schloss die Tür hinter sich.

»Sie ist sehr groß«, sagte Jessa.

»Gut«, sagte Simon.

»Warum ist das gut?«

»Ich will nicht, dass sie so ist wie du. Sie soll das Gegenteil sein.«

Jessa lächelte und wanderte mit dem tragbaren Telefon in die Küche.

»Sie ist mein Gegenteil«, versicherte sie ihm.

»Ist sie blond?«, fragte er.

»Sehr.« Jessa goss sich ein Glas Wein ein und nippte daran.

»Wo bist du?«, fragte Simon.

»In meinem Arbeitszimmer«, schwindelte Jessa.

»Gut«, sagte Simon. »Ich will dich ganz für mich allein.«

Jessa nahm das Glas Wein und wanderte ins Wohnzimmer, hob Rosies Puppe auf, Lees Pullover.

»Du willst mich nicht mit dem Modell teilen?«, wisperte Jessa.

»Wie heißt sie?«, fragte Simon.

»Sie hat keinen Namen. Sie hat nur einen wunderschönen Körper«, sagte Jessa.

»Was hast du an?«, fragte Simon.

»Mein Nachthemd. Ein langes, blaues Nachthemd mit Spaghettiträgern.«

Jessa zog das Nachthemd enger um sich.

»Zieh es aus«, sagte Simon.

»Es ist kalt.«

»Ich wärme dich.«

Jessa trank von ihrem Wein und stellte das Glas auf den Beistelltisch, klemmte den Telefonhörer zwischen Ohr und Schulter ein. Sie hob Rosies Bücher vom Boden auf und legte sie auf den Tisch. Dann griff sie nach Lees Flanellhemd und hielt sich den rauen Stoff an die Wange.

»Bist du nackt?«, fragte er.

»Ja«, log sie.

»Setz dich in deinen grünen Ledersessel«, sagte er.

»Ich sitze«, sagte sie.

Sie faltete das Flanellhemd zusammen und legte es auf den Tisch. Sie griff nach einem leeren Teller, nach Rosies halb leerem Milchglas, brachte beides in die Küche und stellte die Sachen leise auf den Tresen. Morgen früh, dachte sie.

»Die Tür geht auf«, sagte Simon, »und das Modell steht da. Du siehst sie an und lächelst. Du sagst nichts. Sie kommt ins Zimmer. Sie trägt einen Morgenmantel aus Seide. Du schaust ihr zu, wie sie ihn öffnet und von den Schultern fallen lässt.«

Ruby würde keinen seidenen Morgenmantel tragen. Ruby trägt weiße BHs und Unterhosen aus Baumwolle. Aber nackt konnte Jessa sie sich vorstellen.

»Sie ist schön«, sagte Simon, »und sie fällt vor dir auf die Knie.«

Jessa glättete die Papiere auf Rosies Basteltisch, ordnete die Stifte, Pinsel und Farben. Sie nahm eine Zeichnung von einem Vogel in die Hand und befestigte sie mit einem Fischmagneten an der Kühlschranktür. Sie fuhr mit dem Finger über Rosies Unterschrift und lächelte. Erst gestern hatte sie Rosie gezeigt, wie Künstler ihre Arbeiten signieren, und da stand es: Rosie, so groß wie der Vogel.

»Sie legt ihre Hände auf deine Schenkel und du zitterst, nicht wegen der Kälte, sondern wegen der Hitze ihrer Hände, wegen der sanften Berührung ihrer Finger auf deiner Haut.«

Jessa ging ins Esszimmer, schob Stühle unter den Tisch, ordnete die Früchte aus Pappmaché, die in einer Schale mitten auf dem Tisch standen. Lee hatte die Früchte gemacht, als sie so alt war wie Rosie jetzt, und jahrelang Gästen nach dem Essen Obst aus dieser Schale angeboten. Rosies kleine Freundin, Teresa, hatte einmal in einen falschen Pfirsich gebissen und geweint. Der Pfirsich musste weggeworfen werden.

»Sie schiebt deine Beine auseinander, ganz sanft, und ihre Finger gleiten über die zarte Haut auf der Innenseite deiner Schenkel. Du bist bereits feucht, obwohl sie dein Geschlecht noch gar nicht berührt hat.«

Auf dem Boden lag Rosies Hula-Hoop-Reifen. Jessa trat hinein, hob ihn auf und wirbelte ihn um ihre Hüften. Als er klappernd zu Boden fiel, legte sie die Hand über die Sprechmuschel. Sie stellte den Reifen an die Hintertür. Morgen würde sie ihn in die Garage bringen.

»Du siehst auf und an der Tür stehe ich. Du wendest den Blick nicht von mir, während sie sich über deine geöffneten Beine beugt. Du schaust mich die ganze Zeit an. Als ihre Zunge dich leckt, öffnest du überrascht den Mund.«

Jessa ging zurück ins Wohnzimmer, griff nach ihrem Glas Wein und trank. Sie nahm es mit in Lees Zimmer. Lee lag quer im Bett, als hätte sie mit ihrer Decke gerungen, die wie immer auf dem Boden gelandet war. Sie trug ein altes T-Shirt von Roger und Boxershorts aus Flanell. Eine blaue Lavalampe leuchtete im Dunkeln. Jessa setzte sich an Lees Schreibtisch.

»Ich komme ins Zimmer. Das Modell lässt sich bei der Erforschung der Höhle nicht stören. Ich fahre mit den Fingern ihren Rücken entlang und du schaust mich unverwandt an. Ich vergrabe meine Hand in ihren blonden Haaren. Ich beuge mich hinunter und küsse ihren Hals, doch ich schaue nur dich an und du mich.«

Lees Tagebuch lag auf dem Schreibtisch. Normalerweise schloss sie es ab, versteckte es unter einem Stapel alter Jeans. Jessa legte die Hand auf das Tagebuch und Lee wurde unruhig, murmelte etwas im Schlaf, als hätte Jessa sie berührt. Jessa nahm die Hand weg. Als Lee klein war, konnte Jessa einen Dollarschein unter ihr Kopfkissen schieben und den herausgefallenen Zahn wegnehmen, während Lee schlief. Heute, mit vierzehn, schlief Lee, als wartete sie auf jemanden oder etwas.

Jessa stand auf, griff nach der Decke und deckte ihre Tochter zu. »Nein«, sagte Lee, machte selbst im Schlaf ein finsteres Gesicht und trat die Decke mit den Füßen weg, bis sie wieder auf dem Boden landete. Jessa verließ das Zimmer und zog die Tür hinter sich zu.

»Dein Ausdruck verändert sich – du bist dir nicht mehr sicher. Du weißt nicht, ob du den Mund dieser Frau in dir willst oder die Hände deines Geliebten in ihrem Haar. Ich sehe deinen verängstigten Blick und ziehe den Kopf des Modells zurück. Plötzlich ist deine Möse leer, und obwohl du sie so sehr willst, bekommst du sie nicht. Ich schlinge meine Arme um sie, nehme ihre Brüste in die Hände und schiebe sie vorwärts, auf dein Gesicht zu, deinen offenen Mund, und ich sage zu dir: Nimm sie! Und dein Mund schließt sich um ihre Brust.«

Jessa trank einen Schluck Wein und wanderte in Rosies Zimmer. Auf ihrem Schreibtisch leuchtete warm ihr Nachtlicht – sie hatten es letztes Jahr in Seattle gekauft, und Rosie liebte es mehr als alles andere in ihrem Zimmer. Es war ein Haus im Kolonialstil, blauweiß angemalt, und das Licht brannte im Innern des Hauses, so dass alle Fenster erleuchtet waren, als wäre die ganze Familie zu Hause. An manchen Abenden erzählte Rosie Jessa vor dem Schlafengehen, was jeder in seinem Zimmer gerade tat. Jessa las meistens ein Buch, Roger schaute Fernsehen, Lee telefonierte und Rosie spielte mit ihren Stofftieren. Gute Nacht alle zusammen, sang Rosie dann ihrem Nachtlicht vor.

»Gute Nacht alle zusammen«, flüsterte Jessa ihrer schlafenden Tochter ins Ohr und hielt die Hand über den Hörer. Rosie schlief mit acht oder neun Stofftieren, jedes hatte seinen angestammten Platz, und den Affen hielt sie im Arm. Jessa hob einen rosafarbenen Gorilla vom Fußboden auf und stopfte ihn unter die Decke neben den Affen. Rosie lächelte im Schlaf.

»Ich höre dich atmen«, sagte Simon. Jessa zog den Hörer von den tiefen Atemzügen ihrer Tochter weg.

»Und jetzt weißt du, was du willst. Dein Mund umschließt ihre Brust und du willst sie ganz. Du ziehst sie zu dir hinunter und küsst sie. Deine Scham hebt sich ihrer entgegen, zwei wunderbare Frauen, deren Brüste sich aneinander reiben, und sie gehört dir, sie ist dein Spielzeug, deine Geliebte für eine Nacht. Du kannst mit ihr tun, was du willst.«

Jessa schloss die Tür zu Rosies Zimmer und ging durch das Esszimmer in ihr eigenes Schlafzimmer. Dort war es dunkel. Roger lag auf der Seite und schlief, das Gesicht ihr zugewandt, die Decke bis zur Taille runtergeschoben. Er schlief nackt. Er sah aus, als hätte ihm jemand eine schwierige Frage gestellt, über deren Antwort er nachdachte. Was er wohl träumt, dachte Jessa. Von wem er wohl träumt? Sie setzte sich auf den Stuhl neben ihrer Kommode und beobachtete ihn, als wartete auch sie auf die Antwort.

»Ich sehe dir zu«, sagte Simon. »Ich sehe dir und deinem schönen Modell zu und warte, bis ihr erschöpft seid von euren Zungen, euren Händen und so viel wunderbarem Fleisch, und dann sage ich ihr, dass sie gehen soll, lege mich zu dir und du gehörst wieder mir.«

Jessa beobachtete, wie Rogers Brust sich langsam hob und senkte. Sie passte ihren Atem seinen Atemzügen an. Einatmen, ausatmen, einatmen, ausatmen. Sie dachte daran, dass sie nie einen Rhythmus fanden, wenn sie sich liebten, sich nie im Einklang bewegten. Sie saß auf dem Stuhl, atmete mit Roger, beobachtete ihn.

»Jessa«, sagte Simon.

Jessa wollte nicht antworten, wollte so nah bei Roger kein Geräusch machen.

»Hör mir zu«, sagte Simon. »Ich höre dich atmen. Ich will, dass du etwas für mich tust. Es ist sehr wichtig.«

Er hielt inne, und Jessa dachte: Einatmen, ausatmen, einatmen, ausatmen.

»Ich will, dass du mir ein Wochenende schenkst. Ein ganzes Wochenende. Ich weiß, dass das schwierig für dich ist. Aber ich will, dass du es für mich tust. Ich will ein Wochenende mit dir wegfahren. Nach Santa Barbara. Sag, dass du es tust.«

Jessa schloss die Augen. »Ja«, sagte sie.

9

»Wie sucht man sich eine Prostituierte aus?«, fragte Lee Zack.

»Du nimmst einfach eine, die dir gefällt«, sagte er.

»Und woher weiß ich, was mir gefällt?«, fragte sie.

Sie saßen in einem Straßencafé in Haight. An der Ecke stand eine Gruppe Huren. Lee und Zack kamen oft hierher, hingen rum, beobachteten die Huren, redeten über Dinge, die sie nie tun würden. Eine Prostituierte aussuchen.

»Gefällt dir die Schwarze?«, fragte er.

Lee musterte sie. Die Hure wusste, dass sie beobachtet wurde. Sie machten das so oft, dass die Huren ihnen manchmal sogar winkten. Wie süße kleine Mädchen wedelten sie mit den Fingern in der Luft herum. Zack behauptete, die Schwarze sei ein Mann, der gerne auf hochhackigen Schuhen herumwackelte, aber Lee fand, dass sie für einen Mann zu dünn war und zu schmale Hüften hatte. Sie glaubte, dass die Hure einfach noch jung war, so alt wie sie vielleicht, und das war irgendwie cool. Als könnte sie auch da stehen, in einem Push-up-Büstenhalter, mit einem weißen Lederminirock, statt hier mit ihrem Freund im Café zu sitzen und zu versuchen, ihn davon zu überzeugen, dass sie noch keinen Sex haben mussten.

»Ja, die Schwarze gefällt mir«, sagte Lee. »Vielleicht sollten wir uns die Schwarze aussuchen.«

»Nicht, wenn sie ein er ist«, sagte Zack.

»Ganz kapier ich das nicht«, sagte sie und beugte sich vor, wollte ihn dazu bringen, sie anzuschauen statt all die Titten und Ärsche auf der Straße. Manchmal hasse ich dieses Spiel, dachte sie. »Wieso müssen wir eigentlich mit einer Frau Sex haben? Warum können wir uns keinen Typen aussuchen?«

Zack beugte sich vor und legte einen Finger auf ihre Lippen. Sie nahm seinen Finger in den Mund und er bewegte ihn, presste ihn an die weiche Haut auf der Innenseite ihrer Wange. Sie machte ein Geräusch, es klang irgendwie seltsam, und er lächelte. Er machte gerne solche Sachen mit ihr, aber ihr gefiel das nicht besonders. Dann hatte sie immer das Gefühl, zu jung zu sein.

»Du hast meine Frage nicht beantwortet«, sagte Lee.

Er nahm den Finger weg und schaute wieder zu den Huren. Eine beugte sich in ein Auto und die Schwarze versetzte ihr einen Schlag auf den Hintern. Die Hure, die den Kopf in dem Auto hatte, legte einen Arm auf den Rücken und zeigte dem schwarzen Mädchen den Mittelfinger.

Das schwarze Mädchen schlug die Hände vors Gesicht und mimte Entsetzen. Dann wandte sie sich um, um zu schauen, ob Lee und Zack zusahen.

»Ich mag sie«, sagte Lee. »Nehmen wir sie.«

»Hast du es je mit einem Schwarzen getrieben?«, fragte Zack.

»Zack!«, sagte Lee und schlug ihm auf den Arm.

»Ach ja«, sagte er. »Meine kleine Jungfrau.«

»Ich bin nicht deine kleine Jungfrau«, erklärte sie. »Trinkst du deine Cola noch?«

Er schob sie ihr über den Tisch zu. Sie trank in langen Zügen.

»Also, warum muss es eine Frau sein?«, wiederholte sie.

Zack sah sie an und lächelte süß. Sie liebte sein Gesicht und jedesmal, wenn er sie ansah, wollte sie ihn küssen.

»Eine Frau kann dir zeigen, was du tun sollst. Sie kann dir zeigen, wie du mich richtig glücklich machst.«

Ich weiß gar nichts, dachte Lee. Sie konnte nicht glauben, dass sie einen Freund hatte, der alles wusste. Aber was er nicht wusste, war, dass sie noch ein paar Jahre über Sex reden wollte, dass sie es nicht tun wollte.

»Schau dir die Neue an«, sagte Zack, und beide betrachteten eine fette Hure in einem bauchfreien T-Shirt, die mit den anderen Frauen redete.

»Igitt«, sagte Lee. Eine Fettrolle quoll über die Stretchhose der Hure.

»Manche Männer mögen es, wenn sie dick sind«, sagte Zack. »Es gibt Magazine mit nackten, dicken Frauen und so.«

»Also, ich hoffe, du gehörst nicht dazu«, sagte Lee. Sie war dünn, mit kleinen Brüsten. Jeden Abend stand sie vor dem Spiegel und berührte ihre Brüste, so wie Zack es tun würde, und hoffte, bald bereit zu sein.

»Ich mag dich, Süße«, sagte Zack und strich ihr über die Wange. »Ich mag meine Freundin, so wie sie ist.«

Er legte die Hand in ihren Nacken und wollte sie an sich ziehen. Sie ließ zu, dass er sie küsste, einfach so, über den Tisch hinweg, mitten auf dem Bürgersteig. Sie hatte das Gefühl, zu viel Luft in der Brust zu haben, dachte, sie hätte ein Geräusch gemacht, doch als er sich von ihr löste und sie sich umsah, beachtete sie kein Mensch.

»Hast du es schon mal mit einer Hure gemacht?«, fragte sie. Sie wusste, dass er einen Haufen Freundinnen hatte, ältere Mädchen, die alles tun würden.

»Nein«, sagte er, holte sich seine Cola wieder und trank. Dann sah er sie an. »Ich habe auf dich gewartet.«

»Ich glaube, wir sollten auf die perfekte Prostituierte warten«, sagte Lee.

»Ja, wir werden es merken, wenn sie da ist«, sagte er.

Zeit zum Abendessen. Rosie und Lee legten ein Puzzle mit dem Bild der kleinen Meerjungfrau. Rosie liebte Puzzles, und das war das Einzige, was Lee mit ihr zusammen machen konnte, da waren sie Kumpel und amüsierten sich einfach. Rosie suchte die Teile, indem sie genau die Form studierte und dann den richtigen Platz dafür fand. Und sie war blitzschnell. Lee orientierte sich an Farben, Formen und Schattierungen. Rosie fing mit dem Rand an und legte von außen nach innen. Lee war eher ein Typ, der nur die Schwanzflosse oder nur Himmel legte und sich von Bild zu Bild hangelte. Sie arbeiteten umeinander herum, von innen nach außen oder saßen sich gegenüber. An manchen

Abenden vergaß Lee, ihre Hausaufgaben zu machen, weil sie so intensiv puzzelten.

Jessa sagte: »Deckst du bitte den Tisch, Lee«, und Lee antwortete: »Ich muss nur noch die Schwanzflosse der Meerjungfrau legen.«

»Deck den Tisch, Lee«, wiederholte Jessa.

»Ich hasse dich, Arielle«, sagte Lee zu der schwanzlosen Meerjungfrau.

»Miss Morris hat heute in der Schule gesagt, man darf nicht ›ich hasse dich‹ sagen«, sagte Rosie. Jessa nahm Rosie auf den Arm, trug sie zum Küchentisch und setzte sie auf ihren Stuhl. Rosie musterte das Essen.

»Das ist eine gute Regel«, sagte Jessa.

»Und wenn man jemanden hasst?«, fragte Lee.

»Lee«, sagte Jessa.

»Man soll niemanden hassen«, erklärte Rosie.

»Aber wenn ich es tue? Ich meine, manchmal hasst man eben einfach jemanden«, sagte Lee zu Rosie.

»Man muss es ihnen ja nicht sagen«, sagte Jessa. »Komm zum Essen, Lee!«

»Ich muss Arielles Schwanz fertig legen«, sagte Lee und fand ein Teil, das sie schon seit Tagen, Wochen, Monaten, eigentlich seit Jahren suchte.

»Bitte«, sagte Jessa.

»Ich glaube, man darf ›ich hasse dich‹ sagen«, sagte Roger. »Ich glaube, es ist gut für die Seele, wenn man ab und zu mal ›ich hasse dich‹ sagt.« Er schenkte Wein ein. Lee hatte angefangen, mit Zack Wein zu trinken, aber sie fand immer noch, dass er eklig schmeckte.

»Ich hasse Lasagne«, beschwerte sich Rosie.

»Ich sage es nicht noch einmal«, sagte Jessa und sagte es doch: »Komm zum Essen, Lee!«

Lee musste nur noch ein Teil finden. Und dann dachte sie an die Lasagne, ihr absolutes Lieblingsessen, und schwebte zu Tisch.

»Hast du schon die Blockhütten in den Sierras für nächsten Sommer reserviert«, fragte Roger.

»Nein«, antwortete Jessa. »Schmeckt euch die Lasagne?«

»Ich hasse sie«, sagte Rosie.

»Es sind Pilze drin«, sagte Roger.

»Schmeckt super, Mom«, sagte Lee, und Jessa sah sie nicht einmal an. Irgendetwas braute sich zusammen.

»Vielleicht gehen wir dieses Jahr gar nicht campen«, sagte Jessa und stocherte mit der Gabel in ihrer Lasagne herum.

Roger beobachtete sie. Das war nicht seine Gewohnheit. Doch jetzt sah Lee, wie er Jessa beobachtete, als versuche er zu hören, was sie nicht sagte.

»Ich mache die Lasagne nie wieder mit Pilzen«, sagte Jessa und schob ihren Teller zurück. »Es schmeckt scheußlich.«

»Ich mag es«, sagte Lee wieder.

»Kann ich Cornflakes haben?«, fragte Rosie.

»Wir können alle Cornflakes essen«, sagte Jessa, sprang auf und stellte Schüsseln und Schachteln auf den Tisch. Sie griff nach Lees Teller.

»Ich habe gesagt, ich mag die Lasagne«, rief Lee.

Jessa hob entschuldigend die Hände. »Tut mir Leid«, sagte sie. »Iss meine! Iss Rosies! Iss die ganze verdammte Lasagne auf!«

»Warum sollten wir dieses Jahr nicht in die Sierras fahren?«, fragte Roger.

»Willst du deine Lasagne noch?«, fragte Jessa ihn.

»Ja«, grollte er.

»Schön«, sagte Jessa und setzte sich wieder hin. Sie sah von Lee zu Roger, lächelte schief und zuckte die Achseln. »Der Auftrag. Ich kann nicht weg. Fahrt ihr. Mit Grace und Matt und den Jungs.«

»Wir sollen ohne dich fahren?«, fragte Roger langsam. Er hatte aufgehört zu essen. Ein schlechtes Zeichen. Lee wünschte, sie wäre Rosie und würde Cornflakes essen.

»Es ist eine gute Idee«, sagte Jessa, schüttete geschäftig Cornflakes und Milch in Schüsseln, schob halb volle Teller mit Lasagne beiseite. »Ich kann richtig arbeiten und ihr werdet euch prima amüsieren.«

Roger stand auf und ging weg.

»Roger«, rief Jessa unsicher. Dann schrie sie: »Roger, tu das nicht! Geh nicht einfach weg! Wir sind mitten beim gemeinsamen Essen.«

Er drehte sich auf halbem Weg zur Haustür um. »Gemeinsames Essen zählt. Gemeinsame Ferien zählen nicht. Wer macht hier eigentlich die verdammten Regeln?«

»Daddy hat ein schlimmes Wort gesagt«, sagte Rosie.

»Halt den Mund, Rosie«, fuhr Lee sie an.

»Du musst Rosie nicht sagen, dass sie den Mund halten soll«, sagte Jessa. »Sie hat nichts Falsches gesagt.«

»Ich hasse dich«, sagte Lee, schob ihren Teller zurück, sprang auf und stürmte aus dem Zimmer.

»Lee hat ›ich hasse dich‹ gesagt«, rief Rosie.

»Schsch«, beschwichtigte Jessa sie, und Lee knallte die Tür zu.

Irgendwann, mitten in der Nacht, hatte Lee einen Alptraum. Ihre Mutter hing in einem Baum, sie schwang sich wie ein exotischer Affe von Ast zu Ast, doch unter ihr war kein Land, es gab überhaupt keine Erde, und das Lachen ihrer Mutter war gewaltig, so gewaltig, dass der Baum sich schüttelte und der Himmel weiß wurde. Lee setzte sich auf und sah Blitze, hörte Donner weit in der Ferne.

Sie stieg aus dem Bett und öffnete das Fenster über ihrem Schreibtisch. Die Luft war warm, beinahe mild, was für eine kalifornische Nacht eher ungewöhnlich war. Es regnete nicht, doch es roch nach Regen, als wäre die Erde bereits durchnässt und schlammig.

Lee setzte sich vor das offene Fenster auf ihren Schreibtisch. Sie griff zum Telefon und rief Zack an – er hatte ein eigenes Telefon im Zimmer.

»Ja?« Er hob beim ersten Klingeln ab.

»Kannst du rauskommen?«, flüsterte Lee.

»Was?«

»Ich bin's. Lee. Ich bin aufgewacht, und draußen ist es wunderschön. Treffen wir uns auf dem Spielplatz?«

»Du bist verrückt, weißt du das?«

Sie lächelte. Ein riesiges Lächeln, wie das ihrer Mutter in ihrem Traum. »Ich weiß.«

»Jetzt?«

»Jetzt.«

Sie schlich die Treppe hinunter und aus dem Haus. Sie wusste, wie sie die Tür schließen musste, damit sie nicht quietschte, und wie sie offen blieb, und sie fühlte sich so cool wie ein Dieb, der sich nach einem hübschen Einbruch davonstahl. Nur hatte sie sich selbst gestohlen.

Sie lief die wenigen Blocks bis zum Spielplatz. Niemand war auf der Straße – so kannte sie die Gegend gar nicht. Eine Katze schlich an ihr vorbei und versteckte sich unter einem parkenden Auto. Sonst bewegte sich nichts und es waren fast keine Geräusche zu hören. Alle Häuser waren dunkel, am Straßenrand parkten Autos und die Straße war leer und unheimlich still. Es gefiel ihr. Sie war richtig aufgeregt, als wäre sie an einem Ort, an dem sie noch nie zuvor gewesen war.

Sie hörte Zacks Wagen und sah die Scheinwerfer von der anderen Straßenseite auf sich zu kommen. Und dann dachte sie: Vielleicht ist er es gar nicht. Und als der Wagen neben ihr hielt, war sie fest davon überzeugt, dass es ein Gewaltverbrecher war und sie sterben würde.

»Ich hab vergessen, mich anzuziehen«, sagte Zack und strahlte sie durch das heruntergekurbelte Fenster an.

»Das kann mich nicht erschrecken«, sagte sie. »Treffen wir uns bei der Schaukel!«

Sie drehte sich um und rannte in den Park zu den Schaukeln. Wenn er nun nackt ist, dachte sie. Wenn die Polizei kommt. Wenn wir miteinander schlafen.

Sie schaukelte. Schloss die Augen und stellte sich vor, wie ihre Haut durch die warme Luft schwang, wie ihr T-Shirt an ihre Brust, ihren Bauch gepresst wurde, spürte ihre nackten Beine. Sie dachte an Zacks Mund, an seinen Nacken, daran, wie gern er es hatte, wenn sie ihn in den Hals biss.

»Hallo, Kleine«, sagte er. Sie machte die Augen auf. Er trug Boxershorts, limonengrüne Boxershorts.

»Ist das dein Schlafanzug?«, fragte sie.

»Kommt darauf an, mit wem ich schlafe«, sagte er, und sie schwang höher und höher, ließ den Kopf in den Nacken fallen, die Haare hinter sich durch die Luft fliegen.

Dann wurde ihr schwindelig, sie machte die Augen auf, die Welt flog an ihr vorbei, sie sah seine Beine, seine nackte Brust, seinen Mund. Sie hielt die Schaukel an und rang nach Luft.

»Du siehst wild aus«, sagte er leise und lächelte.

»Ich bin wild«, sagte sie.

»Nein, bist du nicht«, widersprach er und kam auf sie zu. »Du hast Angst.«

Er legte seine Hände auf ihr Gesicht, beugte sich vor und presste seine Lippen auf ihren Mund.

»Ja«, sagte sie, als er sich von ihr löste und sie ansah. »Manchmal.«

»Wir müssen es nicht tun«, sagte er. »Noch nicht.«

»Ich will es«, sagte sie, obwohl sie gar nicht darüber nachgedacht hatte, nicht einmal in dem Augenblick, bevor sie es sagte. Aber jetzt war es die absolute Wahrheit.

»Hier?«, fragte er.

Sie schüttelte den Kopf, zuckte mit den Schultern. »Ich weiß nicht.«

»Hast du mich deswegen angerufen?«, fragte er. Er strich ihr über den Kopf, das Gesicht, den Hals.

»Nein«, sagte sie. »Keine Ahnung. Ich bin aufgewacht und wollte mit dir reden.«

»Komm schon«, sagte er und nahm ihre Hand. Sie hüpfte von der Schaukel und zusammen gingen sie zu den Bäumen.

»Ist dir nicht kalt?«, fragte sie.

Sie berührte seine Schulter. Seine Haut war warm. Sie ließ ihre Hand seinen Rücken hinuntergleiten.

»Nein«, sagte er. »Wir können ein bisschen laufen.«

Sie wanderten durch den Park, und als er seinen Arm um sie legte, kuschelte sie sich an ihn. Sie konnte ihn riechen, ihn spüren, und sie schmeckte seinen Kuss in ihrem Mund.

»Hast du das Gewitter gehört?«, fragte sie.

»Jetzt?«

»Nein. Bevor ich dich angerufen habe.«

»Ich habe geschlafen«, antwortete er. »Die ganze Welt schläft.«

»Vielleicht habe ich den Donner auch geträumt«, sagte sie. »Und die weißen Blitze. Der ganze Himmel hat geleuchtet.«

»Schöner Traum«, sagte er leise.

Sie war sich nicht sicher. Der Traum war schrecklich gewesen – ihre Mutter, die lachend an einem Baum hing – und der Donner kam später, nachdem sie aufgewacht war, und da war die ganze Welt warm und dunkel und aufregend. Die Nacht war viel weniger wirklich als ihr Traum – eine Nacht, in der sie einen Jungen anrufen und ihm sagen konnte, dass er sich hier im Park mit ihr treffen sollte. Eine Nacht, in der sie Liebe machen wollte.

»Wann hast du zum ersten Mal mit einem Mädchen geschlafen?«, fragte sie Zack. Sie konnte die Frage stellen, weil sie liefen und sich nicht ansahen.

»Noch nie«, sagte er. Sie schaute ihn an und er lächelte. Sie stieß ihn gegen die Brust. Er erwischte ihren Arm, verdrehte ihn auf ihren Rücken und presste sich an sie. Sie spürte die Hitze seiner nackten Brust durch ihr T-Shirt.

»Noch nie«, wiederholte er.

Sie blickte zu ihm auf. Sein Lächeln war ein bisschen ängstlich.

»Ich dachte –«

»Ich weiß«, sagte er. »Das solltest du denken.«

Sie legte den Kopf an seine Brust und atmete seinen Geruch ein. Dann flüsterte sie ihm ins Ohr: »Meine kleine Jungfrau.«

Er stieß sie zurück, sie wehrte sich, sie rangelten eine Weile kichernd, bis sie ins Gras fielen, sich küssten und heftig aneinander rieben.

Dann hielten sie keuchend inne, ganz plötzlich, das Gras war feucht unter ihnen. Sie hörten auf, weil alles so anders war – küssen war nicht mehr einfach küssen, ihre Brust in seiner Hand war mehr –, plötzlich war alles ein Vorspiel zum Sex. Und damit kannten sie sich nicht aus.

»Ich bin froh«, wisperte Lee, »dass du kein Supertyp bist.«

»Ich bin ein Supertyp«, flüsterte er. »Ein jungfräulicher Supertyp.«

»Ja«, sagte sie. »Ich auch.«

»Willst du nach Hause?«, fragte er.

»Ist das für dich in Ordnung?«

»Klar«, sagte er. Er küsste sie auf die Augen, und es war einfach ein Kuss, die zärtlichste Sache der Welt.

»Wer zuerst beim Auto ist«, sagte er, und sie sprangen auf und rasten los, sie jagte seinem limonengrünen Hintern durch die feuchte Wiese hinterher bis zum Auto.

Der Himmel leuchtete weiß.

»Siehst du?«, sagte sie und fasste nach seinem Arm, ehe er die Wagentür aufmachen konnte. »Es blitzt.«

Er sah sie an und lächelte. »Wenn du das sagst.«

Es war spät. Lee kapierte ihre Mathe-Hausaufgaben nicht und hatte es satt, an ihrem Schreibtisch zu sitzen und auf Zahlen zu starren. Sie ging zu ihrer Mutter, um sie um Hilfe zu bitten. Jessa stand im Schlafzimmer vorm Spiegel und zog gerade eine Bluse an, die sie sofort wieder auszog. Sie warf sie aufs Bett, auf dem bereits ein riesiger Stapel Röcke und Hosen und Oberteile lag.

»Wo willst du hin?«, fragte Lee und ließ sich aufs Bett fallen, sodass der Stapel umkippte.

»Ich hasse das«, murmelte Jessa und verschwand in ihrem Schrank.

»Was hasst du?«, rief Lee ihr nach.

»Nichts«, sagte Jessa. »Überhaupt nichts.«

»Schon gut«, sagte Lee, als Jessa mit einem Kleid wieder auftauchte, das sie liebte. Ein langes Seidenkleid mit einem Schlitz an der Seite. »Also, wo willst du hin?«

»Sieht das lächerlich aus?«, fragte Jessa, zog es an, schaute in den Spiegel und verzog das Gesicht.

»Kommt drauf an, wo du hin willst«, sagte Lee. »Bei einem Basketballspiel wäre es allerdings lächerlich.«

»Ich gehe aus«, sagte Jessa. »Zum Abendessen. Und ich hasse meine Kleider.«

»Wo ist Daddy?«, fragte Lee.

»Er ist noch in Los Angeles«, sagte Jessa und zog das Kleid über den Kopf, sodass Lee nicht alles verstehen konnte.

»Mir hat's gefallen«, erklärte Lee. »Mit wem gehst du weg?«

»Mit Grace und ein paar anderen Freundinnen. Nur zum Essen.«

Lee betrachtete den Haufen Kleider auf dem Bett und hüpfte voller Wonne noch einmal hinein. Sie rochen nach ihrer Mutter. Würzig. Nach Zitrone.

»Was hasst du?«, fragte Lee wieder.

Jessa sah sie an, als merke sie jetzt erst, dass sie da war. »Geh von den Sachen runter, Lee! Du zerknitterst alles.«

»Als ich reingekommen bin, hast du gesagt: ›Ich hasse das.‹«

»Ich hasse meine Kleider. Alle. Keins passt richtig.«

»Wieso nicht?« Lee liebte die Kleider ihrer Mutter. Sie waren witzig und verrückt und überhaupt nicht so wie die Kleider von anderen Müttern. Manchmal trug sie Westen oder Hosenträger wie ein Mann, nur mit einem engen T-Shirt darunter, damit man wusste, dass sie kein Mann war. Sie trug Sachen, die nicht zusammenpassten, aber an ihr sahen sie immer gut aus. Und sie war immer sie selbst, etwas, das Lee nicht verstand. Lee fand nie die richtigen Kleider. Sie sah immer aus wie jemand anders.

»Zieh deinen Lederrock an«, schlug Lee vor.

»Du bist ein Genie«, sagte Jessa und drückte ihr einen Kuss auf den Kopf. Sie verschwand wieder in dem begehbaren Schrank. »Was soll ich dazu anziehen?«, rief sie von innen.

Das kam Lee total verdreht vor. Ihre Mutter kannte sich mit solchen Sachen aus, nicht sie. »Das schwarze T-Shirt mit dem Reißverschluss vorne«, antwortete sie laut.

»Ist das nicht zu sexy?«, fragte Jessa, erschien wieder auf der Bildfläche und hielt sich die Sachen an.

Noch nie hatte ihre Mutter diese Frage gestellt.

»Wofür?«, fragte sie.

»Zum Essengehen, keine Ahnung. Ich muss einen anderen BH anziehen.« Und Jessa schlüpfte aus dem weißen BH, warf ihn auf den Haufen auf dem Bett und griff in die Schublade nach einem schwarzen.

»Warum?«, fragte Lee.

»Falls man durchsehen kann«, erklärte Jessa ihr. Lee trug zwar BHs, aber sie waren alle weiß, und sie hatte sich noch nie Gedanken darüber gemacht, ob ein schwarzes T-Shirt durchsichtig war.

»Weißt du, was Logarithmen sind?«, fragte Lee.

»Eine Rockgruppe vielleicht?«, fragte Jessa zurück.

Lee lächelte. »Ich frag Dad«, sagte sie.

»Geht es um Hausaufgaben?«, fragte Jessa. Sie hatte das T-Shirt angezogen – es steckte in dem beigefarbenen Lederrock –, und sie sah umwerfend aus. Sie lächelte in den Spiegel.

»Macht nichts«, sagte Lee. »Ist erst für Montag.«

»Morgen Abend ist er zu Hause«, sagte Jessa. »Mit Gürtel oder ohne?«

»Ohne«, sagte Lee. »Mom?«

Jessa schaute immer noch in den Spiegel und bürstete sich die Haare.

»Wie hast du dich in Daddy verliebt?«

Jessa beäugte Lees Spiegelbild, ohne mit dem Bürsten aufzuhören.

»Ich meine«, sagte Lee, »ich weiß, dass ihr euch auf dem College kennen gelernt habt. Du hast ein Referat gehalten und er fand dich cool, weil du dich nicht ans Thema gehalten hast.«

»Ich habe mich ans Thema gehalten«, widersprach Jessa. »Ich habe nur noch ein paar Sachen dazu erfunden.«

»Aber wie hast du dich in ihn verliebt? Ich meine, wie ist das passiert?«

Ihre Mutter beugte sich näher zum Spiegel und trug Eyeliner auf. Ihre Mutter benutzte fast nie Eyeliner. Nach einer Weile zuckte sie die Achseln.

»Ich mochte die Art, wie dein Vater Geschichten erzählte. Er redete so langsam und brauchte so lange, um eine Geschichte zu erzählen, dass ich mich in seinen Worten verlor.«

Sie drehte sich um und sah Lee an.

»Du hasst es, wenn Dad lange, langweilige Geschichten erzählt.«

Jessa lächelte in sich hinein, wandte sich wieder zum Spiegel und begann das andere Auge mit einem schwarzen Kohlestrich nachzuziehen.

»Du hast mich gefragt, wie es damals war«, sagte sie.

»Man verliebt sich nicht in jemanden, weil er langsam redet. Das ist nicht der Grund. Das ist verrückt.« Wütend stieß Lee einen Haufen Kleider von sich weg.

»Sich verlieben ist verrückt«, sagte ihre Mutter. »Ich hab dir schon mal gesagt, du sollst meine Sachen in Ruhe lassen, Lee.«

»Deine Kleider liegen überall herum«, sagte Lee.

»Ich weiß. Du musst es nicht noch schlimmer machen.«

Jessa griff nach einem Lippenstift und malte sich die Lippen rot.

»Das ist widerlich«, sagte Lee. »Jetzt siehst du aus wie eine Nutte.«

Sie rechnete damit, dass ihre Mutter sie beschimpfen würde, doch Jessa betrachtete sich im Spiegel, dann ging sie zum Waschbecken, drehte den Wasserhahn auf und begann sich so heftig das Gesicht zu schrubben, dass das Wasser überallhin spritzte, und als sie wieder aufsah, war ihr Gesicht mit roter und schwarzer Schminke verschmiert, und Lee dachte, sie würde weinen.

»Ich habe mich in deinen Vater verliebt, weil er so ein süßer Mann ist«, sagte Jessa ruhig. »Wenn man einundzwanzig ist und zum ersten Mal einen süßen Mann trifft, bleibt man bei ihm. Man denkt, mehr brauche ich nicht. Man denkt, das ist Liebe.«

»Dein Gesicht ist eine Katastrophe«, sagte Lee leise.

Jessa wusch sich das Gesicht noch einmal und Lee konnte nicht sehen, ob sie weinte. Als sie fertig war, war das Make-up verschwunden und ihr Gesicht war rosig und feucht.

»Du siehst gut aus, Mom«, sagte Lee.

Jessa schüttelte den Kopf.

»Versuch's mit einem anderen Lippenstift«, schlug Lee vor.«

Wieder schüttelte Jessa den Kopf. »Ich liebe deinen Vater«, erklärte sie Lee.

»Mom«, sagte Lee. »Ich wollte nicht wissen –«

»Und ich liebe Veränderungen«, sagte sie.

Lee schaute sie an und wusste, dass irgendetwas nicht stimmte. Jessa wandte schnell den Blick ab und griff nach dem langen Seidenkleid mit dem Schlitz.

»Wenn du willst, kannst du es haben«, sagte sie. »Es steht dir bestimmt gut.«

Lee ließ sie nicht aus den Augen.

»Wirklich«, beharrte Jessa. »Ich weiß, dass du es toll findest. Mir steht es nicht, aber für dich ist es genau richtig.«

»Nein«, sagte Lee. »Ich will es nicht.«

»Du bist sauer«, sagte Jessa.

»Wo gehst du hin?«, fragte Lee.

»Aus«, antwortete sie. »Essen. Habe ich dir doch gesagt.«

»Wenn ich mich verliebe«, erklärte Lee, und ihre Stimme klang düster und gemein, »ist es für immer. Es wird sich nicht verändern. Niemals.«

Lee schickte sich zum Gehen an, aber sie hörte ihre Mutter noch leise sagen: »Du wirst es besser machen. Gott, ich hoffe, du machst es besser«, und als Lee hinausging und die Tür hinter sich zuknallte, stand Rosie davor und starrte sie an.

Lee ging in die Hocke, und Rosie lief in ihre Arme, einfach so, und da wusste Lee, warum ihre Mutter Rosie so gern umarmte und warum es sich so gut anfühlte. Rosie war die Einzige, die von nichts eine Ahnung hatte.

Lee war noch wach, als Roger um kurz vor elf anrief und sagte, dass er am Flughafen war, eine frühere Maschine bekommen hatte und in einer halben Stunde zu Hause sein würde.

»Mom ist mit Grace ausgegangen«, sagte Lee und dachte an den Haufen Kleider auf dem Bett ihrer Mutter, überlegte, ob sie wohl noch da lagen. Sie trug das lange Seidenkleid mit dem Schlitz an der Seite – und ihre Mutter hatte Recht, es passte ihr. In diesem Kleid war sie eine schöne, junge Frau, und am liebsten würde sie es jeden Tag für den Rest ihres Lebens anziehen.

»Oh«, sagte er, »gut.«

»Sie kommt bald nach Hause«, sagte Lee.

»Wie geht's dir und Rosie?«, fragte er.

»Ich krieg meine Mathe-Hausaufgaben nicht hin«, sagte sie. »Logarithmen.«

»Ich esse für mein Leben gern Logarithmen zum Frühstück«, sagte er.

»Vielleicht sollten wir frühstücken, wenn du nach Hause kommst«, schlug sie vor.

»Warte nicht auf mich, mein Herzblatt«, sagte er. »Es ist schon spät.«

»Ich kann nicht schlafen«, sagte sie, obwohl sie es noch gar nicht versucht hatte.

»Wirf die Logarithmen in die Mikrowelle und deck den Tisch«, sagte er und sie legten auf.

Lee ging ins Schlafzimmer ihrer Eltern. Jessas Kleider lagen immer noch auf dem Bett verstreut. Das Fenster war offen, und der Wind fuhr durch die leichten Stoffe, bewegte sie, als würde ihre Mutter gerade darin herumwühlen. Sie ging zum Fenster, doch bevor sie es schloss, sah sie hinaus.

Auf einem Auto auf der gegenüberliegenden Straßenseite saß eine Katze – sie schien zu ihr hinaufzusehen. Sie dachte an die Nacht, in der sie sich heimlich aus dem Haus geschlichen hatte. Die Straßen hatten mitten in der Nacht so anders ausgesehen, dass sie geglaubt hatte, sie wäre auf einem fremden Planeten gelandet. Sie dachte daran, wie sie sich fühlte, wenn sie Zack küsste. Weit weg von allem. Sie dachte an Entfernungen, daran, wie es wäre, irgendwo, tausend Meilen von zu Hause weg zu sein.

Und dann hielt ein Auto vor dem Haus. Ein Wagen, den sie nicht kannte. Ein Mann saß am Steuer – Lee konnte im Licht der Straßenlaterne seinen Bart erkennen, und dann sah sie, wie eine Frau sich vorbeugte, ihn am Bart zu sich zog und ihn küsste. Sie hörten nicht auf, sich zu küssen, und Lee beobachtete sie, konnte sich nicht bewegen, hatte das Gefühl, dass sie sich nie wieder bewegen konnte und dass die beiden nie aufhören würden, sich zu küssen. Aber nach einer Weile löste sich die Frau und sah zu dem Mann auf, das Licht fing sich in ihrem Gesicht und Lee sah, dass es ihre Mutter war.

Sie knallte das Fenster zu. Aus weiter Ferne drang das Geräusch zu ihr und sie sah, wie ihre Mutter den Kopf hob, sie anschaute, wie ihr schönes Gesicht sich zu einer schrecklichen Fratze verzerrte, die ihr Angst machte.

Dann spürte sie Furcht, heiß und ganz nah. Sie dachte, das ertrage ich nicht. Ich sterbe.

Sie lief aus dem Zimmer, die Treppe hinunter und aus der Hintertür. Sie hörte noch, wie ihre Mutter die Haustür aufschloss und rief: »Lee, warte!«, doch sie konnte nicht stehen bleiben, wollte nicht, sie rannte durch den Garten, raffte das lange Kleid, um über den Zaun zu klettern, und stolperte auf das Gelände der Kirche, hörte nicht auf zu rennen, und während sie lief, wurde die Angst in ihr immer kleiner und härter.

Wieder dachte sie daran, wie es wäre, weit weg zu sein, und diesmal war sie weit weg, schwebte irgendwie über ihrem Körper, beobachtete das Mädchen in dem wunderschönen langen Kleid seiner Mutter, das spätabends durch die Straßen der Stadt rannte.

Sie lief in Richtung Haight und wurde endlich langsamer. Sie ging weiter, versuchte, wieder zu Atem zu kommen, dachte, gut, jetzt bist da angekommen, wo du wie jede andere aussiehst, einfach eine Verrückte mehr, die in einem langen Seidenkleid und Turnschuhen einen Spaziergang macht. Sie ging auf das Café zu, in dem sie und Zack immer rumhingen, und dachte, ich werde Zack anrufen. Zack wird kommen und mich holen.

Vor dem Café an der Ecke stand die schwarze Hure, die sie immer beobachteten. Sie trug einen Minirock aus Polyester, ein rotes ärmelloses Hemd und Pumps. Ihr Schädel war bis auf wenige Millimeter Haare rasiert. Als sie sich umdrehte und Lee sah, erhellte sich ihr Gesicht, als hätte sie auf Lee gewartet.

»Bist du also doch noch gekommen, um mich zu holen, Herzblatt«, sagte die Hure. Lee lächelte. Mein Vater nennt mich Herzblatt. Ich bin das Herzblatt dieser Hure.

Sie blieb direkt vor der Hure stehen und da sah sie, dass der rosafarbene Lippenstift, der sich leuchtend von der blauschwarzen Haut abhob, über die Konturen der Lippen hinaus gemalt war. Plötzlich wirkte sie eher wie ein Clown, wie verkleidet. Lee starrte sie an und die Hure legte den Kopf schief.

»Du siehst heute Abend ja richtig sexy aus«, säuselte die Hure.

Ist das zu sexy? hatte ihre Mutter gefragt. Ich hasse meine Kleider, hatte sie gesagt. Hier, du kannst es haben, und ihr das Kleid gegeben, das sie immer so geliebt hatte. Ihr Kleid.

»Ich hasse dich«, sagte Lee.

Die Hure schenkte ihr ein grellrosa Lächeln.

»Und ich habe die ganze Zeit gedacht, du und dein Freund, ihr schaut mich an, weil ihr euch überlegt, wie nett wir es zusammen haben könnten.« Sie fuhr sich mit der Zunge über die Lippen.

»Du bist widerlich«, sagte Lee. Gleich schlägt sie mich, dachte sie. Sie wird mir die Augen auskratzen.

»Du bist wirklich ein Herzblatt! Pass mal auf, ich hab was für dich«, sagte die Hure und ein Grinsen breitete sich auf ihrem Gesicht aus.

Sie griff mit beiden Händen den Saum ihres türkisfarbenen Rockes und rollte ihn in einem Wulst bis zur Taille hoch. Dann lehnte sie sich zurück und Lee sah ihren Penis, einen riesigen, schwarzen Penis, der direkt auf sie zeigte. Sie starrte den Penis an und die Angst kehrte zurück, traf sie wie eine Flamme. Lee versetzte der Hure einen harten Schlag und begann zu rennen.

Sie floh, raste die ganzen achtzehn Blocks zurück, so wie sie gekommen war. Zu Hause stand der Wagen ihres Vaters in der Einfahrt, und im Schlafzimmer ihrer Eltern brannte Licht. Sie hatte keinen Schlüssel.

Einen Augenblick blieb sie vor der Haustür stehen und rang um Atem. Dann klingelte sie.

Als Lee den Schatten ihres Vaters die Treppe herunterkommen sah, fing sie endlich an zu weinen. Er öffnete die Tür, und sie fiel in seine Arme. Er hielt sie fest und sie weinte. Er sagte kein Wort, hielt sie einfach nur fest.

Als die Tränen versiegten, hob er ihren Kopf.

»Was ist passiert?«, fragte er, und oben, auf dem Treppenabsatz, sah Lee ihre Mutter stehen. Sie trug den Lederrock und das schwarze T-Shirt und beobachtete sie.

»Ich hatte Angst«, sagte Lee, trat zurück und ging an

ihrem Vater vorbei, die Treppe hinauf, auf ihre Mutter zu. »Ich bin spazieren gegangen und einem Exhibitionisten begegnet. Das ist alles.«

»Was? Was ist passiert?«, rief Roger ihr nach.

»Nichts. Ich hab mich erschrocken. Weiter nichts.«

»Du bist um halb zwölf in der Nacht spazieren gegangen?«

Lee ging an ihrer Mutter vorbei. Vor der Tür zu ihrem Zimmer blieb sie stehen und schaute die Treppe hinunter zu ihrem Vater. Er sah sie an, und sie spürte den Blick ihrer Mutter in ihrem Rücken.

»Dad?«

»Ja?« Er sah besorgt aus, verängstigt, sein Gesicht vor Schmerz verzerrt.

»Ich liebe dich«, sagte sie.

Ihre Mutter kam einen Schritt auf sie zu und streckte die Hand aus – als sie Lee am Ellbogen berührte, zog Lee den Arm zurück.

»Ich liebe dich auch, mein Herzblatt«, sagte er.

Lee öffnete die Tür zu ihrem Zimmer, ging hinein und schloss die Tür hinter sich. Sie lehnte sich gegen die Tür. Sie bückte sich und ergriff die beiden Seiten des Schlitzes am Saum. Sie begann zu ziehen, bis sie hörte, wie der Stoff riss, und hörte erst auf, als sie das Kleid bis zum Hals aufgerissen hatte.

Später, in den frühen Morgenstunden, spürte Lee, wie sich jemand auf ihr Bett setzte und ihre Mutter die Hand auf ihr Haar legte. Jessa strich ihr über den Kopf. Lee wehrte sich nicht, tat, als schliefe sie.

Als Lee schließlich die Augen öffnete, sagte Jessa: »Ich will mit dir reden.«

»Nein«, sagte Lee.

»Ich will dir helfen, es zu verstehen«, sagte Jessa. Ihre Stimme klang ganz weich und Lee sah sie an, dann schloss sie wieder die Augen. »Ich will es nicht verstehen«, sagte sie.

»Bitte, Lee«, hörte sie ihre Mutter sagen.

»Nein«, wiederholte Lee. »Sag keinen Ton mehr!«

Lee spürte, wie ihre Mutter aufstand. Sie musste noch eine Weile an ihrem Bett stehen geblieben sein, doch Lee machte die Augen nicht auf. Sie hörte Jessa flüstern: »Es tut mir Leid.« Lee drehte sich zur Wand. Sie hörte nicht, ob Jessa das Zimmer verließ, und irgendwann schlief sie ein. Als der Wecker klingelte und sie sich vorbeugte, um ihn auszustellen, sah sie ihre Mutter am Fußende ihres Bettes auf dem Boden sitzen. Sie lag mit dem Kopf und den Schultern auf dem Bett und schlief tief.

»Mom«, sagte Lee und Jessa wurde unruhig.

»Es ist Morgen«, sagte Lee. »Raus aus den Federn und ohne zu zetern«, weckte Lee sie, so wie Jessa sie bis zu diesem Tag jeden Morgen ihres Lebens geweckt hatte.

10

Jessa konnte Ruby nicht zeichnen. Ihr tat jeder Knochen weh. Sie hatte die Nacht auf dem Fußboden im Zimmer ihrer Tochter verbracht und so tief geschlafen wie das ganze Jahr nicht. Als könnte nur der harte Boden ihr Ruhe bringen. Immer wieder fegte sie mit der Zeichenkohle über das Papier – Ruby bestand nur aus Kurven, und sie brachte nichts als gerade Linien zustande. Als der Lehrer vorbeikam und es sah, sagte er nur: »Geh es langsamer an.«

Als Ruby die letzte Pose einnahm – sie räkelte sich auf dem Stuhl und ihre Haare fielen über die Lehne, blond auf schwarz –, dachte Jessa: Jetzt kriege ich es hin. Doch der Lehrer sagte: »Schluss für heute«, ehe Jessa auch nur einen Strich aufs Papier gebracht hatte.

Und während die anderen Studenten anfingen, ihre Sachen wegzuräumen, die Jacken anzogen, Rucksäcke schulterten, rührte Jessa sich nicht von der Stelle. Sie beobachtete, wie Ruby sich auf dem Stuhl umdrehte, die Beine anzog und zum Lehrer schaute. Er ging zu ihr und gab ihr eine Zigarette. Ruby raucht! Simon hasste das Rauchen, wechselte jedesmal das Hotelzimmer, wenn er den Rauch des vorigen Gastes roch. Seine Frau raucht, dachte Jessa.

Ruby saß auf dem Stuhl und rauchte ihre Zigarette, und der Lehrer packte seinen Rucksack, warf ihn über die Schulter, beugte sich vor, küsste sie auf die Wange und ging zur Tür. Alle Studenten brachen auf, und Jessa stand immer noch da.

Ruby sah auf, merkte, dass Jessa sie beobachtete, zuckte die Achseln, lachte und sagte: »Ich sollte mich wohl langsam anziehen, oder?« Ihre Stimme war tief und leise, eine Schlafzimmerstimme.

»Fällt Ihnen das leicht?«, fragte Jessa und ging durch den Raum auf Ruby zu. »Nackt zu posieren, meine ich.«

Ruby nickte. »Manchmal vergesse ich, ob ich etwas anhabe oder nicht. Einmal bin ich splitternackt hier rausgelaufen. Auf dem Flur hat es mir zum Glück jemand gesagt, sonst wäre ich glatt so auf die Straße gegangen.« Sie streckte die Hand aus. »Ich heiße Ruby.«

Jessa schüttelte ihre Hand. »Jessa«, sagte sie.

»Sie kommen mir bekannt vor«, sagte Ruby.

»Ja?« Jessa zuckte die Achseln. »Ich habe ein Allerweltsgesicht.«

»Überhaupt nicht«, sagte Ruby. »Sie sollten als Modell arbeiten.«

»Das könnte ich nicht«, sagte Jessa.

»Warum nicht?« Ruby musterte sie interessiert.

Wieder zuckte Jessa mit den Schultern. »Ich kann mir nicht vorstellen, hier vor dreißig Leuten zu sitzen und meinen Körper zur Schau zu stellen.«

»Sie müssen Geheimnisse haben«, sagte Ruby und zwinkerte. »Sie Glückliche.«

Sie stand auf, streckte sich und schien Jessa mit ihrem langen Körper um Kilometer zu überragen. Simon schläft mit dieser großen Frau, dachte Jessa. So viel Arme und Beine.

»Könnten Sie mir helfen?«, bat Ruby und schlüpfte in ein T-Shirt, das auf dem Rücken zugebunden wurde. »Ich schaffe das nie allein.« Sie trat einen Schritt auf Jessa zu und reichte ihr die Bänder. Jessa nahm sie und versuchte eine Schleife zu binden. Sie merkte, dass ihre Hände zitterten. Sie roch Rubys Parfum. Tresor.

»Heute Morgen hat mein Mann mich geschnürt und einen so festen Knoten gemacht, dass ich dachte, ich müsste in diesem verdammten Ding Modell sitzen. Freud lässt grüßen, wie? Mann schnürt seine Frau so fest, dass sie sich nicht ausziehen kann.«

»Mag er nicht, wenn Sie Modell stehen?«, fragte Jessa. Sie band die Schleife fertig, ließ aber nicht los, weil sie nicht wollte, dass Ruby sich umdrehte.

»Er weiß es gar nicht. Ich habe so meine Geheimnisse. Hey, danke.« Sie wirbelte herum und schenkte Jessa ein Lächeln.

»Gern geschehen.«

»Mögen Sie einen Kaffee? Ich brauche einen Espresso, bevor ich zur Arbeit gehe. Und wollen wir uns nicht überhaupt duzen?«

»Beides sehr gern«, sagte Jessa.

»Mir nach«, sagte Ruby, zog ihre Hose hoch, schlüpfte in ihre Schuhe, griff nach ihrer Tasche und eilte zur Tür – alles in einer einzigen wilden Bewegung.

Jessa folgte ihr. Ruby zog sich beim Laufen an, machte den Gürtel zu, schlang die Haare im Nacken zu einer Art Knoten.

»Ich hab's satt, auf einem Fleck zu sitzen«, erklärte Ruby, stieß die Tür auf und ging voraus auf die Straße. Es regnete. Die beiden Frauen rannten auf ein Café am Ende der Straße zu. Ruby hielt sich beim Laufen an Jessas Ellbogen fest. Simon hält mich so, dachte Jessa.

Sie betraten das Café und schüttelten sich lachend, als hätten sie bereits ein Abenteuer zusammen erlebt: im Regen über die Straße rennen.

»Warum erzählst du es deinem Mann nicht?«, fragte Jessa. »Ich meine, dass du Modell stehst?«

»Such uns einen Tisch«, sagte Ruby. »Ich hole den Kaffee.«

Sie lächelte, als machte es mehr Spaß, es nicht zu erzählen. Auf dem Weg zur Theke drehte sie sich um. »Was möchtest du? Milchkaffee?«

»Bitte«, sagte Jessa. Simon hätte es gewusst. Er hätte einen Milchkaffee für sie bestellt. Seine Frau trinkt Espresso, dachte Jessa. Mein Liebhaber geht jeden Abend mit dieser schönen Frau ins Bett.

»Und wer bist du?«, sagte Ruby hinter ihr und stellte über Jessas Kopf hinweg die Getränke auf den Tisch. Dann ließ sie sich auf einen Stuhl neben Jessa fallen; ihre Anmut war wie weggeblasen, sie war einfach eine große Frau, die sich zu schnell bewegte.

»Erzähl mir, warum du es deinem Mann nicht sagst«, wiederholte Jessa ihre Frage.

»Ach das. Wer weiß. Ich glaube, es gibt mir einen Kick. Etwas, das nur mir gehört. Er will zu viel. Er will alles von mir. Ich kann so nicht leben. Das Modellstehen gibt mir Raum zum Atmen.«

Er will zu viel. Er will alles von mir.

»Und du, große Künstlerin?«, fragte Ruby und beugte sich vor. »Was ist dein Geheimnis?«

»Ich weiß nicht«, sagte Jessa verstört. Sie griff nach ihrem Milchkaffee, doch ihre Hand zitterte, sodass sie die Tasse wieder auf den Tisch stellte.

»Keine Geständnisse«, sagte Ruby. »Ich weiß, dass du nicht zu denen gehörst, die sich gerne zur Schau stellen. Im Gegensatz zu mir.«

»Liebst du ihn?«, fragte Jessa.

»Wen?«

»Deinen Mann.«

»Ja. Nein. Kommt darauf an, was für ein Tag es ist. Was für eine Stunde. Bist du verheiratet?«

»Ja. Aber ich liebe einen anderen Mann.« Jessa rutschte vom Tisch ab. Sie wollte Ruby nicht so nah sein. Simon will zu viel von ihr. Er will alles von ihr.

»Bingo. Wir haben doch ein Geheimnis.«

»Ich muss zur Arbeit«, sagte Jessa und stieß beim Aufstehen beinahe ihren Stuhl um. »Ich bin schon spät dran.«

»Hey, ich wollte nicht neugierig sein. Nur freundlich. Ist das schlimm?«

»Nein, schon in Ordnung. Keine Ahnung, warum ich das gesagt habe. Zu einer Fremden.«

»Ich bin keine Fremde. Du guckst dir jetzt seit Wochen meinen nackten Körper an.«

»Tut mir Leid«, sagte Jessa.

Ruby strecke die Hand aus und legte sie auf Jessas. »Hör zu! Manchmal ist es leichter, mit einem Fremden zu reden. Komm doch irgendwann mal bei mir vorbei, und wir erzählen uns bei einer Flasche Wein all unsere Geheimnisse.«

»Warum nicht«, sagte Jessa lächelnd und dachte: Ich muss gehen, ich werde nie wieder in die Kunstakademie gehen, ich will diese Frau nie wiedersehen. »Das wäre nett.« Sie griff in ihre Tasche und gab Ruby ihre Karte und sagte: »Ruf mich an!«

»Mach ich«, sagte Ruby.

Jessa rannte, zwei Stufen auf einmal nehmend, die Treppe zu ihrem Büro hinauf. Sie lächelte, dachte: Jetzt habe ich ein Geheimnis vor Simon. Und sie war entzückt darüber, als verändere das die Dinge ein wenig. Raum zum Atmen, dachte Jessa. Vielleicht brauche ich Raum zum Atmen.

Sie flog an der Empfangsdame vorbei, die ihr hinterherrief: »In Ihrem Büro wartet Besuch auf Sie. Und zehn oder zwanzig Nachrichten von Fran, die schon den ganzen Vormittag sehnsüchtig auf Sie wartet.«

Jessa zuckte nur die Achseln und rannte den Flur entlang. Die Tür zu ihrem Büro stand offen. Grace saß mit finsterem Gesicht hinter ihrem Schreibtisch.

»Mist«, sagte Jessa und setzte sich in den Stuhl gegenüber. »Ich hab's vergessen.«

»Ich habe extra meine Stunden getauscht, damit ich mit dir zum Mittagessen gehen kann.« Graces Stimme klang gepresst und kalt.

»Du wirst nicht glauben, was passiert ist«, sagte Jessa mit drängender Stimme und gerötetem Gesicht. Sie konnte ihre Aufregung nicht verbergen, zu sehr erregte sie ihr Geheimnis, ihr Treffen mit Ruby.

»Es ist mir egal, was passiert ist«, sagte Grace. »Ich habe eine Vertretung organisiert und bin extra aus der Schule hierhergekommen, weil du mich heute Morgen um acht angerufen hast, um mir zu sagen, dass du in Schwierigkeiten bist und mit mir reden musst.«

»Hör einfach zu –«

»Nein, ich will nicht zuhören! Ich hab's satt zuzuhören. Du hast zum dreitausendsten Mal mit ihm gevögelt und willst mir alles darüber erzählen.«

»Nein, ich habe mir seiner Frau Kaffee getrunken –«

Grace stand auf und griff nach ihrem Mantel.

»Nicht«, sagte Jessa. »Geh nicht. Sei nicht sauer.«

»Warum nicht? Nenn mir einen guten Grund.«

Es klopfte und beide blickten zur Tür. Eine kleine Frau mit roten, drahtigen Haaren stand da.

»Jessa«, sagte sie. »Tut mir Leid, wenn ich euch unterbreche.« Sie sah nicht so aus, als täte es ihr Leid.

»Kein Problem«, sagte Jessa und erhob sich. »Fran, das ist Grace, meine beste Freundin. Meine frühere beste Freundin, weil ich sie zum Mittagessen versetzt habe. Grace, das ist Fran, meine Chefin.«

»Deine frühere Chefin«, sagte Fran.

»Was?«, fragte Jessa.

»Könntest du bitte in mein Büro kommen, wenn du das Chaos in deinem Privatleben wieder im Griff hast. Wir müssen morgen den Anatomietext fertig haben, und du schuldest mir noch dreiundsechzig Zeichnungen. War nett, Sie kennen gelernt zu haben, Grace. Tut mir Leid, dass Sie Zeuge dieser Szene werden mussten, aber zur Zeit ist es schwer, Jessa in ihrem Büro anzutreffen. Ich wollte die Gelegenheit nicht verpassen.«

Fran verschwand. Sprachlos und wie angewurzelt standen Jessa und Grace da. Beide starrten auf den leeren Fleck an der Tür.

Schließlich sagte Grace: »Sind das die Schwierigkeiten, die du vorausgesehen hast?«, fragte sie leise.

Jessa schüttelte den Kopf.

»Willst du es mir erzählen, Jessa?«

Jessa sank auf ihren Stuhl. Wieder schüttelte sie den Kopf.

»Geh wieder in die Schule! Das mit dem Mittagessen tut mir Leid.«

»Jessa«, sagte Grace und ging zu ihr.

»Sie wird mich nicht rausschmeißen. Die meisten Zeichnungen habe ich fertig. Ich werde sie überreden, mir noch eine Woche Zeit zu geben. Meine Arbeit ist besser geworden. Der Zeichenkurs hilft mir. Ich habe einfach nicht genug Zeit.« Jessa verstummte und sah zu Grace auf. »Meine Tochter weiß es«, sagte sie und fing endlich an zu weinen.

Stunden später saß Jessa an ihrem Schreibtisch und beendete eine Zeichnung des Intestinaltrakts. Sie hatte Roger angerufen und ihn gebeten, Rosie abzuholen, mit den Mädchen essen zu gehen und sie ins Bett zu bringen. Irgendwann im nächsten Jahrhundert, wenn sie mit ihrer Arbeit fertig war, würde sie wieder nach Hause kommen.

Sie hatte ihren Job gerettet, sagte sie ihm. Vielleicht. Als er fragte, was geschehen war, sagte sie: »Ich habe Mist gebaut. Irgendwie hat meine Chefin es gemerkt.«

»Da ist sie nicht die Einzige«, hatte Roger gesagt.

»Das brauche ich jetzt nicht, Roger«, hatte Jessa geantwortet. »Heb's dir einfach für einen anderen Tag auf.«

Als sie mit dem Intestinaltrakt fertig war und mit der Gallenblase anfangen wollte, klingelte das Telefon.

»Hallo«, bellte sie in den Hörer.

»Vielleicht rufe ich lieber ein anderes Mal an«, sagte Simon sanft.

»Nein«, sagte Jessa, lehnte sich zurück und ließ den Kopf an die Lehne fallen. Der Nacken tat ihr weh, die Schultern schmerzten. »Rede mit mir!«

»Was ist los, mein süßes Mädchen?«

Nennt er seine Frau auch »mein süßes Mädchen«?

»Ich bin beinahe rausgeflogen. Ich habe beinahe meine beste Freundin verloren. Und Lee hat uns gestern Nacht gesehen.«

»Oh mein Gott.«

Sie sagte nicht: »Und deine Frau hat mir erzählt, dass du sie zu sehr liebst.«

»Vor langer Zeit habe ich dich einmal gefragt, wie das alles gehen soll«, sagte Jessa. Ihre Stimme zitterte – sie wollte nicht weinen.

Simon antwortete nicht.

»Ich weiß die Antwort immer noch nicht. Und es ist Monate her.«

»Komm zu mir«, sagte Simon.

»Ich kann nicht zu dir kommen. Alles, was ich tue, ist zu dir kommen. Wir gehen ins Bett, die Welt fällt auseinander, und dann krieche ich wieder in mein chaotisches Leben, bis du sagst: ›Komm zu mir.‹«

»Schsch.«

Jessa schwang herum und versetzte der Tür einen Tritt.

»Wann gehst du nach Hause?«, fragte Simon.

»Ich gehe nicht nach Hause. Ich gehe nie mehr nach Hause. Ich werde hier sitzen und Stück für Stück des menschlichen Körpers zeichnen, und wenn ich fertig bin, fange ich vielleicht noch einmal von vorne an.«

»Lass uns zusammen zu Abend essen.«

»Nein.«

»Doch, Jessa. Bitte! Du kannst nicht arbeiten, ohne zu essen. Ich ertrage es nicht, dich so zu hören. Ich lade dich zu dem Italiener an der Ecke ein. Du wirst etwas essen, ich werde deine Hand streicheln, und dann kannst du weiterarbeiten.«

»Du kannst in der Öffentlichkeit nicht meine Hand streicheln.« Sie weinte jetzt leise und ihre Stimme brach.

»Bitte, Jessa.«

»Nur zum Essen. Dann lass mich für den Rest meines Lebens in Ruhe.«

»Nur zum Essen. Wir treffen uns in einer Stunde beim Italiener. Es regnet in Strömen. Nimm einen Regenschirm mit.«

Ich bin mit deiner Frau durch den Regen in ein Café gerannt. Sie trägt keinen Regenschirm bei sich. Doch Jessa sagte es nicht und legte auf. Sie weinte und hielt den Kopf auf die Hände gestützt, bis sie sich so weit beruhigt hatte, dass sie den Stift wieder in die Hand nehmen und weiterarbeiten konnte.

Das Telefon klingelte. Sie hob ab, in der Erwartung, es sei Simon.

»Ist da Jessa?«

Eine Frauenstimme. Ruby. Jessa hörte, wie sie an einer Zigarette zog und den Rauch ausblies.

»Ja?«

»Hallo. Ich bin's. Das Modell. Ruby. Ich weiß, dass es verrückt ist. Aber mein Mann hat mich gerade angerufen und mir eröffnet, dass er noch irgendein Geschäftsessen hat. Ich habe eine Flasche Wein aufgemacht und hasse es, bei diesem Wetter allein zu Hause zu sein. Ich hätte nichts gegen ein bisschen Gesellschaft.«

Als Ruby ihren Redeschwall unterbrach, war es Jessa, die tief Luft holte, als hätte sie geredet und warte nur darauf, dass Ruby ja sagte, ich komme, leiste dir Gesellschaft.

»Ich kann nicht«, sagte Jessa, doch selbst ihre Stimme klang unsicher. »Ich bin heute beinahe rausgeflogen.«

»Meinetwegen? Weil du zu spät gekommen bist? Oh je, das tut mir Leid.«

»Nein, nein, nicht deswegen. Wenn es so einfach wäre.«

»Alles in Ordnung?«, fragte Ruby.

»Ich glaube schon. Trotzdem, danke. Ich würde wirklich gerne kommen. Aber ich muss arbeiten. Bevor ich heute nach Hause gehen kann, muss ich noch eine Million Zeichnungen machen.«

Sie sagte nicht: Ich muss mich mit deinem Mann beim Italiener treffen.

»Dann bist du also wirklich Künstlerin?«

»Nein, nicht wirklich. Ich illustriere ein Medizinbuch. Im Moment fange ich gerade mit der Gallenblase an.«

»Dann ein anderes Mal, okay? Es war ein Versuch. Ich dachte, fragen kostet nichts.«

»Ja. Ein anderes Mal. Das wäre schön.«

Ruby legte auf und zum ersten Mal dachte Jessa: Ich könnte in sein Haus gehen. Ich könnte mit seiner Frau in der Küche sitzen. Sie verstand nicht, warum sie das so sehr wollte.

Wieder klingelte das Telefon. Sie hob beim ersten Klingeln ab. Es war Simon. Einen verrückten Augenblick lang dachte sie: Er bringt mich um, wenn er es je herausfindet. Und trotzdem erregte sie ihr Geheimnis.

»Liebling«, sagte er. »Ich sitze in der Patsche. Ein Kunde aus Napa hat angerufen. Es gibt ein Problem mit dem Entwurf für den Weinkeller, und ich muss sofort hinfahren und mich darum kümmern. Ich soll in einer Stunde da sein. Und das bei diesem verdammten Regen. Es tut mir so Leid, Liebste. Ich will nur bei dir sein.«

»Es ist besser so«, sagte Jessa und wusste schon, dass sie zu seiner Frau gehen würde, dass sie mit Ruby in der Küche sitzen und Wein trinken würde und sie über den Tisch hinweg beobachten würde, so wie er Ruby jeden Abend über den Tisch hinweg beobachtete. »Ich werde die ganze Nacht durcharbeiten. Fahr nur. Es ist das Beste.«

»Nein, es ist nie das Beste, wenn ich nicht mit dir zusammen sein kann. Sag mir, dass es dir gut geht. Sag mir, dass wir das hier überstehen werden.«

»Wir werden das hier überstehen.«

»Ich werde dich bald verlieren.«

»Hör auf, Simon! Die anderen verlieren mich. Du bist der Einzige, der mich hat.«

»Gut«, sagte er und Jessa blätterte bereits im Telefonbuch nach Rubys Nummer – der Nummer vom Haus, nicht von Simons Arbeitszimmer –, ehe sie auflegte.

Sie wählte Rubys Nummer und als Ruby abhob, sagte Jessa: »Hey, ich hab's mir anders überlegt. Gilt dein Angebot noch?«

»Woher hast du meine Nummer?«

»Ich habe ISDN«, schwindelte Jessa. »Als du angerufen hast, habe ich sie mir abgeschrieben.«

»Cool«, sagte Ruby. »Vergiss deine Gallenblasen und komm zu mir.«

Bestimmt sagte er »komm zu mir« zu seiner Frau. Zu seiner Geliebten und seiner Frau.

»Ich bin gleich da«, sagte Jessa. »Sagen wir in einer Viertelstunde.« Sie wollte auflegen.

»Warte«, rief Ruby und Jessa hob den Hörer wieder ans Ohr. »Du weißt doch gar nicht, wo ich wohne.«

»Stimmt. Adresse. Wegbeschreibung. Fang an – ich habe Papier und Bleistift.«

Ruby erklärte ihr, wie sie zu ihrem Haus kam, zu Simons Haus, und Jessa schrieb auf ein Blatt Papier *Komm zu mir*.

Der Regen prasselte so heftig gegen die Windschutzscheibe, dass die Scheibenwischer nicht dagegen ankamen. Jessa spähte in die Dunkelheit, in der das Licht der Straßenlaternen mit dem Regen verschwamm, und suchte einen Parkplatz. Normalerweise stellte sie sich auf den kleinen Platz vor Simons Garage, eine Art ganz persönliches Vorspiel, ehe sie miteinander schliefen. Der Platz gehörte ihr. Doch jetzt fuhr sie daran vorbei und parkte drei Blocks weiter. Sie hatte den Regenschirm vergessen.

Sie dachte daran, wie sie zum ersten Mal zu diesem Haus gekommen war. Er hatte barfuß auf dem Bürgersteig auf sie gewartet; sie erinnerte sich, wie sie durchs Haus gelaufen war und zur Hintertür wieder hinaus, voller Angst vor dem Feuer, das sie entzünden würden, wenn sie stehen blieben und sich berührten. Sie berührten sich immer. Wenn wir jetzt beim Italiener wären, dachte Jessa, würden wir uns unter dem Tisch berühren. Aber Simon ist auf dem Weg nach Napa. Und ich treffe mich mit seiner Frau.

Jessa dachte daran, wie sie im Haus nach Anzeichen seiner Frau gesucht hatte: die Einkaufsliste am Kühlschrank, das Foto auf der Kommode, der Geruch ihres Parfums auf ihrem Kissen. Sie hatte sich geweigert, in ihrem Bett zu schlafen, im Ehebett. Und dann, nach Monaten in Hotelzimmern, hatte sie sogar den Anstand verloren, ein anderes Bett zu suchen. Sie wusste, wo Ruby schlief, auf welcher Seite des Bettes, was sie in der Schublade ihres Nachttisches aufbewahrte, wie sie jeden Morgen ihren Bademantel über den Bettpfosten warf. Jessa wickelte sich in den Frotteemantel, wenn sie duschen ging, und legte ihn wieder über den Bettpfosten, wenn sie ging. Ruby merkt solche Kleinigkeiten nicht, hatte Simon gesagt. Mach dir wegen solcher Sachen keine Sorgen. Aber Jessa machte sich Sorgen. Sie lag mit Simon im Bett, den Kopf auf Rubys Kissen gebettet, und machte sich Sorgen.

Als sie bei der Haustür ankam, war sie völlig durchnässt. Sie dachte rechtzeitig daran, zu läuten, anstatt einfach hineinzugehen. Simon ließ die Tür für sie immer unverschlossen. Ruby riss die Tür auf und warf ihr ein Handtuch zu. »Ich schätze, das kannst du gebrauchen.«

Jessa trocknete sich ab. Sie trug nicht mal einen Regenmantel – ihre Bluse war pitschnass und die Hose tropfte. »Wahnsinn«, sagte Jessa, »schau mich mal an!«

»Ich kann dir was zum Anziehen leihen«, sagte Ruby. »Komm schon, zieh was von mir an, und wir werfen deine Sachen in den Trockner.«

Ruby ging den Flur entlang, und Jessa folgte ihr wie betäubt. *Wir gehen in ihr Schlafzimmer.*

»Es geht schon«, sagte sie. »Lass nur.«

»Du kannst unmöglich so herumsitzen. Du zitterst ja«, sagte Ruby und marschierte durch die Schlafzimmertür auf die Kommode zu. »Ich bin zwar größer als du, aber sonst müsste dir das hier passen.«

Jessa blieb an der Tür stehen. Das Bett war gemacht, der Bademantel hing über dem Bettpfosten. Simons Leinenhemd lag auf dem Bett – das, das er am vergangenen Abend getragen hatte. Als Lee sie gesehen hatte. Als er sie unter dem Fenster geküsst hatte und sie sie gesehen haben musste.

»Ist ein Pullover okay?«, fragte Ruby mit dem Rücken zu ihr. Sie beugte sich über die Kommode und zog Kleidungsstücke heraus. Einen Pullover und Leggings. Sie flogen aufs Bett, landeten ausgebreitet auf der himmelblauen Tagesdecke, auf Simons grauem Leinenhemd. Als hätten Simon und Jessa sich die Kleider vom Leib gerissen und stünden nackt da. Oder waren es Simon und Ruby? Es waren Rubys Kleider, nicht Jessas.

Ruby drehte sich um und sah Jessa an. »Komm schon, mach, dass du aus den nassen Klamotten kommst!«

Jessa stand reglos da. Sie zitterte. Simon heizte das Haus nur sparsam – er liebte es, sie im Bett aufzuwärmen, und wenn sie dann Stunden später sagte: »Es ist schrecklich heiß hier«, lachte er.

Schließlich trat Jessa ins Zimmer und ging zum Bett. Sie griff nach dem Pullover – es war der, in dem sie

Ruby zum ersten Mal in der Kunstakademie gesehen hatte. Den sie über den Kopf gezogen und auf den Boden geworfen hatte, als bedeute es nichts, sich vor anderen auszuziehen. Jessa musste sich vor der Frau ihres Geliebten ausziehen.

Sie knöpfte ihre Bluse auf und schälte sie von ihrer feuchten Haut. Sie ging auf das Badezimmer zu und blieb plötzlich stehen – Ruby beobachtete sie. Konnte sie wissen, wo das Badezimmer war, wenn sie den Weg nicht schon einmal gegangen war? »Da entlang?«

Ruby nickte.

Jessa legte ihre nassen Kleider ins Waschbecken. Sie trug einen schwarzen Spitzen-BH und ein schwarzes Spitzenhöschen, das Simon ihr geschenkt hatte. Sie dachte an Rubys weiße Baumwollunterwäsche. Kaufte er sexy Dessous für seine Frau, die sie beiseite legte? Jessa kam sich vor wie ein verkleidetes Callgirl. Sie wickelte sich ein Handtuch um und ging zurück zum Bett.

»Du wärst ein super Modell«, sagte Ruby. »Du hast eine tolle Figur.«

Jessa schüttelte den Kopf. »Viel zu schüchtern.« Sie sah sich auf dem Bett liegen, Hände und Füße an die Bettpfosten gebunden, Simon beobachtete sie, sie wand sich, während er sie mit den Augen verschlang, bis sie ihn anflehte, sie zu berühren. Sie zog den Pullover über den Kopf. Er war warm, als hätte Ruby ihn gerade erst ausgezogen. Als würde sie mit Ruby ins Bett schlüpfen.

»Der steht dir gut«, sagte Ruby. Jessa schaute in den Spiegel. Der Pullover war dunkelgrün, eine Farbe, die Jessa nie tragen würde, eine Farbe für blonde Frauen. Er stand ihr wirklich gut. Jessa lächelte ihr Bild in

Rubys Pullover an. In Rubys Schlafzimmer. In Rubys Spiegel.

»Sind Leggings okay?«, fragte Ruby. Sie hielt eine schwarze Hose hoch. »Die werden dir besser passen als Jeans.«

»Natürlich.« Jessa zog die Leggings an und krempelte die Beine hoch. »Wie groß bist du?«, fragte sie.

Ruby lehnte sich auf dem Bett zurück. »Knapp eins neunzig.«

»Ist dein Mann auch groß?«, fragte Jessa.

»Nein. Er ist ungefähr so groß wie du. Wir sehen lächerlich nebeneinander aus. Außer wenn wir im Bett sind. Komm, trinken wir ein Glas Wein!«

Sie verschwand. Jessa setzte sich einen Moment lang aufs Bett. Sie streckte die Hand aus und berührte das Kissen, als suche sie jemanden. Wen würde sie wollen? Simon oder Ruby? Wollte sie Ruby oder wollte sie Ruby sein?

Ruby steckte den Kopf zur Tür herein und sagte: »Rot oder weiß?«

Jessa richtete sich auf. »Was offen ist. Du hast ein schönes Schlafzimmer.«

»Hat alles mein Mann eingerichtet. Er hat einen guten Geschmack. Und er liebt Besitz. Ich könnte in einer Hundehütte wohnen und würde es wahrscheinlich nicht mal merken.«

Er hat einen guten Geschmack. Er liebt Besitz.

Jessa stand auf. »Zeigst du mir den Rest des Hauses?«

Sie folgte Ruby durch den Flur in die Küche. Sie kam sich in Rubys Kleidern richtig groß vor, obwohl sie die extra Zentimeter umgekrempelt hatte. Sie fühlte sich wie eine Frau, die ihre Kleider auf den Boden werfen und sich nackt vor einen Raum voller Menschen stellen konnte.

»Erst trinken wir was«, sagte Ruby und reichte Jessa ein Weinglas. Sie schenkte ein. Cabernet, Simons Lieblingswein. Den er für besondere Gelegenheiten aufhob. Die beiden Frauen stießen an und Jessa trank. »Köstlich.«

»Rauchst du?«, fragte Ruby und zündete sich eine Zigarette an.

»Nein«, antwortete Jessa. Aber er wird den Rauch riechen. Er denkt, du rauchst nicht.

Ruby griff über sich und nahm einen Aschenbecher vom Kühlschrank. Jessa und Simon hatten einmal einen Joint geraucht und denselben Aschenbecher benutzt. Der Aschenbecher wird nie benutzt, hatte Simon gesagt. Er kenne niemanden, der noch raucht.

»Also, wer ist der Typ?«, fragte Ruby.

»Welcher Typ?«, fragte Jessa.

»Dein Liebhaber. Du hast gesagt, du liebst einen anderen.«

»Hast du jemals –«

»Du zuerst.«

Jessa trank einen Schluck Wein. »Ich habe den Mann vor ungefähr acht Monaten kennen gelernt. Ich dachte, es wäre belanglos, eine kurze, leidenschaftliche Geschichte. Aber ich komme da nicht mehr raus.«

»Warum willst du da raus?«, fragte Ruby.

»Ich habe einen Mann, zwei Kinder. Ich weiß plötzlich nicht mehr, wo ich bin, wenn ich morgens aufwache.«

»Würdest du für diesen Typ deinen Mann verlassen?«

»Nein. Ja. Es ist egal.« Jessa stellte ihr Glas auf den Tisch und wandte sich ab. Sie schaute zum Herd, doch da kochten all die Gerichte, die Simon für sie zubereitet hatte, nachdem sie miteinander geschlafen hatten. Sie schaute zum Küchentresen, doch auch dort lauerte die Erinnerung: ein Nachmittag vor ein paar Wochen, als sie es gar nicht erst bis ins Schlafzimmer geschafft und sich dort geliebt hatten, mitten in der Landschaft aus Simons und Rubys täglichem Leben. Ihr Blick schweifte zur Tür und sie dachte daran, das Haus zu verlassen. Alle zu verlassen.

Ruby berührte sie an der Schulter. »Warum ist es egal?«

»Er liebt seine Frau«, sagte Jessa.

Und dann ging die Tür auf und Simon kam herein.

Blieb wie angewurzelt stehen, als er Jessa sah. Drehte sich um, als wäre er im falschen Haus. Drehte sich wieder um und starrte sie an.

Sie wirbelte herum und gestikulierte wild. »Dein – jemand – ich glaube, dein Mann –«

Und Ruby rief aus: »Simon?! Du hier? Darf ich vorstellen?«

Jessa schüttelte den Kopf. »Ich gehe schon. Ich will nicht stören.«

Plötzlich stand er neben ihr und legte seine Hand auf ihre Schulter. Sie schaute sich nicht um.

»Wer ist das?«, fragte Simon und grub seine Finger in ihre Schulter. »Einen Moment lang dachte ich, es wäre meine Frau. Ich komme zur Tür herein und da sitzt jemand in den Kleidern meiner Frau. Zum Glück habe ich Sie nicht einfach auf den Arm genommen und ins Bett getragen.«

»Was du mit mir ja jeden Abend machst, stimmt's«, sagte Ruby. »Wir trinken ein Glas Wein. Setzt dich zu uns!«

»Nein«, sagte Jessa. »Ich muss arbeiten.«

»Stell mich deiner Freundin vor«, beharrte Simon und gab endlich Jessas Schulter frei. Er streckte die Hand aus. Jessa musste sie nehmen.

»Das ist Jessa«, sagte Ruby. »Eine Kollegin. Wir reden gerade über Männer. Wie praktisch, dass du kommst.«

Simon hielt Jessas Hand einen Augenblick, dann drückte er sie. Zu fest. Endlich schaute sie ihn an und begegnete einem Blick, den sie noch nie gesehen hatte. Er ließ ihre Hand los.

»Es riecht nach Rauch«, sagte Simon.

»Jessa raucht«, sagte Ruby. Sie leerte den Aschenbecher aus.

»Schlechte Angewohnheit«, sagte Simon und starrte Jessa an.

»Das musst du ihr nicht sagen«, sagte Ruby. »Was ist mit deinem Essen?«

Simon wandte sich von Jessa ab und griff nach der Weinflasche. Er füllte ein Glas.

»Die Straße nach Napa war gesperrt. Irgendeine blöde Brücke war nicht passierbar. Verdammter Regen«, sagte er. Seine Stimme war leise und düster, eine wütende Stimme, die Jessa noch nie gehört hatte.

»Du wolltest nach Napa?«, fragte Ruby.

»Habe ich dir doch gesagt.«

Nein, du hast es mir gesagt, dachte Jessa. »Wirklich«, wiederholte sie. »Ich muss los.«

»Du verdirbst mir den ganzen Abend, Simon«, sagte Ruby.

»Ich verstehe nicht, was daran lustig ist, über mich zu lästern«, sagte er böse.

»Ich habe nicht gesagt, dass wir über dich sprechen«, sagte Ruby. »Männer. Du bist nicht der Einzige, ob du es glaubst oder nicht. Es gibt noch mehr, über die man lästern kann.«

»Und über wen lästert Jessa? Hat sie einen Mann, der nicht nach Hause kommt? Der sie nicht genug liebt? Der ihr nicht genügend Aufmerksamkeit schenkt?«

»Simon, hör auf«, sagte Ruby scharf.

Beide wandten sich ihr zu.

»Du bist unhöflich.«

»Sie raucht in meinem Haus. Ich hasse den Geruch.«

»Es tut mir Leid«, murmelte Jessa.

»Hat Ruby Ihnen das erzählt?«, bellte Simon. »Dass ich sie nicht genug liebe?«

»Nein«, sagte Jessa ruhig. »Sie hat gesagt, dass Sie sie zu sehr lieben.«

Simon stürmte aus dem Zimmer.

»Was ist denn mit dem los?«, sagte Ruby ungerührt und schenkte Wein nach. Die Ehe. Eine Kabbelei. Die Intimität eines Streits. Später, im Bett, wenn sie sich in den Armen liegen, werden sie darüber lachen.

»Danke für die Einladung.«

»Bleib«, forderte Ruby sie auf. »Er wird heiß duschen und sich beruhigen.«

»Nein«, sagte Jessa. »Ich gehe lieber wieder an meine Arbeit. Ich hole nur meine Sachen.«

»Lass meine an. Ich bring sie dir zum Kurs mit.«

Jessa nickte. Ich werde nie wieder in den Kurs gehen,

dachte sie. Ich werde deinen Pullover und deine Leggings behalten. Du kannst meine Jeans und meine Bluse behalten. Du kannst deinen Mann behalten.

Sie hastete nach draußen in den Regen.

Es war beinahe Mitternacht, als das Klingeln des Telefons sie aufschreckte. Der Stift rutschte über das Blatt und ruinierte die Zeichnung der Atemwege. Sie würde noch mal von vorne anfangen müssen.

»Hallo?«

»Was, zum Teufel, sollte das?«

Simon. In seinem Arbeitszimmer. Ruby schlief wahrscheinlich schon. Sie war allein im Büro und zeichnete sich zurück in ihren Job. In ihr Leben konnte sie sich nicht zurückzeichnen.

»Ich weiß es nicht, Simon.«

»Woher kennst du sie?«

»Ich bin ihr eines Tages nachgefahren. Als sie das Haus verließ.«

»Aber wo hast du sie kennen gelernt?« Seine Stimme war scharf. Böse.

»Ich bin ihr in ein Café gefolgt. Ich habe mich neben sie gesetzt und angefangen, mit ihr zu reden. Wieso ist das wichtig, Simon? Ich wollte wissen, wer sie ist.« Auch ihre Stimme wurde lauter, verwandelte sich in etwas Dunkles, Schrilles.

»Und du hast sie gefragt, ob du sie zu Hause besuchen darfst? Bist du wahnsinnig geworden?«

»Ja. Ich bin wahnsinnig. Das muss die Antwort sein. Bitte hör auf, mich anzuschreien!«

Auf ihrem Schreibtisch lagen Stapel von Zeichnungen. Hunderte von Zeichnungen, auf jeder ein Teil des menschlichen Körpers. Von innen. Das Nervensystem, die Fortpflanzungsorgane, das Herz. Das Gehirn. Es gab hunderte von Einzelteilen, aber kein Ganzes. Keinen Körper. Wenn sie fertig war, würde sie den menschlichen Körper zeichnen und versuchen, ihn ganz zu machen.

»Jessa.« Es klang wie ein Stöhnen.

»Du liebst sie«, sagte Jessa.

»Ja.« Er schwieg. Sie hörte das stete Prasseln des Regens an ihrem Fenster. Sie hörte die schweren Atemzüge ihres Geliebten. »Und dann habe ich mich in dich verliebt. So, wie ich es nie für möglich gehalten hätte.« Wieder verstummte er. Sie wollte nichts mehr hören. Nur den Regen. Seine langsamen, mühseligen Atemzüge. »Wir haben immer gesagt, dass wir unser Leben nicht ändern wollen«, sagte er schließlich.

»Du kannst zwei Leben führen«, sagte Jessa. »Ich nicht. Ich habe meine Familie verloren, weil ich dich liebe.«

»Nein, Jessa.« Er weinte leise. »Nicht.«

Sie dachte an Ruby, die in dem Bett schlief, in dem sie mit diesem Mann geschlafen hatte. Wir sehen lächerlich nebeneinander aus, hatte Ruby gesagt, außer wenn wir zusammen im Bett liegen. Er konnte mit zwei Frauen schlafen. Er konnte zwei Frauen lieben. Sie hatte ihren Mann seit Monaten nicht angefasst.

»Ich will dich nicht mehr sehen, Simon. Ich will Schluss machen.«

»Bitte«, sagte er. Sie konnte ihn kaum hören.

»Nein«, sagte sie. »Ich sterbe. Meine Familie stirbt.«

»Du hast mir ein Wochenende versprochen«, sagte er, jetzt wieder lauter. »Ein Wochenende. Dann lasse ich dich gehen.«

»Ich kann nicht –«

»Bitte«, flehte er. »Du hast es mir versprochen.«

Sie griff nach ihrem Stift. Sie würde jeden Teil des Körpers zeichnen und ihn perfekt machen.

»Ein letztes Wochenende«, sagte sie ihm.

11

»Zieh deine Unterhose aus.«

Jessa sah ihn an, doch er konzentrierte sich auf die Straße, und als sich der Wagen scharf in eine Kurve legte, fiel sie gegen den Türgriff und ihr nackter Arm fühlte sich plötzlich kalt an – oder heiß; das Gefühl von Haut auf Metall erschreckte sie.

»Zieh deine Unterhose aus.«

Simon schaute sie nicht an. Er lächelte nicht. Er presste seine Hand auf ihren Schenkel.

Sie sagte nichts, aber sie suchte den Saum ihrer Unterhose unter ihrem Kleid, hob ihren Po ein wenig und streifte den Slip die Beine hinunter und über die Schuhe. Sie ließ ihn auf den Boden fallen. Er lächelte.

Wieder fuhren sie um eine Kurve und der Pazifik lag vor ihnen. Ich könnte von dieser Klippe dort ins kalte Wasser springen – etwas, das *sie* nie tun würde, dachte Jessa. Aber irgendwie musste sie bei der Hitze des Tages, der Hitze seiner Hand, die auf ihrem Schenkel lag und sich auf der Innenseite ihres Beines höher bewegte, an eisblaues Wasser und den Bogen, den ihr Körper im Fall beschrieb, denken. Wieder eine lange

Kurve, das Meer verschwand und seine Finger fuhren über ihr Schamhaar wie eine Brise.

»Mach die Beine breit«, sagte er.

Er beobachtete die Straße, die sich in verrückten Kurven den Berg hinauf schlängelte, und ihre Augen versuchten gehetzt, durch die dichten Baumreihen einen Blick auf den kühlen Pazifik zu erhaschen. Seine Finger spielten mit ihr, ihre Schenkel rutschten ein wenig auseinander und sie stöhnte.

»Wohin fahren wir?«, fragte sie, doch sie sagte die Worte so leise, dass er sie kaum hören konnte.

»Schsch«, machte er.

Wenn sie sich ihm so hingab, wenn er sie noch weiter aus der Welt entführte, würde sie nicht mehr an ihren Mann denken, an ihre Töchter, daran, dass sie sich für ein Wochenende mit ihrem Liebhaber davongestohlen hatte. Nimm mich, dachte sie.

Einen Augenblick lang schloss sie die Augen, während sein Finger in sie eindrang, doch dann riss sie die Augen auf, als müsste sie das gelegentliche Aufblitzen des blauen Meeres sehen, weil die Dunkelheit sie sonst verschlingen würde.

Als sie für das Wochenende mit ihrem Liebhaber gepackt hatte, hatte sie ein schwarzes Kleid für ihre gemeinsame Nacht gewählt, ein hoch geschlossenes, eng anliegendes Minikleid mit kurzen Ärmeln, das sie mit hochhackigen Sandaletten tragen würde. Nicht unbedingt ein Kleid, das sie für ihren Mann tragen würde. Und kein Kleid, das sie ohne Slip tragen würde. Sie hatte nie daran gedacht, es ohne Unterwäsche zu tragen.

Sie erzählte ihrem Mann, dass sie mit Grace nach Santa Barbara fuhr. Sie wollten ein Wochenende zusammen verbringen – sie hatte so viel gearbeitet, sie hatten sich nicht gesehen und Grace hatte Eheprobleme, jeder hatte heutzutage Eheprobleme. Er hatte nicht zugesehen, wie sie gepackt hatte, hatte die Wäsche, das kurze, schwarze Kleid, die hochhackigen Sandaletten nicht gesehen. Er gab ihr einen Abschiedskuss, ein flüchtiges, trockenes Küsschen auf die Wange, und ließ Grace grüßen. Pass gut auf sie auf.

Sie umarmte die Kinder, versprach, etwas mitzubringen.

Das Taxi brachte sie zuerst zu Simon. Er schlüpfte auf den Rücksitz neben sie und sofort sagte sie atemlos: »Ich habe Angst.«

Er schaute sie an. »Warum, mein geliebtes Mädchen?«

»Ich sehe dich zum letzten Mal«, flüsterte sie. »Ich werde zum letzten Mal mit dir schlafen. Dich das letzte Mal berühren.«

»Nein«, sagte er.

»Dann werde ich nicht mitfahren. Du warst einverstanden.« Sie zitterte und beugte sich vor, klopfte heftig an die Trennscheibe zum Fahrer. »Fahren Sie bitte zurück«, rief sie.

»Nein!«, sagte Simon, zog sie an sich, gab dem Fahrer, der sich umsah, sie nicht hörte und mit den Schultern zuckte, ein Zeichen weiterzufahren. Simon legte seine Arme um Jessa. »Ja, es ist das letzte Wochenende. Ich habe es dir versprochen.«

Jessa entspannte sich für einen Augenblick und sah ihn an.

»Wenn das Wochenende vorbei ist, wirst du mich gehen lassen«, sagte sie. Ihre Augen blickten verängstigt, sie zitterte, als fliehe sie bereits aus dem Taxi, als irrte sie durch die Straßen der Stadt zurück zu ihrer Familie.

»Ja«, sagte er schließlich. »Wenn du mir dieses Wochenende gibst – wenn du dich mir dieses Wochenende ganz hingibst.«

»Was soll das heißen?«, fragte sie.

»Ich will dich mit keiner Menschenseele teilen. Ich will, dass du mir gehörst.«

»Ich tue, was du willst«, sagte sie. »Und am Sonntag werde ich dich verlassen und dich nie wiedersehen.«

Sie fuhren durch ein Eisentor, eine Auffahrt entlang, die von flammend orangefarbenen Paradiesvögeln mit offenen Schnäbeln gesäumt war, und hielten vor einem in spanischem Stil erbauten Gebäude. El Encanto.

Jessa blickte hoch, als wache sie gerade auf, sah einen Mann auf den Wagen zukommen, und erst als er im Begriff war, die Tür zu öffnen, fiel ihr Blick auf den Boden, auf ihren Slip, dann sah sie Simon an.

Er nickte lächelnd.

»Lass ihn liegen!«

»Das kann ich nicht«, flüsterte sie.

»Doch, das kannst du.«

Die Wagentür öffnete sich und der Mann stand vor ihr. Mit dem Fuß schob sie den Slip unter den Sitz und stieg aus, einen Moment lang rang sie um Atem, als wäre sie tatsächlich in den kalten Pazifik, der unter ihnen lag, gesprungen.

»Willkommen«, sagte der Mann lächelnd. »Essen Sie bei uns zu Abend?«

»Wir nehmen erst einmal einen Aperitif«, sagte Simon, war bereits an ihrer Seite und gab dem Mann ein Trinkgeld. »Parken Sie den Wagen in der Nähe.«

»Selbstverständlich.«

Dann spürte Jessa Simons Hand an ihrem Ellbogen, die kalte Luft an ihren Beinen, fühlte, wie sich der Stoff ihres Kleides beim Gehen an ihrem Hintern rieb.

»Ich weiß nicht mehr, wer ich bin«, wisperte sie Simon zu.

»Gut«, sagte Simon.

»Ich möchte, dass du die Beine spreizt«, sagte Simon, beugte sich vor und strich ihr eine Haarsträhne hinters Ohr.

Sie lächelte ihn an. »Das kann ich nicht. Jeder könnte es sehen.«

»Ich will, dass dir die anderen Gäste egal sind. Ich will, dass nur ich dir wichtig bin.«

»Simon –«

»Bitte«, sagte er, lehnte sich vor und küsste sie, und sie spürte die Feuchtigkeit zwischen ihren Beinen. »Tu es für mich.«

Sie spreizte ein wenig die Beine. Sie saßen übereck, er lehnte sich zurück und schaute lächelnd auf ihre Beine, auf die Innenseite ihrer Schenkel, als wären sie allein.

»Warum tust du das?«, fragte sie ihn. Sie hörte die Furcht in ihrer Stimme und gleichzeitig erregte er sie, seine Worte, seine Augen, die auf ihr ruhten. Die anderen konnten sie sehen – sie wusste es –, alle konnten eine Frau sehen, die in einem kurzen Kleid an einem Tisch saß, mit gespreizten Beinen, das Geschlecht offen und feucht. Und doch kümmerte es sie nicht – sie war ganz auf Simon konzentriert und versuchte, gleichmäßig zu atmen.

»Damit du mir gehörst«, sagte er.

Bevor sie nach eisgekühlten Martinis das Restaurant verließen, ging Jessa noch auf die Toilette, schaute auf die Uhr und dachte: Die Kinder gehen jetzt ins Bett, ich könnte anrufen und ihnen gute Nacht sagen. Doch der Gedanke, sie jetzt anzurufen, war schlimmer, als überhaupt nicht mit ihnen zu sprechen. Sie trat in eine Kabine und zog das Kleid hoch. Oh Gott, was tue ich hier, dachte sie. Einen verrückten Moment lang dachte sie daran, aus dem Fenster zu klettern, hinunterzuspringen und barfuß durch das weiche, saftige Gras zu laufen, Kilometer um Kilometer, ohne anzuhalten. Ich könnte nach Hause gehen, dachte sie und wusste, dass der Schmerz jeden Augenblick aufbrechen konnte.

Doch sie presste die Hand auf ihre Mitte, als wollte sie den Schmerz zurückhalten. Sie dachte an Simon – *zieh deine Unterhose aus, spreiz die Beine* – und war wieder zurück, mit ihrem Geliebten in Santa Barbara. Wenn er mich nimmt, kann ich nicht nach Hause gehen, dachte sie. Wenn ich weit genug gehe, kann ich nie mehr nach Hause zurück.

Sie pinkelte, wischte sich ab, lächelte in sich hinein, weil sie keine Unterhose hochziehen musste, und verließ, ohne in den Spiegel zu schauen, schnell die Toilette.

Wieder fuhren sie und jetzt fühlte sie sich angenehm beschwingt, als hätte der Drink ihr einen Grund gegeben, aus ihrer Haut zu schlüpfen, die Realität hinter sich zu lassen. Sie lehnte sich in ihrem Sitz zurück und zwang sich, eine Hand auf ihren Schenkel zu legen, dachte, ja, ich will das alles, selbst die Angst. Sie würde ihn nicht bitten, langsamer zu fahren, obwohl ihr in jeder Kurve fast das Herz stehen blieb, sie würde nicht an ihre schlafenden Kinder denken, würde sich nicht eine Mutter vorstellen, die sie zudeckte und stundenlang in einem blauen Sessel vor ihrer Tür saß und vorlas, damit sie wussten, dass sie da war. Als ihre Finger zwischen ihre Beine glitten, seufzte sie.

Sie spürte, wie der Wagen um eine scharfe Kurve fuhr, öffnete die Augen, las das Schild: »Botanischer Garten – Santa Barbara«, als sie in eine dunkle Einfahrt einbogen. Sie sah Simon an. Er lächelte.

»Du bist wahnsinnig«, sagte sie.

»So sieht's aus«, antwortete er nur.

»Früher war ich wild darauf, in Autos herumzuknutschen.«

»Das glaube ich dir aufs Wort.«

»Das vermisse ich, seit ich verheiratet bin. Das Knutschen.«

Er stellte den Motor ab. Sie saßen nebeneinander im Wagen, jeder auf seinem Sitz, seine Hand spielerisch zwischen ihren Beinen. Ihr Kopf ruhte an der Rückenlehne, doch sie beobachtete ihn, öffnete allmählich die Beine immer weiter.

»Sag mir, was du im Auto mit den Jungen gemacht hast, als du ein Teenager warst.«

Die Fenster waren heruntergekurbelt und die Luft, die hereinwehte, war schwer vom Geruch nach Jasmin.

»Wir sind immer in den Park bei uns in der Nähe

gefahren, haben uns auf den Rücksitz gelegt und uns stundenlang geküsst, als gäbe es nichts anderes auf der Welt.«

»Wir könnten das auch tun.«

»Ich dachte immer, ich würde vom Küssen einen Orgasmus bekommen und müsste es vor den Jungen verstecken, damit sie nicht merkten, wie wild ich war.«

»Und bist du beim Küssen gekommen?«

»Vielleicht.« Sie sprach langsam und träge. »Vielleicht kam es auch, weil wir uns die ganze Zeit bewegten, überall waren Hände, die Jeans rieben an meiner Haut, während ich mich an irgendeinem harten Schenkel rieb.«

Sie fing an, sich unter seinen Händen langsam kreisend zu bewegen, presste sich gegen seine Finger, seine Handfläche.

»Haben sie deine Brüste befummelt?« Und er kniff sie durch den weichen Stoff ihres Kleides, durch die Spitze des BHs in die Brustwarze. Sie stöhnte, schloss die Augen und schluckte schwer.

»Sag!« Er beugte sich vor und umfasste ihre Brust.

Sie öffnete die Augen und beobachtete ihn.

»Jungen verstehen nichts von Brüsten. Jungen wissen nicht, was sie mit Brüsten tun sollen.«

Also tat er, was die Jungen noch nicht konnten, er umkreiste ihre Brustwarze mit den Fingern, rieb sie, bis sie sich aufrichtete, küsste sie, sodass sie seinen heißen Atem durch den Stoff spürte, als hätte der Stoff sich aufgelöst.

Dann löste er sich von ihr, zog seine Hand zurück, beide Hände, und sagte scharf: »Steig aus!«

Sie sah ihn an und spürte im nächsten Augenblick, dass sie kommen würde, wenn er sie nur noch einmal irgendwo anfasste.

»Jetzt.«

Sie versuchte, ruhig zu atmen, die Erregung durch langsame Atemzüge zu beherrschen. Und schließlich öffnete sie die Autotür und trat auf den dunklen Parkplatz.

Er stieg aus und kam um den Wagen herum auf sie zu. Einen Augenblick lang blieb er vor ihr stehen und beobachtete sie. Sein Gesicht hatte jetzt einen harten Ausdruck. Herausfordernd. Sie wartete.

Er hob ihr Kleid und sie keuchte – ein lautes Keuchen, das über den leeren Parkplatz hallte. Von allen Seiten traf sie die Luft, selbst zwischen den Beinen, wo Jessa nackt und feucht war.

Sie fiel in seine Arme und er hielt sie fest, während ihr Körper zitterte, als wäre sie gekommen, als käme sie immer wieder.

Und dann wollte sie ihn, gierig suchte sie seinen Mund, stieß ihre Zunge tief hinein, krallte sich mit beiden Händen in seinen Rücken und presste ihren nackten Bauch an ihn.

Sie spürte die kalte Luft an ihrem Hintern, schlang ein Bein um ihn und ergriff ein Büschel Haare in seinem Nacken.

Ein Lichtschein traf sie, blendete sie und sie fuhren auseinander. Ihr Kleid fiel herunter, sie wandte sich vom Licht ab, ihre Brust hob und senkte sich schwer, ihr Mund war rau. Sie spürte, wie seine Hand ihre Taille umklammerte.

»Ich schließe jetzt ab, Leute«, rief eine Stimme.

»Macht lieber, dass ihr wegkommt, sonst müsst ihr die Nacht hier verbringen!«

»Wir sind schon unterwegs«, rief Simon ganz ruhig und gelassen, und das Licht verschwand. Er zog sie an sich und küsste sie auf die Schläfe.

»Alles in Ordnung?«, fragte er. Sie nickte. Er hob ihr Kinn, um sie zu küssen. »Gehen wir«, sagte sie.

Sie glättete ihr Kleid, presste es an ihre Beine, wollte fühlen, dass es noch da war.

Sie stiegen ins Auto. Schließlich hob sie den Kopf und sah einen großen Jungen am Tor auf sie warten. Er hielt es auf und wandte sich ab, als er ihrem Blick begegnete.

»Ich hoffe, er verrät es unseren Eltern nicht«, witzelte sie, doch Simon blieb ernst, lenkte den Wagen durch das Tor vom Parkplatz zurück auf die bergige Straße.

Sie drehte sich um, und sah, wie das Tor hinter ihnen geschlossen wurde.

»Simon«, sagte sie.

Er antwortete nicht gleich, doch dann sagte er: »Ich könnte dich umbringen, weil du mich verlässt.«

Sie nickte, obwohl er es in der Dunkelheit nicht sehen konnte.

»Ich weiß«, sagte sie.

»Du musst mir einen großen Gefallen tun.«

»Ich kann jetzt nicht reden, Jessa. In einer Stunde kommen achtzehn Leute zum Abendessen, und ich habe vergessen, den Fisch abzuholen.«

»Achtzehn?«

»Na ja, sechs, aber es könnten genauso gut achtzehn sein.«

»Nur eine Sekunde. Bitte!«

»Ich kann jetzt nicht. Hier rennen Millionen von Kindern durchs Haus.«

»Ich werde nicht fragen, wie viel Millionen es sind.«

»Kann ich dich morgen zurückrufen?«

»Nein. Morgen bin ich nicht mehr da.«

»Du verlässt ihn?«

»Nein. Ich meine, ja. Fürs Wochenende.«

»Mit Simon?«

»Ja. Wir fahren nach Santa Barbara.«

»Wie hast du ihm das erklärt?«

»Ich habe vergessen, es dir zu sagen. Ich treffe mich dort mit dir.«

»Wie nett, dass ich es auch erfahre.«

»Ich hab's vergessen. Ich kann nicht mehr klar denken.«

»Das merkt man. Ich dachte, du verlässt Simon.«

»Ich verlasse ihn. Das ist das letzte Mal.«

»Jessa –«

»Und du musst mir helfen. Du musst Roger sagen, dass wir uns in Santa Barbara getroffen haben, falls er fragt.«

»Klar. Ruf mich am Montag an und sag mir, was wir dort gemacht haben.«

»Mache ich.«

»Jessa –«

»Ja, ich weiß. Ich weiß, was du sagen willst.«

»Ich sage es trotzdem. Dann geht es mir besser.«

»Ich soll mein Leben in Ordnung bringen.«

»Bring dein Leben in Ordnung!«

»Mache ich.«

»Wann?«

»Dieses Wochenende.«

»Viel Spaß, Jessa.«

»Danke. Oh Gott, bin ich aufgeregt.«

»Woher kommt es, dass ich dich nicht beneide, obwohl du *die* Liebesgeschichte des Jahrhunderts erlebst?«

»Weil du ein vernünftiger Mensch bist.«

»Das stimmt, Kleine. Und du bist außer Kontrolle.«

»Nein, bin ich nicht.«

»Erzähl mir das nach deinem kleinen Wochenende. Ich muss jetzt den Fisch braten.«

»Umarme die Jungs für mich!«

»Eine Umarmung von dir ist ziemlich gefährlich, meine Freundin.«

»Hast du Hunger?«, fragte er.

»Nein, überhaupt nicht. Ich kann nicht mal an Essen denken.«

»Und warum, wenn ich fragen darf?«

Jessa ließ ihre Hand über seinen Oberschenkel wandern. Sie spürte, wie sich der Muskel anspannte, als er aufs Gaspedal trat. Der Wagen schoss davon.

»Hmm«, machte er. »Dann habe ich eine Idee.«

Jessa bewegte die Hand höher, legte sie auf seinen Schritt und ließ sie dort liegen. Sie lehnte sich zu ihm hinüber und beobachtete sein Gesicht, als sich das Licht der Straßenlaterne darin fing.

Er sah sie an und sein Gesicht überraschte sie – sie hatte ihm einmal erzählt, wie sehr sich sein Gesicht veränderte, wenn sie miteinander schliefen. Nachdem er gekommen war und sie eng umschlungen im Bett lagen, hatte sie das Gefühl, mit einem Jungen zusammen zu sein, einem sechzehnjährigen Jungen. Jetzt sah er wieder anders aus – sein sechsundvierzigjähriges Gesicht war weich, faltenlos, seine Augen sanft. Noch vor wenigen Minuten – *steig aus* – war sein Gesicht angespannt, sein Blick kühl gewesen.

»Ich will mit dir in einen Club gehen. Einen Striptease-Club.«

Sie wartete einen Augenblick, nahm ihre Hand nicht von seinem Schoß.

»Warst du schon einmal in so einem Club?«

Sie schüttelte den Kopf. »Noch nie.«

»Würdest du mit mir dorthin gehen?«

Roger saß mit ausgestreckten Beinen auf dem Sofa. Jessa räumte hinter ihm den Tisch ab. Roger griff nach der New York Times, suchte den Wirtschaftsteil und ließ den Rest der Zeitung auf den Boden fallen.

»Wo wohnt ihr in Santa Barbara?«, fragte er, aber als sie aufblickte, sah sie, dass er nicht von seiner Zeitung hochschaute.

»Ich weiß nicht. Ich werde Grace nach dem Namen des Hotels fragen.«

»Liegt es am Strand?«

»Ich glaube, ja. Bestimmt liegt es am Strand.«

»Erinnerst du dich noch daran, wie wir mal ein paar Jahre nach unserer Hochzeit in Santa Barbara waren?«

Sie ging zur Spüle, klapperte mit dem Geschirr, ließ das Wasser laufen.

»Willst du ein Bier?«, fragte sie.

»Ich habe schon eins«, sagte er.

Sie holte sich ein Corona aus dem Kühlschrank, öffnete es und trank in langen Zügen. Als sie zurück ins

Wohnzimmer kam, lag die Zeitung auf seinem Schoß. Er beobachtete sie.

»Was kommt im Fernsehen?«, fragte sie. Eine Werbung flimmerte über den Bildschirm. Er machte immer den Fernseher an und sah dann nicht hin.

Kopfschüttelnd griff er nach der Fernbedienung und fing an, sich durch die Kanäle zu zappen. Sie trank von ihrem Bier.

»Wir haben um drei Uhr morgens im Hot-tub gebadet«, sagte er, sah sie dabei jedoch nicht an. Er war bei *Seinfeld* hängen geblieben, aber nach einer Weile schaltete er weiter. »Eine Wiederholung, habe ich mindestens schon dreimal gesehen.«

»Ich glaube, ich mache einen Spaziergang.«

»Jetzt?«

»Ich weiß nicht. Ich muss mich bewegen.«

Er hatte ein Baseballspiel gefunden.

»Du guckst doch nie Baseball«, sagte sie.

»Du gehst doch nie nachts spazieren«, versetzte er.

»Stimmt.«

Beide tranken einen Schluck.

»Ich frage Grace nach dem Namen des Hotels.«

Er antwortete nicht, sie nahm einen letzten Schluck Bier und ging auf die Haustür zu.

»Ist es nicht zu gefährlich?«, rief er ihr nach und sie blieb stehen, drehte sich um und sah ihn an.

»Was ist zu gefährlich?«, fragte sie.

»Nachts spazieren zu gehen. Allein.«

»Oh«, sagte sie. »Das meinst du.«

Sie wandte sich wieder zur Tür und griff an der Garderobe nach ihrer Jeansjacke. »Es ist nicht gefährlich. Wir wohnen in der sichersten Gegend der Welt.«

»Verdammt«, sagte er, doch als sie sich noch einmal umdrehte, schaute er konzentriert auf den Bildschirm.

Sie ging und schloss die Tür hinter sich.

Ich könnte diese Stripperin sein, dachte Jessa.

Simon legte die Hand zwischen ihre Beine. Sie saßen an einem runden Tisch.

»Nein«, wehrte Jessa ab. »Nicht hier.« In einem anständigen Striptease-Club. Ein paar Pärchen saßen an den Tischen, die Männer in Anzügen oder Polohemden und Khakihosen, als kämen sie gerade von der Arbeit oder aus einem Countryclub. Eine Frau tanzte auf der Bühne, liebkoste ihren Körper, reizte die Männer, die sich um sie versammelt hatten, mit ihrer Lust.

»Du hast gesagt, du tust alles für mich«, sagte er in ihr Ohr, die Stimme weich und tief, beschwörend, wie ein Choral.

Ich bin eine Frau in einem Striplokal. Ich bin eine Frau, die mit gespreizten Beinen dasitzt, während ein Mann ihren Schenkel umfasst.

Jessa ließ seine Hand ihre Haut streicheln und spürte, wie eine Hitzewelle in ihr aufstieg. Sie konnte sich von ihm so mitreißen lassen, dass sie sich kaum noch an die Frau erinnerte, die einen Mann und zwei Kinder in San Francisco hatte. Ich könnte die Stripperin sein, dachte Jessa.

Sie sah, dass der Mann an der Tür sie beobachtete, sah, wie er Simons Hand auf ihrem Oberschenkel anschaute, Ihr Kleid war weit hochgeschoben. Konnte er sehen, dass sie nichts darunter trug? Wer bin ich? dachte Jessa. Und sie ließ ihn zusehen, ein Lächeln umspielte ihre Lippen bei dem Gedanken, dass er zusah, wie die Hand ihres Geliebten ihren Schenkel streichelte.

Ich kann mich ihm hingeben, dachte Jessa. Ich kann mich für ihn aufgeben. Sie fühlte sich wie in ein weißes Licht getaucht, als hätte sie Drogen genommen, als besänftigten sie Simons Hände, die einer Feder gleich über die Innenseite ihres Beins strichen, als riefe seine Stimme an ihrem Ohr – *mein kleines Mädchen* – sie an einen Ort, an dem sie noch nie gewesen war. Es war leicht, dorthin zu gehen. Sie musste nur loslassen.

Ich könnte die Stripperin sein, dachte Jessa, und sie spürte, wie ihre Brustwarzen hart wurden, öffnete die Beine, und Simon wisperte in ihr Ohr: »Mein wunderbares Mädchen.«

Die Frau auf der Bühne trug ein Cowgirl-Kostüm. Röckchen, eine derbe Weste, Lederstiefel. Sie ritt zu einem Countrysong auf einem imaginären Stier und die Männer, die um die Bühne standen, johlten vor Vergnügen. Sie riss sich die Weste herunter, knallte mit der Peitsche, ließ ihre Brüste über den Köpfen der Männer in der ersten Reihe kreisen. Jessa sah zu und dachte: Wer ist sie? Was macht sie, wenn sie nach Hause kommt?

Das Röckchen flog davon, wurde zu einem Lasso, brachte die Männer zur Raserei. Die Augen der Frau wanderten suchend über die Menge. Sieh mich an, dachte Jessa. Ich bin hier. Du bist nicht allein.

Jessa beobachtete, wie die Frau die Hüften schwenkte, und auch sie kreiste langsam mit den Hüften, während Simons Finger mit der Haut an der Innenseite ihres Oberschenkels spielten.

Die Männer steckten Geldscheine in die Stiefel der

Frau – sie beugte sich hinunter und schien ihnen ihre runden, festen Brüste anzubieten, zog sie zurück, ehe die Männer sie berühren konnten. Sie lächelte teuflisch.

Eine Kellnerin brachte Getränke, ließ ihre Hand über Simons Nacken gleiten und flüsterte Jessa ins Ohr: »Er ist süß.« Als Jessa aufsah, war das Cowgirl von der Bühne verschwunden.

Wenig später erschien es bei ihnen, hatte sich wieder angezogen, die Reitgerte in der Hand.

»Hat dir mein Tanz gefallen?«, fragte sie Simon und zwinkerte Jessa verschwörerisch zu.

»Wie heißt du?«, wollte Simon wissen. Seine Hand umfasste Jessas Schenkel.

»Bijou.«

»Anaïs Nin«, sagte er lächelnd.

»Wow, woher weißt du das?«, fragte sie ihn. »Kein Mensch wusste bis jetzt, woher ich meinen Namen habe.«

»Ich weiß viel«, sagte er.

»Stimmt das?« Bijou lehnte sich über den Tisch und blickte Jessa an. »Weiß er viel?«

Jessa nickte und beobachtete die Stripperin. Sie ließ sich Zeit mit der Antwort, nahm die Frage sehr ernst. Dann sagte sie: »Er weiß die wichtigen Dinge.«

»Zum Beispiel?«, fragte Bijou. Sie stützte sich mit den Ellbogen auf den Tisch, gab den Blick auf den Ansatz ihrer Brüste frei, die jetzt wieder in der derben Weste steckten.

»Hast du einen Freund?«, fragte Jessa.

»Ja«, erwiderte Bijou und warf einen Blick auf den Rausschmeißer. »Wir dürfen nicht über uns sprechen«, flüsterte sie.

Jessa beugte sich zu ihr. »Weiß dein Freund, wie man die ganze Welt zum Einstürzen bringt, sodass nur noch ihr zwei wichtig seid?«

Bijou zog die Augenbrauen hoch, richtete sich auf, hob die Reitgerte und fuhr mit der Spitze Simons Rücken entlang.

»Ich würde sagen, dieser Mann muss eine Menge wissen«, sagte sie.

Simon bog seinen Rücken durch, als sie ihm mit der Spitze der Gerte einen festen Schlag versetzte.

»Ich würde sagen, dieser Mann könnte einen Lapdance vertragen«, sagte Bijou und lehnte sich an ihn.

Simon beobachtete sie einen Moment lang, dann schaute er Jessa an und lächelte. »Wenn du uns beide schaffst«, sagte er.

Sie zögerte, zuckte die Achseln. »Okay«, entschied sie. Sie drehte sich um und ging in den rückwärtigen Teil des Clubs, in dem sich eine mit Leder bezogene Bank an einer Wand entlang zog. Dort war das Licht schummerig und die Musik lauter, intensiver.

Simon und Jessa waren ihr gefolgt.

»Nur du«, flüsterte Jessa Simon zu.

»Wir beide«, sagte Simon.

»Setzt euch da hin«, sagte Bijou und zeigte auf die Bank. »Nebeneinander.«

Sie setzten sich nebeneinander und Simon ließ seine Hand zwischen Jessas Schenkel gleiten.

»Ihr müsst die Hände auf den Rücken legen. So sind die Regeln.« Bijou war ernst, ihr Gesicht ausdruckslos.

»Lassen wir das«, sagte Jessa leise.

»Bitte«, sagte Simon.

Sie schüttelte kaum merklich den Kopf.

»Ich bin bei dir«, flüsterte Simon ihr zu. Er drückte ihr Bein.

»Hände auf den Rücken«, kommandierte Bijou. »Vorher passiert nichts.«

»Ich werde dich nicht berühren«, sagte Simon und sah zu Bijou auf. Ihre Augen waren dunkel und schmal. »Ich werde nur sie anfassen.«

»Nein.« Bijous Stimme klang ärgerlich. Dann schaute sie sich ängstlich zur Bar um. »Der Türsteher wird kommen.«

»Lass das meine Sorge sein«, sagte Simon leichthin. Ganz cool.

Jessa ballte die Hände auf dem Rücken zu Fäusten und presste den Rücken an die Wand. Eine unbequeme Haltung, die Fäuste drückten gegen ihre Wirbelsäule. »Tu es«, flüsterte sie Simon mit dünner Stimme zu. »Bitte.«

»Tanz«, befahl er Bijou.

Und dann ertönte eine schwere, dunkle Stimme – »Leg die Hände auf den Rücken, Kumpel« – und der Rausschmeißer stand neben Bijou, berührte sie an der Schulter, als Simon aufgab, die Hände hob und sie langsam auf den Rücken legte.

Die Musik setzte ein. Bijou trat auf sie zu, streifte Simons Schenkel, Jessas Schenkel, drückte ihre Schenkel mit den Beinen gegeneinander, während sie die Weste abstreifte und ihnen den Oberkörper entgegenbog.

Sie tanzte, bewegte sich mit der Musik, streichelte vor Simons Gesicht ihre Brüste. Simon ließ einen Arm hinter Jessas Rücken gleiten und hielt sie fest. Bijou drehte sich mit der Musik, kam zu Jessa zurück und fing an, sich zwischen ihren Beinen zu bewegen. Jessas Kleid rutschte hoch, die Stripperin rieb ihr Bein an Jessas Mitte. Jessa wollte ausweichen, doch Simons Arm hielt sie fest.

Bijou wirbelte herum, hob ihr Röckchen, presste ihren nackten Hintern gegen Jessas Scham, bewegte ihre Hüften vor und zurück, feste weiße Haut rieb sich an ihren Oberschenkeln, der schwarze Stoff von Jessas Kleid rutschte immer höher.

Wieder drehte sich Bijou im Kreis, nahm ihre Brüste in die Hände, bot sie Jessa dar, bewegte sich hart und drängend an ihrem Körper. Simon beobachtete sie, ohne zu lächeln, nagelte Jessa mit seinem Arm auf ihrem Platz fest, wie ein Polizist.

Dann befreite sich Jessa mit einem Schlag, entzog sich beiden. Simon griff nach ihrer Hand, als sie floh, aber der Rausschmeißer erschien auf der Bildfläche. »Keine Hände, Kumpel, verdammt noch mal, keine Hände!« Simon ließ Jessas Handgelenk los.

Auf ein Nicken des Rausschmeißers wirbelte Bijou zwischen Simons Beine und rieb ihre Hüften an ihm. Jessa ging ein paar Schritte weg, dann blieb sie stehen und drehte sich um. Sie beobachtete die beiden. Sie verschränkte die Arme vor der Brust, lehnte sich gegen das Geländer und sah zu, wie Bijou für ihren Geliebten tanzte.

Wer ist sie, dachte Jessa. Was macht sie, wenn sie abends nach Hause geht?

Ich könnte die Stripperin sein, dachte Jessa.

»Ich will gehen«, sagte Jessa. Simon legte den Arm um ihre Taille, sie gingen auf die Tür zu.

»Alles in Ordnung?«, fragte er leise, hielt sich dicht neben ihr, drängte ihr seine Bewegungen auf.

»Es ist zu viel«, sagte sie.

»Was ist zu viel? Sag's mir.«

»Dich zu wollen. Das hier zu wollen.«

»Warum ist es zu viel?«

Jetzt waren sie draußen, atmeten beide tief ein, sogen die kühle Nachtluft, den Geruch nach Meer ein.

»Weil es nicht in diese Welt passt«, sagte Jessa schließlich.

»Was passt nicht?«, fragte Simon sanft, zog sie auf dem ruhigen Parkplatz an sich und hielt ihren Kopf an seiner Brust fest.

»Wir passen nicht in diese Welt«, sagte sie, und er merkte, wie sie sich fallen ließ, spürte ihr Gewicht, als sie sich an seinen Körper lehnte, und hielt sie einige Augenblicke so fest.

»Vielleicht brauchen wir die Welt nicht«, sagte er und schlang die Arme um sie.

»Fahr schneller«, sagte Jessa lachend.

»Mache ich«, versicherte er ihr. »Ich fahre schneller als Lichtgeschwindigkeit.«

»Dann sollten wir aber schon da sein«, sagte sie. »Ich glaube, ich werde nie wieder im Leben eine Unterhose tragen.« Sie griff nach ihrem Slip, schwarz und knapp, und wickelte ihn um ihren Finger.

Simon lachte. »Ich bin wild nach dir.«

Sie schüttelte den Kopf. »Du bist einfach nur wild. Fahr schneller!«

Simon griff nach dem Slip.

»Kann ich ihn haben? Ich klebe ihn in mein Poesiealbum.«

Sie zog ihn weg. »Er ist nicht mehr da«, sagte sie und warf ihn aus dem Fenster. »Außer mir gibt es nichts für dein Poesiealbum. Nimm mich mit nach Hause und kleb mich ein.«

»Morgen früh wird ein junger Mann in der Dämmerung die Straße entlang joggen«, sagte Simon, »und einen schwarzen Tanga am Straßenrand finden. Er wird ihn aufheben, daran riechen und lächeln. Dann wird er ihn in das Bündchen seiner Jogginghose klemmen und mit nach Hause nehmen. Vielleicht klebt er ihn sogar in sein Poesiealbum.«

»Nein«, sagte Jessa, beugte sich vor, legte die Hände auf das Armaturenbrett und streckte sich. »Seine Frau wird den Slip finden und ihm unterstellen, dass er eine Affäre hat.«

»Und er wird denken, wozu das Ganze – da war ich jahrelang treu und bin trotzdem in Schwierigkeiten. Und er wird sich auf die Suche nach der Frau mit dem schwarzen Tanga machen.«

»Findet er sie?«, fragte Jessa.

»Sie ist verschwunden«, sagte Simon.

»Fahr schneller!«

»Ich möchte für dich strippen«, sagte Jessa.

Sie waren auf dem Weg in ihr Hotelzimmer. Simon blieb stehen, legte die Hände an Jessas Wangen, zog sie an sich und küsste sie zärtlich.

»Du machst mich glücklich«, sagte er.

»Gefällt dir das?«, fragte sie.

»Und wie«, antwortete er. »Komm!«

»Bist du sicher, dass du nicht erst zu Abend essen willst?«, neckte sie ihn. »Oder einen Film anschauen? Einen Spaziergang am Strand machen?«

»Komm«, wiederholte er und zog sie weiter.

Er schloss die Tür zu ihrem Hotelzimmer auf und sobald sie im Zimmer waren, nahm er sie in die Arme.

Sie löste sich von ihm. »Warte«, sagte sie.

Sie nahm ihn an der Hand und führte ihn zum Bett. »Setz dich«, sagte sie. »Leg die Hände auf den Rücken!«

Er schüttelte den Kopf.

»Tu es«, sagte sie lächelnd und wandte ihm den Rücken zu, um auf der Kommode nach einer CD zu suchen. Er fasste unter ihrem Kleid nach ihrem Hintern, doch sie wirbelte herum und schlug seinen Arm weg.

»Ich habe gesagt, keine Hände«, sagte sie. Diesmal lächelte sie nicht. Sein Arm brannte von ihrem Schlag.

»Jawohl, Ma'am«, gehorchte er und legte die Hände auf den Rücken, wobei er das Handgelenk der einen Hand mit der anderen festhielt. »Hast du Handschellen dabei?«, fragte er.

»Ich brauche keine Handschellen«, sagte sie, doch jetzt war sie wieder beschäftigt, suchte eine CD aus, legte sie in den Discman, den er mitgebracht hatte, stellte die Musik an. Springsteen. *The Tunnel of Love*.

Sie begann, sich zur Musik zu bewegen. Sie schloss die Augen, fand ihren Rhythmus und ließ langsam die Hüften im Takt kreisen. Das schwarze Kleid schmiegte sich an ihren Körper, ihre Finger spielten mit dem Saum, schoben ihn ein wenig nach oben, gaben mehr von ihren langen Beinen frei, ließen ihn wieder fallen, schoben ihn wieder hoch. Simon beobachtete ihre Finger, den schwarzen Stoff, die Kurve der Innenseite ihrer Schenkel.

Sie drehte sich im Kreis und zog das Kleid über den Kopf. Sie wandte den Blick nicht von ihm, öffnete den schwarzen Spitzenbüstenhalter, schlüpfte heraus und ließ ihn neben sich auf den Boden fallen. Ihre Haut glänzte golden in dem matten Licht des Hotelzimmers, sie wirkte groß und schlank. Sie bewegte sich kaum, die Augen immer auf Simon gerichtet. Der verführerische Schwung ihrer Hüften zwang seinen Blick von links nach rechts und wieder nach links. Nur die Hüften.

Dann begannen ihre Hände über ihren Körper zu wandern, über ihren straffen Bauch, um ihre Brüste, sie wanden sich um ihre Schenkel, ihre Hüften. Sie tänzelte auf ihn zu und er griff nach ihrer Brust.

Ihre Hand schoss hervor und schlug seinen Unterarm, der Schlag brannte und stach und hallte im Raum wider, lauter als Springsteen, lauter als ihre schweren Seufzer.

Er sprang auf, fasste sie an den Schultern, hob sie beinahe in die Luft und warf sie aufs Bett. Sie wehrte sich, wollte sich wieder aufrappeln, doch er warf sich mit voller Wucht auf sie, sodass sie zurückfiel, mit dem Kopf gegen das Kissen schlug und keuchend ausatmete.

Seine Hände hielten ihre Schultern, nagelten sie auf der dicken Matratze fest. Sie starrten einander an, ihre Augen waren feucht, sie atmete schwer.

»Schlag mich«, sagte sie.

Er hob die Hand, näherte sich ihr – dann hielt er inne.

»Jessa«, sagte er, und sein Ausdruck veränderte sich,

als hätte er tief Atem geholt und könnte vor Erstaunen nicht ausatmen.

»Ich will, dass du mich schlägst«, sagte sie. Ihre Stimme klang sicher. Sie sah ihm direkt in die Augen.

»Ich kann nicht«, sagte er.

»Schlag mich, verdammt noch mal«, schrie sie. Wie ein Donnerschlag hallte ihre Stimme durchs Zimmer.

Wieder holte er aus, langsam, schnell, als liefe der Augenblick gleichzeitig im Zeitraffer und in Zeitlupe ab. Seine Hand würde sie nie erreichen – sie flog in Lichtgeschwindigkeit durch die Weite des Raumes.

Seine Hand versetzte ihr einen Schlag ins Gesicht, sie zuckte zurück, dann klammerte sie sich an ihn. Sie presste sich an seinen Körper, drängend, zerrte ihn an sich, als wollte sie ihn unter ihrer Haut spüren.

»Noch mal«, rief sie. »Ich will, dass du mir wehtust!«

Simon löste sich von ihr, riss seine Arme aus ihrer Umklammerung. »Nein!«, rief er. »Hör auf damit!«

»Ich will nicht damit aufhören«, sagte sie klar und deutlich. »Ich will, dass du weitermachst! Ich will nicht zurückkommen.«

Er schüttelte den Kopf, schien verängstigt, verunsichert, dann beobachtete er, wie sie ihr feuchtes Geschlecht streichelte, über die Konturen ihres Körpers fuhr, um ihre Brüste, zum Mund, die Finger ableckte, und da wollte er ihr geben, was sie verlangte. Er hob die Hand, umschrieb einen weiten Bogen in der Luft, bis sie mit einem Geräusch, das das Zimmer erfüllte, in ihrem Gesicht landete.

Sie schloss die Augen und als sie sie wieder öffnete, sah er darin etwas, das er noch nie gesehen hatte – eine Erregung, größer, als sie sie je gemeinsam erlebt hatten.

Sie zog ihn an sich, krallte ihre Nägel in seinen Körper, sein Arm schoss hoch, und als er sie noch einmal schlug, schnellte ihr Kopf zurück. Er rang um Atem, plötzlich hellwach – er war ein Mann auf einem Bett, der die Frau, die er liebte, schlug.

»Ich will, dass du mich tötest«, sagte sie. Jetzt kam ihre Stimme aus weiter Ferne. »Ich will nicht mehr zurückkehren.«

»Jessa, steh auf, hör damit auf, lass uns duschen und dann einen Spaziergang machen.«

»Schlag mich, Simon! Nimm mich! Ich will es. Ich will es wirklich. Hör nicht auf, mich zu schlagen.«

Er hasste sie dafür, dass sie darum bettelte, wie sie da auf dem Bett lag, mit gerötetem Gesicht, dem Abdruck seiner Finger quer über ihrer Wange. Sie kroch auf ihn zu wie ein erregtes Tier.

»Tu mir weh, Simon! Töte mich«, flehte sie, doch es klang stark, nicht schwach – sie war jemand anders, eine Frau, die Schmerzen wollte.

Er stand auf, entfernte sich von ihr. »Nein, Jessa.«

»Du kannst es«, sagte sie. »Du hast gesagt, du könntest mich umbringen, weil ich dich verlasse.«

»Nein«, wiederholte er, ging auf das Badezimmer zu. Er würde die Dusche aufdrehen. Er würde sie zurückholen.

»Ich werde dich dazu bringen«, sagte sie und lächelte, als sie nach dem Telefon griff.

»Was hast du vor?«, fragte er.

»Versuch, mich daran zu hindern«, sagte sie.

»Ich spiele diese Spielchen nicht mehr, Jessa«, sagte er jetzt ganz ernst, sah zu, wie sie eine Nummer wählte. Ein Ferngespräch.

»Das ist kein Spiel«, sagte Jessa. »Ich verlasse dich. Du hast versprochen, mich umzubringen. Ich kann nicht zurück.«

Simon wartete ab, beobachtete sie. Er schüttelte den Kopf, rührte sich jedoch nicht von der Stelle.

»Hallo?«, sagte Jessa ins Telefon. »Ruby, hier ist Jessa.«

Simon flog auf sie zu, schlug ihr den Hörer aus der Hand, hörte sie lachen, als seine Hand ihren Kopf traf, diesmal hart an der Schläfe, nicht auf der Wange, sie stöhnte vor Schmerz auf, doch sie lachte – er war sicher, dass sie lachte. Als er ihr ins Gesicht schaute, sah er, dass sie weinte.

Sie kroch über den Boden, griff nach dem Hörer, ehe er sie zu fassen bekam, und rief hinein: »Mein Liebhaber ist Simon. Es tut mir Leid, Ruby. Es tut mir so Leid!« Er schmiss sich auf sie, begrub sie auf dem Boden unter seinem Gewicht. Er warf den Hörer auf die Gabel, dann schlug er wie von Sinnen auf sie ein, traf sie am Kopf, an den Schultern, am Rücken.

»Wie konntest du«, weinte er, rollte sie herum und setzte sich rittlings auf sie. »Wie konntest du das tun?« Seine Fäuste trommelten auf sie ein.

Sie lag da, wehrte sich nicht, die Arme links und rechts von ihrem Kopf, ein schreckliches Lächeln auf dem Gesicht, während sie weinte und sich vor Schmerzen krümmte.

Dann hörte er auf. Sie hatte die Augen geschlossen und warf den Kopf hin und her – »nein, Simon, hör nicht auf, bitte, Simon, ich kann nicht zurück« –, doch er stand auf, ging ins Bad und schloss die Tür hinter sich.

Jessa lief den Flur entlang auf die Rezeption zu. Sie hatte ein Hemd von Simon an, seine Boxershorts, genug, um ihre Blöße zu bedecken. Sie trug keine Schuhe.

Ein Junge saß hinter der Rezeption, noch ein Kind, das, Kopfhörer auf den Ohren, frenetisch den Takt auf den Tresen schlug. Bekifft. Als er Jessa sah, streifte er den Kopfhörer ab, setzte sich gerade hin, blinzelte sie an, als sehe er sie durch einen Nebel.

Sie ging an den Tresen, beugte sich vor. Sie dachte an die Stripperin, dargebotene Brüste, einen Lapdance, ein verdorbenes Lächeln.

»Wie spät ist es?«, fragte Jessa so leise, dass der Junge sich vorbeugen musste, um sie zu hören.

»Geht Ihre Uhr nicht?«, fragte er sie und lächelte.

Sie erwiderte sein Lächeln. Die Haare hingen ihr wirr ins Gesicht, ihre Haut fühlte sich geschwollen an. »Meine Uhr geht sehr gut. Danke.«

Sie richtete sich plötzlich kerzengerade auf, hob die Haare im Nacken an, als wehte ein heißer Wind durch die Empfangshalle und nicht die kühle Luft der Klimaanlage.

»Mir ist heiß«, sagte sie, drehte sich um und schaute hinaus. Draußen war es dunkel und auf der Straße war kein Verkehr. »Und ich frage mich«, sagte sie, »ob ich von hier aus zum Strand komme. Ich würde gerne einen Spaziergang am Strand machen.«

Der Junge gaffte sie mit offenem Mund an. Er wünscht sich, dass er derjenige gewesen wäre, dachte Jessa.

»Man kann das verdammte Meer kaum verfehlen«, sagte er.

»Wo geht es lang?«, fragte sie und lachte auf. Kurz und süß.

»Nur über die Straße«, erklärte er ihr. »Kann man nicht verfehlen. Sind Sie nicht ein Glückspilz?«

»Vielleicht bin ich das«, sagte sie, streckte die Hand aus, wollte das Gesicht des Jungen berühren, sah, wie er sich ihr entgegenstreckte, sich nach ihrer Berührung sehnte. Einen Augenblick lang schwebte ihre Hand in der Luft, dann fiel sie auf den Tresen. Sie trommelte mit den Fingern. »Danke«, sagte sie, drehte sich um und ging.

Barfuß lief sie auf die Straße vor dem Hotel. Sie fühlte sich taub, leer, und wünschte, sie könnte wenigstens den Schmerz von Simons Schlägen fühlen. Natürlich war der Strand auf der anderen Straßenseite. Sie hatte es vor Stunden gesehen, als sie eingecheckt hatten, doch diese Zeit schien zu jemand anders zu gehören.

Einen Moment blieb sie an der Bordsteinkante stehen. Auf der anderen Straßenseite hörte sie zwei Frauen miteinander streiten.

»Er fickt dich gut, Kleine«, sagte eine Frau. Ihre Stimme war unangenehm, höhnisch. »Erst fickt er dich und dann schmeißt er dich aus dem Bett.« Sie schrie vor Lachen. Jessa konnte ihre Gesichter nicht sehen, nur ihre Kleider – kurz, sexy – und die Silhouette ihrer hoch aufgetürmten Frisuren.

Dann hielt ein Auto vor ihr, blockierte die Sicht, und der Fahrer lehnte sich aus dem offenen Fenster und rief: »Wie viel, Süße?«

Jessa trat zurück, weg von dem widerwärtigen Lächeln des Mannes, seinen fettigen Haaren, der breiten Nase, dem irren Blick – wen meint er? Warum? Und dann sah sie sich durch seine Augen, fast nackt, ungekämmt, barfuß. Eine Hure, dachte sie. Ein Lächeln breitete sich auf ihrem Gesicht aus. Erst fickt er dich und dann schmeißt er dich aus dem Bett, dachte sie. Ich bin eine Hure.

»Fünfhundert Dollar«, sagte sie und dachte, er wird mich ficken und dann umbringen. Und doch blieb sie stehen und wartete auf seine Antwort.

»Du siehst aus wie ein Stück Scheiße«, sagte er und raste davon.

»Verschwinde von unserer Ecke, du Miststück«, kreischte eine Frauenstimme und als Jessa den Kopf hob, sah sie eine der Frauen von der anderen Straßenseite auf sich zumarschieren. Sie wird mich umbringen, dachte Jessa. Wartend stand sie da.

»Das ist unsere Ecke, Schwester. Schaff deinen weißen Arsch hier weg!«

Jetzt konnte Jessa sie erkennen, sah, wie sie in der Mitte der Straße auf ihren Pfennigabsätzen schwankend stehen blieb. Sie hat Angst, weiter zu gehen, dachte Jessa. Ich bin diejenige, die gefährlich ist. Ich bin eine Schwester dieser Frau.

Jessa hob eine Hand, signalisierte, dass sie aufgab, und setzte sich in die entgegengesetzte Richtung in Bewegung. Sie überquerte die Straße ein Stück weiter unten und ging auf das Rauschen des Meeres zu.

Sie lief bis zur Brandung. Sie sah, wie sich das Mondlicht in den eleganten Kurven der Wellen fing. Die Wellen brachen sich, streckten sich nach ihr aus, zogen sich zurück. Sie konnte ins Wasser laufen und das Meer vollenden lassen, was Simon ihr verweigert hatte, was der Mann in dem Auto ihr verweigert hatte, was die Hure nicht getan hatte. Mich umbringen, dachte sie.

Sie wartete auf irgendjemanden oder irgendetwas, das sie daran hinderte. Als könnte plötzlich ein Teil ihres Körpers den anderen niederschreien – nein, halt! Körperteile, dachte sie. Ich habe Monate damit verbracht, Teile des Körpers zu zeichnen. Und habe dabei die wichtigsten Teile von mir selbst verloren. Mein Herz. Meinen Willen.

Jessa ließ ihren Blick von den gekräuselten Wellen den Strand hinauf und weiter die gezackte Küste entlang wandern. Von Santa Barbara nach San Francisco, hunderte von Meilen weit entfernt. Sie dachte an Lee, die bei offenem Fenster schlief, damit das Plätschern der Wellen sie in den Schlaf wiegte. Sie dachte an Rosie, die immer noch nicht im Meer schwimmen wollte, so sicher war sie sich, dass die Wellen sie davontragen würden.

Plötzlich spürte Jessa einen Schmerz, der nicht von ihren Armen oder ihrem Gesicht rührte, sondern tief aus ihrem Innern kam. Irgendetwas in ihrer Brust schien zu zerreißen, ein Spalt öffnete sich und der Schmerz überrollte sie aus allen Richtungen. Sie wollte ihre Töchter. Wollte Rosie in den Armen halten, Lee an ihrer Seite haben. Sie wollte ihren Geruch, ihren Lärm, ihre pulsierende Energie spüren.

Sie ging einen Schritt ins Wasser. Die Kälte traf sie wie ein Schock. Ich bin zu weit gegangen, dachte sie. Ich habe zu viel Schmerz verursacht. Sie dachte an Lees Gesicht am Fenster und der Schmerz brannte in ihrem Herzen. Sie ging einen Schritt weiter. Die Strömung zog an ihren Knöcheln. Sie konnte Rosie zurückgewinnen, die ihr jedesmal, wenn sie sie von der Schule abholte, in die Arme fiel wie eine Lumpenpuppe und »Mommy,

Mommy«, sang, als gäbe es nichts anderes. Nur das Wunder, Mutter zu sein. Das Meer zog sich zurück, dann kam es wieder auf sie zu und eisiges Wasser schlug um ihre Waden.

Lee hatte ihre Mutter einen anderen Mann küssen sehen. Lee sah alles, den Schmerz im Gesicht ihres Vaters, die Freude ihrer Mutter, als sie mitten in der Nacht das Telefon aufgelegt hatte. Ich schulde es ihr, dachte Jessa. Ich bin immer noch ihre Mutter. Ich muss sie lehren, was Leidenschaft ist, Liebe. Ich muss ihr vom Leben erzählen. So kompliziert, dass man mitten während eines Abendessens aus dem Haus gehen und als ein anderer Mensch zurückkommen kann. Ich habe ihn gebissen, hatte Lee über den Jungen gesagt, den sie geliebt und verloren hatte. Das ist in Ordnung, hatte Jessa ihr versichert. War es das? Wie weit konnte man gehen?

Und wenn ich ins Wasser gehe, gibt es niemanden mehr, der ihre Fragen beantworten kann.

»Jessa!«

Aus weiter Ferne schrie Simon ihren Namen. Er würde sie nicht finden. Er würde sie nicht retten. Sie konnte immer weiter laufen, die Stimme ihres Liebhabers hinter sich lassen. Rubys Mann. Sie ging weiter ins Meer hinein, stieß gegen einen Stein, fand ihr Gleichgewicht wieder und ihr Körper schmerzte von der Kälte, von Simons Schlägen, von dem Riss in ihrem Herzen.

Roger. Sie lief immer weiter, bis das Wasser ihre Taille umspielte wie die Arme eines Liebhabers. Es tut mir leid, Roger.

»Jessa!«

Simons Schrei gellte durch den Strom der Gezeiten, den Lärm in ihrem Kopf, den Schmerz in ihrem Körper.

Im Mittelpunkt all ihrer Schmerzen waren ihre Töchter. Rosie. Lee. Es waren ihre Arme, die sich um ihren Körper schlangen, sie wollten, sie brauchten. Meine Kleinen, dachte sie, spürte sie wie Hitze inmitten von so viel Kälte.

»Jessa!«

Sie drehte sich um und sah Simon schreiend am Strand stehen. Er suchte sie in dem schwarzen Wasser, in der schwarzen Nacht. Ich bin fertig mit Simon, dachte sie. Ich muss nach Hause zu meinen Mädchen.

Schritt für Schritt entzog sie sich dem Griff des Meeres, kehrte zurück zum Strand, zum Klang ihres Namens.

»Jessa!«

»Simon«, schrie sie, endlich frei, fiel auf den harten Sand und rollte sich mit der ankommenden Welle aus dem Wasser.

Dann waren seine Hände überall, hoben sie hoch; er schloss sie in die Arme.

Nein, dachte sie. Lass mich los. Sie schob ihn weg.

»Ich gehe nach Hause«, sagte sie.

Er nickte, wartete einen Moment. »Und ich habe Ruby verlassen –«

»Nein«, sagte Jessa, presste ihre Hand auf seinen Mund, damit er schwieg.

Stunden später stand sie in der Diele ihres Hauses. Sie stellte ihren Koffer ab, warf ihre Jacke auf einen Stuhl. Einen Augenblick lang blieb sie abwartend stehen und lauschte auf die Stille im Haus.

Roger würde sich aufsetzen, wenn sie ins Schlafzimmer kam, als hätte er nur darauf gewartet, dass sie ihn eines Morgens früh wecken würde, um diese Worte zu sagen: Ich muss mit dir reden. Ich weiß, würde er antworten.

Die Mädchen würden schlafen. Lee in einem Durcheinander von Decken und Kissen, Rosie umgeben von ihren Stofftieren. Sie würde sie zudecken, obwohl es schon früher Morgen war. Selbst im Schlaf würden sie wissen, dass sie zu Hause war.